河出文庫

ヨーロッパの乳房

澁澤龍彦

kawade bunko

河出書房新社

目次

I

ヨーロッパの乳房

I

バロック抄　ボマルツォ紀行

ヨーロッパの都市から都市を歴訪していると、どこへ行ってもバロックの大洪水で、私たちは少なからずげんなりさせられてしまう。ウィーンも、ミュンヘンも、プラハも、パリも、マドリッドも、ヴェネツィアも、ローマも、それぞれに微妙な時代と様式の反映の差を示しながら、私たちの目に直接に訴えかけてくる街の外観としては、すべてこれバロックであるといって差支えあるまい。あの広場の中央の彫像に囲まれた噴水、市庁舎や劇場の正面《ファサード》に見られる列柱、屋根の上の怪奇な彫刻群、それに教会内部のきらびやかな装飾や天井画、――これらのごてごて趣味の大洪水に、中世以降、淡泊や渋さを美の規準としてきた日本人の感覚は、混乱を呈し、いまさらながら呆れかえり、あたかも濃厚な西洋料理をもてあますように、最後には、もう結構だといいたくなるのである。

ヨーロッパの都市はバロック以後、本質的に停滞しているとみてよいのかもしれない。むろん、ここで私のいうバロックなるものの概念は、もっぱら簡素を旨とするモダン・スタイル以前の西洋建築の、私たち日本人の目から見て多かれ少なかれ装飾過剰に映る一般的な傾向をさしているのであって、とくに厳密な概念規定に基づいているわけのものではない。ともかくヨーロッパの都会には、アメリカにおけるようにモダン・スタイルのしっくりと定着したものがなく、パリっ子が自慢するモンパルナス駅の新しい高層ビルにしても、なにか街全体から浮きあがっているような感じすらいだかしめるのである。つまり、それほど古いもの、それほど装飾過剰な、バロック的なものが根強く残存しているという意味だ。

バロックとは、もとポルトガル語のバローコ barroco で、ゆがんだ真珠を意味する普通の言葉だったという。それが美術用語に転用されて、風変りなもの、不均等なもの、要するに反古典主義的なものの貶下的な呼称となったのは、十八世紀後半のフランスからであった。古典主義の概念が確立したとき、そこから逸脱したものがバロックの名で呼ばれたわけである。現在でも、文芸用語として、あるいは日常の用語として、バロックは怪奇趣味、ごてごて趣味、芝居がかり、装飾過剰などといった悪い意味をふくんでいることに変りはない。この長いあいだ蔑視されていたバロックなるものを、あらゆる時代と文明の根柢に、古典主義と対立して存在するところの人間精神の常数と見なし、いわば初めてバロックの復権を企図したのがスペインの碩学エウヘニオ・ドルスであった。こうして、バロックは単に、十七世紀から十八世紀にかけて、南欧および西欧に現われた時代的現象たるにとどまらず、いつの時代においても、またどこの国においても、繰り返し現われ得る人間の本質的な表現様式ということになった。

考えてみれば、私たちが今日、バロックというカテゴリーに分類するところの芸術作品も、べつに作者が意識してバロック的なものを作ろうとしたのでないことは、あまりにも明らかであろう。様式は、すでに名前をつけられる以前から存在していたのである。クロード・ロワ（『バロック芸術』一九六三年）によれば、インドのコナラク寺院の彫刻も、メキシコのマヤ文明の石像も、わが国の三十三間堂の一千一体の千手観音像も、いずれもバロックなのである。クロード・ロワが日光の東照宮を知っていたら、これをも日本のバロックと呼んだであろう。ドラクロワもマックス・エルンストもバロックだとすれば、私はさらに、宗達も写楽もバロックだといいたい。絵金は申すまでもなく、もっとも激越なバロック精神の持主であった。

さて、私はこのたび、二カ月半ばかりの短期間ながらヨーロッパに滞在して、前にも述べたように、うんざりするほどバロックにつき合わされたわけであるが、矛盾を承知でいうならば、そもそも私は、バロックのなかのもっともバロック的なものを求めて、ヨーロッパ旅行に出かけた次第なのであった。

美術館のなかの古典的名作、優雅な城や庭園、典型的なゴシックの寺院、典型的なビザンティンの壁画、——美術全集やガイド・ブックに載っている公認された美、——そういうものも丹念に見たことは見たが、そしていくばくかの感動を得たことは得たが、満たすべくもない期待にふくらんだ私の心は、どこの地方のどこの都会へ行っても、さらにもっとバロックなもの、さらにもっとバロックなもの……といった具合に、つねにそれ以上の驚異と怪奇を夢想していたのである。

私がヨーロッパで見出した、もっともバロックなモニュメントと称するにふさわしいと思われたものを、次に列挙してみよう。もとより、駈足旅行のことゆえ、私の見聞の範囲は限られている。

ミュンヘンからバスで行ったバヴァリア王ルドヴィヒ二世の城ノイシュヴァンシュタイン（これについては拙著『異端の肖像』を参照されたい）。ならびに、その途中にあるヴィース教会。この教会の内部は、まさにバロックのごてごて趣味の極致ともいうべきものである。

マドリッドからエル・エスコリアルを通って、少し奥へ入った山中にあるサンタ・クルス・デル・バーレ・デ・ロス・カイドス（戦没者の谷）。これは岩山をくり抜いた洞窟の教会で、峨々たる岩山の上に青銅製の巨大な十字架（高さ一二五メートル）と、巨大な彫刻群（巨人と牡牛、獅子、鷲）がそそり立っている。今世紀に入ってからの建造物である。

スイスとイタリアの国境にあるマジョーレ湖中の島イゾラ・ベッラの庭園。島全体がテラス式のバロック庭園になっていて、海を見おろすテラスのもっとも高いところに、グロッタ（洞窟）と階段式噴水と石造彫刻（中心に一角獣、左右にトリトンと女神像。いずれも鉄の花を手にしている）がある。

ローマのバルベリーニ広場の近くにあるサンタ・マリア・デラ・コンチェツィオーネ教会（俗称、骸骨寺）の石窟。一五二八年から一八七〇年までに死んだカプチン会修道士四千人の骨を、石窟の天井や壁や廊下に、みごとなデザインで装飾的に配列してある。

イタリア中部の町ヴィテルボの近くにあるボマルツォ村の怪物庭園。のちに詳述する。

プラハのモルダウ河のカレル橋（橋の両側に聖者の像がずらりと並んでいる）、ならびに市庁舎の自動人形時計（この種の時計はミュンヘン、ストラスブール、ベルンでも見られた）。

ローマのナヴォーナ広場の噴水。ベルニーニ作の巨大な彫像がある。

ティヴォリのエステ荘の階段式噴水、ならびに乳房から水を噴き出すイシス女神、スフィンクスなどの彫刻。etc。

こうして書きならべると、ひとは私の趣味の悪さに辟易するであろう。アカデミックな美術史学者や、良識派の教養主義者ならば、決してこんなものに興味をいだきはしないのである。しかし古典的完成美の枠のなかにおさまり切らない、美術の教科書や解説書のなかに少しも触れられていない、このような悪趣味のモニュメント、このような逸脱と倒錯の芸術作品に、昔から私が異常な関心をいだいてきたのは事実なのである。それは果して、どのような心的傾向に由来しているのであろうか。

三島由紀夫氏は、かつて「美に逆らうもの」と題する秀抜なエッセイのなかで、「どこかの国、どこかの土地で、歴史の深淵から暗い醜い顔が浮び上り、その顔があらゆる美を嘲笑し、どこまでも精妙に美のメカニズムに逆らっているというような事態はないものだろうか」という疑問を呈出し、ついに香港のタイガー・バーム・ガーデンで、このような永遠の醜悪なるものにめぐり会ったと書いているが、私がこれまでに述べてきたバロックなるものは、よしんば悪趣味だとはいえるにしても、醜とまではとてもいえぬであろう。いや、三島氏を驚かしたタイガー・バーム・ガーデンにしたところで、果して本当の意味で醜であるかどうかは疑問であると申さねばなるまい。それはたぶん、あえていえば、怖るべき俗悪さというカテゴリーに属するものだろう。ここで問題なのは、単にシナの民衆の美的感覚が、ヨーロッパの洗練された美的感覚に慣れ親しんできた日本人のそれと、衝突するというだけのことにすぎないからである（タイガー・バーム・ガーデンの創立者である胡文虎氏はシナ人だ）。そして言うまでもあるまいが、美的感覚とは相対的なものなのである。

エウヘニオ・ドルスは、古典主義とバロックの対立を単に美術の領域のみに限らず、文化のあらゆる領域にまで推しひろげ、四旬節に対して謝肉祭はバロックであり、労働の一週間に対して日曜日はバロックであり、「天のエルサレム」に対して「失われた楽園」はバロックである、とまで主張するにいたった。ドルスの考えによれば、古典主義の本質は視覚であり、バロックの本質は生命の源である子宮なのであって、したがってバロックは女性的である、という結論になる。おそらく、このドルスの考えの延長線上にあるものと思われるが、軽妙な筆を弄する批評家クロード・ロワは、およそ次のような意味のことを述べている。すなわち、古典主義的建築を成り立たせている直線や平行六面体は、物質の結晶の幾何学的構造を思わせるが、一方、バロック建築に利用される曲線（楕円や渦巻や螺旋）は、矢車菊や薊《あざみ》などの植物的形体を連想させる。単なる形体の類似によって議論をすすめるのは危険でもあろうが、ごく大ざっぱにいって、十字花科の花や、黄鉄鉱の結晶や、ユークリッド幾何学などは古典主義に属し、菊科の花や、貝殻や、リーマン幾何学（一般に非ユークリッド幾何学）や、子宮や、フィンガルの洞窟などは、どちらかといえばバロック・スタイルに属するのであろう、と。

ドルスの文化観の応用であり、いかにも詩人らしい形象によるアナロジーの論理であるが、このようなクロード・ロワの考え方は、私にも非常によく理解できるし、そこからさらに多くの問題をみちびき出すこともできそうな気がする。

アーノルド・ハウザーの『芸術と文学の社会史』によると、いわゆるバロック様式の美術がヨーロッパ世界に出現したのは、コペルニクスの宇宙論が勝利を占めた直後であったという。コペルニクスの学説は、神の摂理によって決定された世界における人間の位置を、根本的に変化させてしまった。創造の中心は地球から太陽へ、すなわち人間の領域から火の領域へ移ってしまった。神の創造による有限の世界という観念は破壊され、そのかわりに無限の宇宙という、畏怖すべき観念が生じた。かつて中世のキリスト教神学者は、世界が父なる神によって人間のために造られたものであることを信じていたが、そういう強固な観念がぐらつき出したのである。宇宙に対する人間の優位性が、自明ではなくなったのである。バロック芸術が誕生したのは、かかる時であった。

クラシックとバロックの対立ということを考えてみると、私は、どうやら時代にも二つのタイプがあり、人間にも二つのタイプがあるのではないか、という気がしてくる。人間というよりも、人間の思想といったほうがよいかもしれない。ストイシアンやジャンセニストの道徳、デカルトやスピノザの体系、マンサールの建築、ルノートルの庭園などは、人間の確信に支持をあたえることを目的としているという意味で、すぐれて古典主義的であり、直線的である。一方、「無限なる空間の永遠の沈黙」を前にしたパスカルの不安は、きわめてバロック的であろう。このバロック的な不安は、バロック的な曲線によって慰撫されるであろう。渦巻や螺旋が女陰のシンボルであることは、つとにユングによって指摘されている。それらは、人間の生命が一度死んで再生するために、降りて行かねばならない「母たち」の国への入口なのであり、子宮と墓場、暗くて暖かい場所、すなわち人間の安らぎのための場所を象徴しているのだ。

洞窟《グロッタ》、人造岩窟《ロカイユ》、曲りくねった細道、弧を描く噴水、迷宮《ラビリントス》、葡萄の蔓、唐草模様《アラベスク》、渦巻、貝殻などといったバロック美術特有の付属物が、その曲線により、やはり女陰と同じく、本質的に人間を慰撫する心理学的機能をもっていることも、ただちに納得されるであろう。「人間、動物、果物の種子、これらはすべて貝殻のなかに最大の休息を見出す。休息の価値が、これらすべてのイメージを支配している」とガストン・バシュラール（『空間の詩学』一九五八年）も述べている通りである。不安と休息のあいだの振幅が、おそらく、あのバロック芸術の激情的表現、あるいは怪奇的表現を生み出す源泉となるのであろう。貝殻や渦巻の連想からいえば、円環を描く永劫回帰の思想はバロックであり、弁証法や進化論は古典主義的であろう。さらに現代世界の哲学界や美術界の動向に関していうならば、実存主義はバロックであり、構造主義は古典主義的であるといい得るかもしれず、またシュルレアリスムはバロックであり、抽象絵画は古典主義的であるといってよいかもしれない。

ヴェルサイユ宮殿の明晰とアンコール・ワットの錯綜、フランス庭園のシンメトリーとアルハンブラの不規則、アウグスティヌスとペラギウス、デカルトとパスカル、ヴォルテールとルソー、ヘーゲルとニーチェ、ヴァレリーとクローデル、——これらは取りも直さず古典主義とバロックの対立であり、人間の精神は、これら二つの相反する傾向の、いずれをも必要としているように思われる。これら二つの傾向は互いに相補って、歴史の各時代に現われたり消えたりしながら、人間の文化を形成してきたように思われる。

＊

一九七〇年十月二十七日、午前九時半、私たち夫婦は、ホテルへ迎えにきてくれた知人の車に乗せてもらって、ローマからオルヴィエトまでのドライヴに出かけた。途中、ヴィテルボの町で昼食をし、さらにボマルツォ村にも立ち寄る予定である。オルヴィエトへ着くのは、たぶん夕刻になるであろう。

その日は絶好の快晴で、車のなかは汗ばむほどの暑さであった。日本ならばさしずめ小春日和の季節であろうが、イタリアは、いつまでも終らない夏の延長のような感じで、日差しが驚くほど強いのである。

ローマの市街を出はずれ、いくつかの小さな町を通過すると、やがて、いかにもラティウム地方らしい風景になる。すなわち、このあたり一帯は、古代エトルリアの特徴をもっとも純粋に保持している地方で、ヴィテルボをはじめとする近隣の小都会は、いずれも古代の遺跡の上に建設された中世の町なのである。陽に照らされて銀色に光るオリーヴ畑のあいだから、古い石の家々や、崩れかけた岩や洞窟（墳墓の跡であろう）が見える。空はあくまでも青い。私たちは窓外の景色を嘆賞しつつ、スートリ Sutri、ネーピ Nepi などと呼ばれる小さな町を通過したが、このiで終る奇妙な町の名前は、往古のエトルリア語の名残りであると教えられた。

正午より少し前に着いた、この地方第一の都会ヴィテルボは、ヨーロッパの古い中世都市におおむね通有な、曲りくねった狭い石甃《いしだたみ》の街路と薄汚れた壁とで構成された、城壁で囲まれた迷路のような小都会であった。私たちはここで、エトルリアの壺や石棺や陶棺の陳列してある市立美術館を見学し、町の広場にある十三世紀の噴水と、かつて法王の住んでいたというパラッツォ・パパーレと、その隣りにあるゴシックの寺院を眺めた。青空の透けて見えるパラッツォ・パパーレの細い優美な列柱は、昔日の宗教都市の栄華を偲ぶにはあまりに簡素な宮殿の、唯一の装飾的なモティーフであった。あたかも正午で、ひとびとは昼食のために引っこんでいるのであろう、町はしんと静まりかえり、道を通る人影もまばらである。ヨーロッパのどこの都会でも、お昼ごろには、こんな奇妙な静寂が訪れる。あの古代ギリシア人の怖れた「正午の幽霊」は、こんな時に出現するのであろうと思われた。

市立美術館の僧院風の中庭には井戸があって、夾竹桃の薄紅色の花が咲き、二階の手すりから見おろすと、乾いた井戸の縁石に、きらりと光る蜥蜴《とかげ》が何匹もいたのを私は思い出す。ここはゲーテのあこがれた南国なのである。

素朴な田舎風のレストランで食事をし、エトルリア陶器の擬《まが》い物を売っている骨董屋を冷かして歩いてから、私たちは、ふたたび車に乗って、今日のドライヴの第一の目的であるボマルツォ方面へ向った。ヴィテルボからオルテにいたる三十キロの国道の、ちょうど半分くらいの距離のところを左に折れる。車の通る細い道の両側は、いつしか雑木林あるいは葡萄畑となり、そこに巨大な岩が散らばっているのが異様に見える。このあたりにくると、すれちがう車もほとんどなくなり、私はひたすらフロント・グラスに目を凝らして、ボマルツォの村がいつ現われるかと、期待に胸を躍らせはじめたのであった。

国道を左に折れて数キロ走ると、やがて村が見え出した。大きな岩盤を切りひらいたとおぼしい道があり、その切り立つような岩盤の上に城がそびえている。細い道は上ったり下がったり、うねうねと迂回して、車中の私たちは思わず座席から腰を浮かせなければならないほどである。すでに舗装道路が尽きていて、車の動揺がひときわ激しいのだ。PARCO DI BOMARZO（ボマルツォ庭園）と書いた標識が立っている。そのまま車は下り坂に沿って、一つの谷間にいたる。「聖なる森」はこの谷間にあった。

谷間に降り立ち、うしろを振り返ると、いま車で通り過ぎてきた城が高いところに望まれた。かつて、ボマルツォの怪物庭園を造営した貴族オルシニ家に属し、現在では、その一部が村役場の事務所として使われている、かなり宏壮な城である。城というより邸宅《ヴィラ》と呼んだほうがよいかもしれない。（この建物には、ガラス箱のなかに一体のミイラが保存されているそうであるが、私たちは急いでいたので、これを見なかった。）

すでに夕刻に近いのに、鳥の声がしきりに聞え、草の匂いが鼻を撲ち、なにか空気がしっとりしているような、快適な気分をおぼえる。庭園の入口は石の門で、鉄の扉がある。たぶん、これはかつての裏門であろう。入口の前の牧場のような草原で、一匹の騾馬が草を食んでいる。私は騾馬という動物をはじめて見たが、それは不恰好にふとっていて、脚はまるで牛のようであるのに、尾はふさふさした馬の尾なのだ。私たちは切符を買って、庭内に入った。いつごろから入場料をとるようになったのであろうか。しかし私たちのほかに、見物客がひとりもいないのはありがたい。

門をはいってすぐのところに、スフィンクスの像が二つあり、左右対称に向き合っているが、そのうちの右側のほうは、かなり破損していて見るべくもない。左側のスフィンクスの台座に、次のごとき銘が古いイタリア語で彫ってある。

CHI CON CIGLIA INARCATE
ET LABRA STRETTE
NON VA PER QVESTO LOCO
MANCO AMMIRA
LE FAMOSE DEL MONDO
MOLI SETTE

眉をあげ、唇をひきしめて
この地を過ぎ行かずんば

世界の七不思議の最たるものを
嘆賞するも叶うまじ

以上のごとき大意である。この銘は、この「聖なる森」を訪れる者に対する警告の言葉であろう。

私たちはまず右の方へ足を向けたが、そこは欝蒼たる栗の林で、羊歯や灌木類のあいだに散り敷いた秋の落葉の上に、栗の実がおびただしく落ちていた。あまりに多いので、ひろう気にもならないほどである。そして、やや下がったところの空き地に私たちを待ち受けていたのは、すでにアンドレ・ピエール・ド・マンディアルグの写真集（一九五七年）でお馴染みの巨大なヘラクレスであった。

人間の背の高さの四倍以上はあろう、その巨大なヘラクレスは、闘う相手をさかさまに倒し、相手の両脚を力いっぱい両手で左右に引き裂こうとしているのである。ヘラクレスの表情は沈欝で美しい。その異様に太いふくらはぎの一部は欠けている。仰向けになった犠牲者（胸部や腕の筋肉は青年を思わせるが、上から見ると、男根のないふくらんだ下腹部が、むしろ女のものであることを明らかにする）の苦悶の表情が、生ま生ましく石に刻みつけられ、そのあまりに荒々しい、残酷なエロティシズムが、見る者を茫然とさせる。

さらに森の奥へ歩み入ると、ピエール・ド・マンディアルグの写真集でお馴染みの巨像たちが、次々にその姿を現わす。

積石の壁にもたれた、鬚のはえた愁い顔の老人は、河の神ネプチューンであろう。小高い丘の下になっているこのあたりは、かつて水が流れていたらしく、斜面の石の壁に沿ってグロッタがいくつかあり、グロッタの壁龕《へきがん》のなかには、磨滅したヘルマフロディトゥス（両性具有者）の浮彫りがある。ヤヌスのように、二つの頭のある像もある。少女めいたニンフの像もある。仰向けに寝た、みだらな姿のニンフもある。よく見ると、これも乳房と男根のあるヘルマフロディトゥスらしい。

巨大な口をぱっくりあいた、鯨のような海の怪獣がいる。オットセイのような怪獣がいる。手脚の欠けた天馬《ペガサス》があり、蛇の尾をしたハルピュイアイ（女面鷲身の怪獣）があり、薔薇の紋章を捧げもった熊があり、背中に人像柱をのせて這いつくばった亀がある。この人像柱のニンフはトランペットを吹く身ぶりをしているが、その高く上げた両手のあいだに、すでにトランペットはない。ピエール・ド・マンディアルグの推定によると、かつては水力学の応用により、このニンフの吹くトランペットが音響を発する仕掛けになっていたらしい。そういえば、グロッタのニンフの腹部にも孔があいているが、これも昔は水を噴き出していたものと思われる。

凝灰岩の彫像は、いずれもびっしり青い苔に覆われ、雑草や茨に侵蝕されるがままになっている。森のなかの小径は、丘にいたる傾斜面を上ったり下がったりする。歩いていると、突如として森の樹々のあいだから、灌木の茂みのかげから、怪異な巨像がぬっと現われて、私たちを驚かせるという寸法である。

自然の力に荒らされ、破壊される以前には、この「聖なる森」も、当時のバロック庭園のプランに基づいて、小径や池や噴水がラビリントス風に整然と配列されていたのであろう。しかし現在では、残っているのはただ石の怪物のみであるから、私たちは足の向くままに歩いて、何の脈絡もなしに、不意に彼らと対面しなければならないのである。

斜面をのぼって、丘の中腹にくると、いよいよ怪しげな彫像群にぶつかる。

頭の上に龍舌蘭の茂った水盤をのせた、巨大な女が岩にもたれ、脚を投げ出してすわっている。その異様に太い脚は先端が欠けている。ボードレールの願望であった巨女憧憬の夢想をみたすのに、これほど適切な創造物はあるまい。「彼女の豊満な肉体の上を悠然と漫歩して、そが巨大なる膝の傾斜を這《なぞえ》いのぼり……」

ところで、この巨女のうしろへまわると、私たちはさらに奇怪な光景に直面する。すなわち、巨女のもたれている岩のかげでは、下半身が魚で、肩に蝶のような翼をはやした二匹の人魚が、一人の少年をさかさまにして、両手で左右から抱えこんでいるのだ。二匹の人魚のみだらな口は、さかさになった少年のペニスに触れようとしているかのごとくである。これはどう眺めても、倒錯的なエロティックな行為を表現しているとしか思われず、私たちを啞然とさせるに十分な構図である。

巨大な女は、このほかにもいる。乳房を突き出した、鼻の欠けたニンフである。また、鱗のはえた二本の脚を百八十度にひらいて、いわゆる「大跨びらき」の姿勢でぺったり地面にすわった、両手の欠けたタナグラ人形のような、愛らしい顔のニンフがいる。そうかと思うと、実物大の東洋風の象が、その鼻でローマの兵士の身体をぐるぐる巻き、窒息させようとしている。その向う

ボマルツォの巨大な女神像

では、かっと口をひらいたドラゴンが、二匹の雄獅子雌獅子と追いつ追われつ闘っている。

傾いて立っている四角な家がある。ピサの斜塔は建造中に傾きはじめたものであるが、この二階建ての小さな家は、いかなる気まぐれによるのか、設計者がわざと傾けて建てたものとおぼしい。これ以上傾ければ崩壊するという、ぎりぎりの角度で四百年間、立ちつづけているのである。

この丘の中腹のあたりは、やや空間のひらけたテラスになっていて、巨大な松ぼくりやドングリを形どった石柱が十数個、一定の間隔を置いてならんでいる。ちょうどバッコスの巫女たちが杖《テュルソス》の先につけていたような、長楕円形の果実である。テオクリトスの牧歌に出てくるような、ギリシア人がその芯を食用とした松の果実である。おもしろい暗合だと思ったのは、このテラスのあたりには樫の樹が多く、石柱にそっくりな小さなドングリが、地面にたくさん落ちていたことだった。少年の日々を思い出して、私はそのドングリの幾粒かをひろい、手のなかで暖めてみた。

最後に一つ、私がいい残しておいた、この「聖なる森」のなかでもっとも奇怪なアイディアの像がある。

それは、ぽっかり巨大な口をあけた、魁偉な人間の首である。地面から首だけ突き出して、絶叫している怖ろしい地獄の魔王の顔のようである。この顔の口は、直径二メートルを超えるから、優に人間が立って通れるだけの大きさを有し、一種のグロッタになっている顔の内部には、石を刻んだテーブル(同時に舌に見立ててある)が備えつけてある。かつて、オルシニ侯に庭を案内された客人が、ここで、しばしの疲れを休め歓談したものと想像される。グロッタの内部で笑い

ボマルツォの人間の首

声でも立てれば、その声は大きく反響して、口から外へ飛び出し、あたかも地獄の魔王が哄笑しているようにも聞えたことであろう。何という奇想天外なアイディアであろう。

それにしても、このような「非合理と非論理と幻想と常識はずれと反自然と謎」(マルセル・ブリヨンの表現)によって組み立てられた、ボマルツォの怪異な庭園を造営した貴族ピエルフランチェスコ・オルシニ(通称ヴィキノ・オルシニ)とは、いったい、どのような人物であったのだろうか。これについては、私は前に拙著『幻想の画廊から』のなかで、ややくわしく触れたことがあるので、ここではふたたび繰り返さない。ただ、一五七二年に造られた(ピエール・ド・マンディアルグの意見では一五六四年以前)という、このイタリアの地方貴族の庭園こそ、幻想と驚異をあれほど花咲かせたバロックという時代の、まさに息絶えようとする最後の噴出であった、ということを知っておけば足りよう。

『迷宮としての世界』の著者ルネ・ホッケは、「ヴィキノ・オルシニの庭園こそ、ルドルフ二世の妖異博物館、フランスおよび英国の一八二〇年以降の恐怖ロマン主義、シュルレアリストたちの衝撃的絵画との精神的親近性を物語っている」と書いている。たぶん、オルシニ侯という未知なる人物は、現代のシュルレアリストを狂喜させるような、サド侯爵風のエロティシズムとミケランジェロ風の巨人崇拝趣味とをもって、世界の七不思議に挑戦しようとした、この時代のもっともすぐれたディレッタント的知識人であったにちがいない。……

そんなことを漠然と考えながら、私たちはさらに階段をのぼり、この「聖なる森」のなかでいちばん高い、広々とした丘の上に出た。

そこには、いままでの怪奇な彫刻群とはまったく趣きを異にした、古典的な様式の列柱と円屋根のある、小さな美しい霊廟があった。このヴィテルボ付近に多くの作品を残した、ルネサンス期の名高い建築家ヴィニョーラの設計による霊廟だという。オルシニ侯が、若くして死んだ美貌の妻ジュリア・ファルネーゼの霊を慰めるために建てたものだという。

私たちは、この広々とした丘の草原に腰をおろして、しばらく休んだ。

陽はすでに傾きかけている。遠くに見える、樫の樹を主とした濶葉樹の林は美しく黄葉し、糸杉や銀梅花《ミルト》の灌木は青々と輝き、つい足もとには、名も知れぬ秋草が咲きみだれている。小さな野菊のような花である。長く伸びた糸杉の影が、霊廟の黄ばんだ石の上にくっきりと落ちている。私たちのほかに誰もいない庭園は、午後のおだやかな日差しを浴びて、静まりかえっている。ときどき、鳥の声が聞える。

こうして、ボマルツォの「聖なる森」の秋の午後をたっぷり楽しんだ私たちは、名残りを惜しみながら、ふたたびフィアットに乗りこみ、今日の最後の目的地であるオルヴィエト、——ルカ・シニョレルリの「最後の審判」の待っているオルヴィエトへと急いだのであった。バロックからゴシックへと、歴史の時間を逆行しながら……

昔と今のプラハ

パン・アメリカン機でテンペルホーフ空港を発ち、フランクフルトで慌しくチェコ航空OK《オーカー》機に乗りかえた私たちは、やっと座席に落着くと、なるほど社会主義国の国際旅客機が、これまで乗り慣れたKLMやルフトハンザなどとくらべてみて、座席やカーテンの布地においても、機内で出される食事においても、いかにも地味かつ質素であることに否応なく気づかせられた。空からは、ドナウ河上流の起伏の多い中央ヨーロッパの原野と、黒々とした深いボヘミアの森が見える。アムステルダム、ハンブルグ、ベルリンという順に旅をつづけてきた私たちは、いままでの北欧の明るい衛生的な環境から、一挙に、突然、中欧のどろどろした暗欝さそのもののなかに運びこまれるのを感じないわけにはいかなかった。

プラハの空港には、三年前（ソ連軍侵入の年）から同地に留学している私の従妹のKが迎えにきてくれていて、税関の向うで手をふっている。私たちは無事に税関を通った。それまではよかったのである。ところで、あきれたことには、ベルトにのって次々に運ばれてくる搭乗客の荷物を待っても待っても、私たち夫婦の二個の鞄だけは、一向に現われ出る気配がないのである。いや、私たちの荷物だけではなくて、私たちと一緒にフランクフルトで乗りかえた一人のドイツ人の荷物も、ついに最後まで現われず、結局、私たち三人が、がらんとした空港に取り残される羽目になってしまったのである。

このドイツ人は、私と同年輩くらいの、いかにも学者らしいタイプの男で、学術会議のために同地にきた化学者だとみずから名のった。私たちは、たどたどしく英語を話すカウンターの事務員と、届かない荷物の件について交渉したが、なかなか要領を得ず、責任の所在のまったく解らない官僚主義国の労働機構のふしぎさに、ここで初めて直面した思いであった。事務員がいうには、フランクフルトで乗りかえた時に、時間がなくて、係りの者が荷物の積みこみを忘れたのだろう、というのである。私はいらいらしながら、かたわらのドイツ人を顧みて、「いったい、責任はパン・アメリカンの側にあるのかね、それともOKの側にあるのかね」と訊いたが、こういう事態に慣れっこになっているらしいドイツ人は、意外に平然たるもので、I don't know. と英語で笑って答えてから、肩をすくめて、「これでは髭も剃れやしない。服も着たきりだ。Terrible!（ひどいもんだ）」とつけ加えたのであった。

フランクフルトとプラハのあいだの通航は一日に一本しかないので、明日の同じ時刻に、またここへきてみれば、荷物は届くかもしれない、たぶん届くであろう、という空港の事務員ののんびりした話であってみれば、私たちとしては、だまって引きさがる以外に打つ手はなかった。結局、私たちは翌日、またタクシーを空港までとばして、おまけに一時間も遅れた飛行機を待ちに待って、ようやく運ばれてきた鞄を手にすることができたのである。この偶然のいら立たしい事故は、もしそれがパン・アメリカン側の手落ちだったとすれば、チェコ航空には何の責任もないわけであるけれども、少なくとも私の印象では、「やはりカフカの国はちがったものだわい」という感じをいだかしめるに十分だった。もっとも、この気持のなかには、はたして期待していたものにぶつかったという、いささかの倒錯的な満足感もまぎれこんでいないとはいえなかったかもしれない。

さて空港を出て、従妹のKの案内で、駐車しているタクシーに乗る段になって、またまた驚いたことには、そのタクシーの言語に絶するみすぼらしさであった。いわゆるライトバンである。しかもかなり古く、ところどころ塗りが剝げたり、くぼんだりしている。「これがタクシーかい?」と私は思わず従妹に問い直したほどであった。経済的繁栄を誇る西ベルリンでは、タクシーはほとんど黒光りのする大型のベンツで、しかもその白髪の運転手たるや、いずれも総理大臣にこそふさわしき容貌、人品の持主である。それがここでは、いずれ国家公務員であろう、ブルー・ジンのポケットにだらしなく手を突っこんだ、ジェームス・ディーン・スタイルの青くさい若者なのである。——とくに昼食時や夕食時に近く、プラハの街で流しのタクシーをつかまえるのがいかに困難であるかは、のちに知った。運転手たちは一刻も早く仕事を切りあげて、悠々と食事の時間を楽しみたいのであろう。労働意欲などといった、資本主義的疎外の産物である欲望とは、少なくとも彼らは無縁であるように見えた。

従妹に予約しておいてもらったパーク・ホテルは、ヴルタヴァ（モルダウ）河の左岸にある、市電の通る街路に面した、プラハでは一流に属するホテルだということであった。近代的な建築のビジネス・ホテルで、部屋の壁にはクレー風の、あるいはファイニンガー風の下手糞な抽象画がかかっている。どういうわけか、ツイン・ベッドが平行にならんでいなくて、頭と頭が接するように一直線にならんでいる。フロントの女性にフランス語で話しかけると、そのややいかつい顔をした婦人将校みたいな中年の女性の口から、「ウイ、ムッシュー」という歯切れのよい返事が撥ね返ってくる。ここでは、かつての支配階級の言葉であったところのドイツ語がもっぱら幅をきかせているが、とくにフランス語をしゃべる人間は、知識人として敬意をはらわれるのだそうである。

空港でごたごた手間どったため、その日は市内見物をあきらめて、しばらくホテルで休んでから、ようやく暗くなりかけるころ、従妹の案内でレストランへ食事をしに行った。城のある丘の麓の、「ワルトシュタイン」という名の料理店である。歴史に名高い三十年戦争の名将ワルトシュタイン（俗称ワレンシュタイン）は、プラハの町に大いに因縁があり、げんに、このレストランのつい近くには、豪華なイタリア風バロック庭園のある十七世紀のワレンシュタイン宮殿が残っているのだ。レストラン「ワルトシュタイン」は、重々しい木の扉を押して入ったすぐのところに、古めかしい石の井戸が掘られているのが、まあ変っているといえばいえたが、内部は周囲の壁を漆喰で白く塗った、東京の六本木あたりにもよくありそうな、変哲もない若者向きの洒落た料理店で、ひっそり閑としたプラハの夜の街を歩いていただけでは想像もつかないほど、そこには若々しい男女の人いきれがあった。ただ、彼らの話し声は決して高くはなかった。あとで気がついたことだが、一般に、チェコ人は大声でさわぐことを好まない。私はスペインのコルドバの乗合バスの恐るべき喧噪ぶりを思い出すが、チェコ人がこれを聞いたら肝をつぶすにちがいない。

何という銘柄か忘れたが、私たちはそこで芳醇な白葡萄酒を二本あけた。相手が二人とも女なので、どうしても私がいちばん多く飲むことになり、勘定をして店を出るころには、やや足もとがふらつくほど、いい気分に酔っていた。

プラハの夜は暗く、人通りも少なく、死んだように静かである。死の街だな、と私は思わずつぶやいた。しかし方々の黒ずんだ石の家々の内部では、いま私たちがレストランで見てきたように、外には洩れない黄色い灯火の下で、ひそかに男女の語らいや、押し殺した言葉のやりとりが行われているのであろうと想像すると、このハプスブルク王朝以来の「呪われた都」（カフカの表現）に住む人間の、二重にも三重にも屈折した心理が、私には、あたかも複雑な抽象模様のように、闇のなかに浮かびあがってくるかのような気さえするのであった。

東欧と西欧の接点であり、古くローマの帝政時代このかた、フランク人、ビザンティウム人、アラビア人、ユダヤ人などといった、世界の隅々からやってくる民族の、交通の要路にあたっていたというプラハの町が、政治的にも文化的にも、きわめて複雑な性格を刻印されて、その後の歴史の激浪に揉まれつづけなければならなかったのは、この国の苛酷な運命を叙した幾多の書物によって、私たちにも容易に知り得るところとなっている。すなわち、十五世紀のフス戦争は、ボヘミア王国を貧窮のどん底に突き落したばかりか、イタリアからヨーロッパ全土に波及したルネサンスの到来を、この国にだけ極端に遅らせるという結果を招いた。十六世紀から第一次世界大戦終結までは、神聖ローマ皇帝の末裔たるハプスブルク家のドイツ人が、四百年間の長きにわたって、この国を支配した。はるかに下って、ナチスの国防軍とともにヒットラーがプラハに入城したのは一九三九年、私が小学校四年の時である。かくてゲシュタポの圧制の次には、いまなお私たちの記憶に新しいスランスキーの粛清をふくむ、スターリニズムの暗黒時代がつづく。そして最後に、私がこの目で見た、ヴァツラフ広場の国立博物館の建物に生ま生ましく残っている、ソ連軍戦車の機関銃の弾の痕があるのだ。このように、ざっと近代の歴史を見わたしただけでも、ヨーロッパ大陸のほぼ中央に位置するプラハと、そこに住むひとびとの嘗めてきた、苦難と恐怖の重さは圧倒的であり、私たちの想像を絶しているということが理解されるのである。——いま、こうしてプラハに着いた第一日目の夜、ほろ酔い機嫌で街を歩いている旅行者の私にも、この都会の発散する重苦しい陰鬱な情緒は、ひしひしと感じられるような気がした。中世そのままの黒くすすけた家並みに、剝げ落ちた壁に、ガス灯の淡い光に浮き出した石甃に、迷路のように入り組んだ小路に、よどんだ重い時間の堆積が、融けこんでいるかのように思いなされた。

九月とはいえ、やや肌寒い夜風に吹かれながら、私たちは散歩がてら、ヴルタヴァ河にかかった長大なカレル橋を渡った。市の中央を南北に縦断するヴルタヴァ河と、左右の両岸をつなぐカレル橋と、その橋から眺めた丘の上の王宮フラッチャニ城の遠望とは、プラハのなかのもっともプラハらしい光景であり、私も古い十六世紀の木版画で、しばしばこれにお目にかかっていた。

もっとも、十六世紀の版画では、現在のカレル橋を世界でも珍しいモニュメントの一つたらしめている、あの橋の両側の欄干の上にずらりとならんだ、巨大な聖者たちの三十基の彫像群は見るべくもない。それらの彫像の多くは、十七世紀バロック時代の作だからである。私は石の欄干から身をのり出して、きらきら灯影の反映する美しいヴルタヴァの水の流れを眺めた。

カレル橋を渡って右岸に出ると、そこは旧市街であった。この地区の異様な暗さと静けさは、ますます私を驚かせた。プラハの町の発生の中心であり、かつて近隣諸地方の商人をおびただしく集めたという、商取引の中心でもあったこの旧市街こそ、おそらく、ヨーロッパのあらゆる都市のなかで、もっとも濃密に中世の雰囲気を残存している地域ではあるまいか、と私は思う。ブリュージュよりも、トレードよりも、プラハの旧市街の石甃や壁は、目に見えない時間の侵蝕の跡を完全に保っているような気がするのだ。コンクリート道路が極端に少なく、ほとんど街中の路面が昔の石甃のままであるのも、プラハの市街の大きな特徴といえるであろう。こつ、こつ、と深夜に靴音をひびかせつつ、「プラーグの大学生」やドラキュラ伯爵がマントをひるがえして出現するのは、このような古びた石甃の上でなければなるまい。実際、そんな怪しい幻影が現われても不思議はないような雰囲気なのである。カフカが次のように語っている。

「私たちの心のなかには、相変らず暗い片隅、秘密の道、盲窓、穢らしい中庭、騒々しい居酒屋、閉め切った宿屋などが生きています。新しく造った街の広い道路を歩いていても、私たちの足どりや眼つきはあやふやで、心のなかでは、まだ昔の貧民窟や路地にいるように慄えているのです。私たちの心のなかにある不健康な古いユダヤ人街は、私たちの周囲の衛生的な新しい街よりも、

カレル橋とヴルタヴァ河

はるかに現実的なのです。醒めた状態で、私たちは夢のなかを歩いている、過去の亡霊にすぎないのです。」（ヤノホ『カフカとの対話』）
ヨーロッパ最古のものといわれるプラハのゲットー（ユダヤ人居留地）も、この右岸の旧市街のはずれにあり、私たちは到着第一日目の翌日、やはり従妹を案内人として、この興味ぶかい地区、カフカのいわゆる「不健康な」地区のあたりを、残る隈なく歩きまわったのであった。

*

その日、まず私たちはホテルのロビーで、従妹のKが親しくしている、当地に滞在歴の長い日本人のO夫人と待ち合わせ、四人でタクシーで旧市街の大環状広場へ行った。ここの広場の中心には、今世紀になって完成したヤン・フスの銅像があり、銅像をはさんで、いずれもゴシックの壮麗な建造物である市庁舎と、二つの尖塔のあるティーンの聖母大聖堂とが向い合っている。シーズン・オフだから観光客は少ないが、ちょうど日曜日なので、広場のベンチには市民が大ぜい日向ぼっこをしている。粗末な服装の老人が多い。
　やがて午後一時になろうとすると、広場に群れているひとびとの注意が、いっせいに彼方の市庁舎の塔の西側に取りつけられた、古風な黄道十二宮《ゾディアック》の記号のある、大きな文字盤の天文時計《オルロイ》に向って集中されはじめた。アメリカ人の観光客は競ってカメラをかまえる。この自動人形の仕掛のある十五世紀以来の時計については、詩人アポリネールの記述を借りよう。

プラハ旧市街展望

「死神の像が頭をふりふり、綱を引っぱって鐘を鳴らしていた。そのほかいくつもの小さな像が動いているかと思うと、雄鶏が羽ばたきをしているし、ひらいた窓の前を、十二使徒が無表情な視線を街路に投げながら通り過ぎていった。」(『プラハで逢った男』)最後に、雄鶏が間のぬけた声で時をつくると、期せずして見物人のあいだから笑い声が湧き起る。それで終りだ。ひとびとは散ってゆく。――私はのちにスイスのベルンで、ストラスブールの大聖堂で、やはり同じような仕掛けの古い天文時計を見たけれども、チェコ人の度はずれた時計好きは、明らかにメカニックなものや魔術的なものに対する生来の嗜好のあらわれであろうと想像された。周知のように、人造人間小説の古典的傑作を書いたチャペックもチェコ人であり、マリオネット演劇や「ラテルナ・マギカ」のようなスペクタクルを何より愛好しているのもチェコ人なのである。そう思って見ると、プラハの町の塔には、やたらに時計が目立つのだった。もっとも、時刻が合っている時計はめったにない。

人形時計の子供っぽいメカニズムを楽しんでから、私たちは市庁舎のてっぺんの望楼にのぼって、晴れわたったプラハの街並みを一望した。目の前にティーン大聖堂、東のほうに火薬庫塔、西のほうにクレメンティヌム、それだけはどうやら私にも識別できるが、旧市街ににょきにょき突っ立つ大小さまざまな塔、塔、塔は、地図と首っぴきでも、とてもいちいち名ざし得るものではない。ロマネスクの円屋根もあればゴシックの尖塔もあり、バジリカ会堂もあればユダヤ教会堂もある。じつにいろいろな形の塔が、くっきりと青空を区切って立っている。ヴルタヴァ河の向うのはるかな遠くには、王宮の屋根の上に抜きん出て、聖ヴィート大聖堂の尖塔群も小さく見

プラハ市庁舎の人形時計

える。なるほど、古くから「百の塔のある都」と呼ばれているように、高いところから眺めたプラハの街の景観には、また別の優雅な趣きがあるものだな、とつくづく感心した。それはいかにも「古都」という感じにぴったりなのである。青空と白昼の光のもとでは、昨夜の物恐ろしい旧市街の死の印象も、どこかへ吹きはらわれたようであった。

私たちはここで案内役のO夫人と別れて、次に、かねてから私が一度行ってみたいと思っていたユダヤ人街を訪れた。

そもそも、私が今度の旅行の日程にプラハ滞在を組みこんだのは、ほかでもない、この都に、かつて錬金術や魔術に耽溺していたハプスブルク家の皇帝ルドルフ二世が住み、その周囲に多くの芸術家や神秘家をあつめて、ここをアルプス以北のヨーロッパ全土のマニエリスムの一大中心地たらしめていたということ、そして同じ時代のプラハの古いユダヤ人街こそ、あのゴーレム伝説（のちに詳述する）の発祥地だったということ、——以上のごとき理由によるのである。いわば私は、十六世紀後半の輝かしいマニエリスム時代の幻影を求めて、この社会主義を表看板とする現在の東欧のソヴィエト衛星国へやってきたわけなのであった。ところで、このような私の歴史上の一時期に対する好奇心は、現代のチェコ人にとっては、まったく理解の外にあるらしかった。彼らが外国人に誇り得る歴史上の英雄は、何よりもまず、教会の圧制に反抗して焚殺されたヤン・フスであり、ハプスブルク家の弾圧を受けて亡命したコメニウスであって、決して四百年間チェコ人を支配したドイツ人の皇帝ではなかったのである。当り前といえば当り前かもしれない。世界は遊びにおいて統一されねばならぬという、ルドルフ二世のアイロニカルな知的インターナショナリズムの理想は、今日のチェコ人の現実生活には、あまりにも遠い理想なのであろう。私は、プラハで知った数人のチェコ人に、ルドルフ二世とゴーレムに関する質問をして、いつも変な顔をされた。「どうしてそんなものに興味をもつのかね?」という顔であった。

旧ユダヤ人街には、いちばん古い十三世紀後半のゴシック式のものから、ルネサンス式、バロック式、さてはマウル式にいたるまで、さまざまな建築様式のシナゴーグ(ユダヤ教会堂)が六つ残っていた。しかし様式はちがっても、いずれも入口や窓が極端に小さくて、内部が薄暗い穴倉のような感じのところは共通しており、「ソロモンの鍵」と呼ばれる魔法の六芒星の印と、枝付燭台のある簡素な祭壇に、ヘブライ文字を記した羊皮紙の聖典が安置されている。現在では、この六つのシナゴーグはチェコ政府によって保護され、ユダヤ文化博物館として、それぞれ貴重な織物、銀器、古文献(カバラ原典やタルムード)などを展示し、一般人にも公開されている。

私は、ゴーレムに関する資料はないかと、目を皿のようにして展示品のあいだを探してみた。すると、一つだけ見つかった。ただし、それはカリカチュアであった!

カリカチュアであろうと何であろうと、ユダヤ文化美術館に展示されているゴーレムの絵なのだから、ともかく資料としてフィルムにおさめておこうと思い、私はやけにカメラのシャッターを切ったが、いかんせん、暗い穴倉のようなシナゴーグの内部では、とても光が足りるどころではなかった。

シナゴーグからシナゴーグへと歩きまわっていても、すでに半ば観光化されているこの旧ユダヤ人街には、かつて青年カフカの心を金縛りにしたような「不健康な」雰囲気は、じつのところ、ほとんど感じられなかった。むしろ緑の樹が多くて、ほかの地区よりも明るい感じがしたほどだった。いちばん古いゴシックのシナゴーグの隣りに、旧ユダヤ人街の市庁舎が立っていたが、この建物の塔に取りつけられた時計は、文字盤にヘブライ文字が記されていて、驚いたことに、針が反対の方向にまわるのである。

墓地の奥にあるルネサンス式のシナゴーグは、チェコに住むユダヤ人にとって特別の意味をもった記念物である。すなわち、この教会堂の内部の壁には、第二次大戦中、ナチスの強制収容所に送られて殺されたユダヤ人七万七千二百七十九名の名前と、その生年月日および死亡年月日とが、細かな字でびっしりと書きこまれているのである。「アンナ、一八八四年十月七日・一九四三年九月六日。ロベルト、一八七七年十月三十一日・一九四三年四月二十三日。イルマ、一八八五年六月四日・一九四三年八月三十日……」といったような、延々とつづく単調な記述を読んでゆくと、やがて徐々に、おそらく事実の重さのみが私たちにあたえることのできる異様な衝撃に、全身がしびれたような気持になってくる。「エリック、一九三二年四月十七日・一九四二年四月二十八日」などという記述も見つかる。エリック少年は十歳でガス室に送られたのである！

ナチスの戦争犯罪の思い出を片時も忘れたことのないユダヤ人に、ゴーレムなどという、封建時代の神秘主義の妖怪譚について質問するのは不謹慎であろうか。ともあれ、私は路地の奥の、古い屍体公示所の建物の裏にある、現在は使われていない昔のユダヤ人墓地の前にくると、何はさて、案内人の中年の婦人に、「レーウェ・ベン・ベザレルの墓はどこか」とフランス語で訊いたのである。いかにもユダヤ人を思わせる鷲鼻の、知的な顔をした、その銀髪の大柄な中年婦人は、Attendez un moment.（ちょっと待って）というと、事務所の小屋から出てきて、私の前に立って墓地のなかへ入っていった。

墓地の眺めは、たとえようもなく奇怪であった。すなわち、まばらに生えた雑木林のなかのせまい空間に、形も大きさも材質もちがう石の墓標が、方向も一定せぬまま、ただ乱雑に無造作に、ぎっしりと隙間もなく並べられていたのである。まるで平べったい墓標が押し合いへし合いしているようで、なかには倒れかかっている墓標もあった。せま苦しいゲットーに押しこめられていたユダヤ人は、どうやら死んでからも、そのせま苦しさから解放されなかったらしいのである。墓標は全部で約一万二千基、そのうちのいちばん古いものには、一四三九年という年号が刻まれているそうである。おもしろいのは、ある種の墓標の上端に、死者の名前や職業をあらわす、象徴的な形が彫り刻まれていることで、たとえば鑿は石工をあらわし、ランセットは医者をあらわすという具合であった。また一般的な装飾として、王冠とか壺とか弓とか、獅子とか鳩とか熊とかいった動物の形も刻まれていた。

案内人にみちびかれて、私は墓地のほぼ中央に位置した。教師《ラビ》レーウェの墓標の前に立った。先端に松ぼくりの装飾のついた、ほのかに薔薇色をおびた美しい大理石の墓標で、上部に跳ねあがった獅子の浮き彫りが認められる。さすがに名高い伝説的人物の墓だけあって、私の頭より高く、群を抜いた偉容である。よく日本のお地蔵様の台座などに、参詣人が一つ一つ小石を積みあげる習慣があるように、このユダヤの教師の墓標の上にも、小さな石がおびただしく積みあげられていた。私も地面から手ごろな石を一つひろって、墓標の上にそっと載せた。

伝説によれば、西欧世界にカバラの思想をひろめるのに貢献したという、このレーウェ・ベン・ベザレルという十六世紀のユダヤの大学者が、あの奇怪な人造人間ゴーレムを造ったという評判の持主なのである。ゴーレムとは、語源的には「胎児」あるいは「未完成のもの」といったほどの意味で、中世からユダヤ伝説に現われるようになった、呪文によって生命を吹きこまれた一種の土偶である。錬金術や魔術の理論の発達とともに、多くの学者が生命を人工的に造出せんとする野望をいだいたが、このゴーレムも明らかに、そうした野望の反映の一つであろう。元来、カバラの思想の中核には、言葉のもつ力を信ずるという神秘主義があったから、粘土の人形の額に秘密の言葉を刻みつけることによって、これに生命を賦与するという方法も、ごく自然に信じられたのであろう。十六世紀以前にも、ユダヤ教の博士がゴーレムを造ったという伝説は無数にある。ただ、プラハのゲットーにおける教師レーウェのゴーレム造出の伝説は、ちょうど時を同じくして、この都に無類の神秘愛好家であるルドルフ二世が君臨していたという事情もあって、後世のひとびとに、いよいよロマネスクな空想を紡ぎ出させることになったものと思われる。とくにレーウェの名にむすびついた伝説がひろまったのは、十八世紀以後であるという。私たちは、パウル・ウェゲナー監督のドイツ表現派映画『ゴーレム』や、ジュリアン・デュヴィヴィエ監督のフランス映画『巨人ゴーレム』のなかに背景として描かれた、美しいプラハの街やルドルフの宮廷を見ることができる。カフカがその力量を認めていたチェコの怪奇小説家グスタフ・マイリンクにも、有名な『ゴーレム』なる題名の作があるけれども、これは前記の二つの映画作品とは異なって、ルドルフ時代の伝説を直接のテーマとしたものではない。

プラハのユダヤ人墓地　レーウェ・ベン・ベザレルの墓

デュヴィヴィエの映画では、往年の名優アリー・ボールの扮する暗君ルドルフ二世が、しいたげられたユダヤ民衆の解放者として復活し大あばれするゴーレムのために、その寵臣たちを次々に殺され、その牢獄を破壊され、ついに退位することを余儀なくされる。そして最後に、ゴーレムは額に刻まれた呪文を消されて、ふたたび一塊の粘土に帰ってゆくという筋書である。

はたして教師レーウェは、伝説の伝えるように一五八〇年、神の命により二人の聟の助力を得て、プラハのゲットーにおいてゴーレムを製作したかどうか、はたして彼は安息日に、このゴーレムを召使のように使っていたかどうか、——そんなことは、私にはまったくどうでもよかった。私はただ、ユダヤ人墓地とレーウェの墓を見るだけで満足した。伝説をして伝説たらしめよ。さて、次はルドルフ二世である。

＊

一週間のプラハ滞在期間中、私は二度にわたって、左岸の丘の上のフラッチャニ宮殿を訪問した。

ホテルの前から市電に乗って、丘の下のマラ・ストラナ広場で降りる。この広場のあたりも古い地区で、すぐそばにバロック式の玉ねぎ型の円屋根のある聖ミクラーシュ教会があり、広場を取り巻く民家もまた、ゴシック、ルネサンス、バロック、ロココなどの堂々たる構えである。この広場から、歩いて民家のあいだを通って、うねうねとしたせまい坂道をのぼり、やがて丘の上の城の正面に出るのである。この階段のある坂道のあたりも、お屋敷町の裏通りといった閑静な感じで、弱い秋の日差しを浴びて散歩するのに悪くはなかった。

私たちが坂道をのぼり、ようやく城の前に出ようとすると、日あたりのよい広場のベンチに腰かけていた、髪の毛の黒い、肌の浅黒い、眼のきらきら光った、浮浪児のように粗末な服装をした二人の少女が、何か鋭い声で私たちに声をかけた。私がふり返ると、向うは笑っている。「相手になっちゃ駄目よ。あれはジの字よ」と連れのKがいう。「ジの字って何だい?」「ジプシーよ。たかられるわよ。」──私はあらためて、その痩せた牝狼のような、短いスカートから細い脚を出した、野生的なエレガンスさえ感じられる二人の少女を眺め返さないわけにはいかなかった。

私たちに声をかけてくるのは、しかし、ジプシーの女の子だけではなかった。道を歩いていると、しばしば髪の長いヒッピー風の青年が、気弱そうな笑いを浮かべて、ためらいがちに私たちに近づいてくる。Can you speak English? 彼らの用件はきまっている。もう聞かなくても分っている。つまり、ドルをもっていたら交換しないか、というのである。これは社会主義国チェコスロヴァキアの恥部であろう。ついでだから書いておくが、プラハには「トゥーゼックス」という売店があって、そこではドルだけが通用し、外国製品(電気洗濯機からジョニー・ウォーカーまで)を何でも売っているのである。ドルがあれば贅沢ができるのは自明であろう。私は、苦い気持とともに、占領軍時代の日本のピー・エックスを思い出さざるを得なかった。……

闘う巨人の像を左右に配した、フラッチャニ宮殿の堂々たる城門の前には、カーキ色の軍服を着た、チェコ陸軍の若い番兵が二人、直立不動の姿勢で立っている。彼ら自身も彫像と化したかのように、まったく動かない。さぞつらいだろうな、と思う。かつて神聖ローマ帝国の支配者たちが住んでいたこの城には、現在、社会主義共和国の大統領が住んでいるという。

門を通って第一の中庭に入り、さらに門（マティアス門）をくぐって、噴水のある第二の中庭に入る。この第二の中庭を四角く取り囲んでいる建物が城の主要部分である。宝物殿があり、画廊があり、大広間がある。城の造営は古く九世紀にさかのぼるというが、その後の時代に破壊されたり、また再建されたりしているので、各部分によって、ルネサンス、バロック、ロココなどのスタイルが重層的にからみ合っている。

さらに中庭から奥へすすむと、高さ九十六メートルおよび八十二メートルの巨大な三つの尖塔のそびえる、プラハでもっとも壮大な聖ヴィート大聖堂の正面玄関前に出る。大きな塔を中心にして、周囲に小さな塔が密集し、また建物の周囲をまわってみると、外壁に高く怪獣の像の突き出ているのが見えたりして、その印象はすこぶる幻怪、見方によれば、ちょっとガウディのサグラダ・ファミリア教会を思わせないこともない。尖塔は十四世紀のゴシック、円天井は十六世紀のルネサンス、屋根は十八世紀のバロック、そして堂の西側の部分は、一九二九年にようやく完成した擬ゴシック様式だというから、これは西欧のあらゆる建築様式をごちゃまぜにした、一つの巨大な混成体と称すべき建物であろう。悪趣味だと思うひともいるだろうが、私には、こういう趣好は気に入らぬものではなかった。

この大聖堂の正面の塔には、ルドルフ二世時代の貴重な時計が二つ取りつけられていて、上のほうの文字盤は直径四メートル二十五センチ、下のほうのそれは三メートル八十五センチだという。そして上のほうの針が時刻を示し、下のほうの針が毎十五分を示す。私は前に、チェコ人の時計好きについて述べたが、皇帝ルドルフが当時のもっとも熱心な時計蒐集家だったということも、ここに忘れずに記しておこう。グスタフ・ルネ・ホッケのいうように、時計こそマニエリストたちの標識だったとすれば、皇帝のマニエリスティックな精神は、立派にプラハの町に生き残ったのでもあろうか。

聖ヴィート大聖堂の裏へまわって、さらに奥へすすむと、十二世紀のバジリカ会堂があり、さらにもっと奥のほうへ歩いてゆくと、城のどんづまりの外壁にへばりついたように立ちならぶ、小さな玩具の家々をつらねたような狭い通りへ出た。家々の扉口はいずれも極彩色に塗られていて、芝居の書割のように安っぽく、俗悪である。この石甃の狭い通りが、伝説によると、かつてルドルフ二世に保護された錬金道士たちの住んでいた「黄金小路」だと教えられて、私はひどく幻滅した。現在では、これらの家々は、もっぱらアメリカ観光客相手のお土産屋に一変していて、つまらないアクセサリーなどを売りつけている。――しかし事実は、ここに皇帝おかかえの錬金道士たちが住んでいたというのは真赤な嘘で、一五九七年以降、皇帝の命により、城内の警備隊の番兵たちがここに寝起きしていたのだという。いわば下級武士の住む棟割長屋で、宮中の貴族たちの贅沢な暮らしにくらべて、ここの生活は極端にみじめだったらしく、十八世紀前半までは便所の設備もなかったという。

それでは錬金道士たちはどこに住んでいたのかというと、彼らの実験室は、城中のもっと西寄りの、ミフルカ塔と呼ばれる塔の近くにあった。むろん、いまでは、実験室の跡は何も残っていない。この塔の付近には、また占星学や天文学のための、天体観測用の塔もあって、かつては皇帝みずから、プラハに招聘されたティコ・ブラーへやケプラーのような大学者とともに、政治などはそっちのけで星を眺めることに余念がなかったというが、残念ながら、その跡もいまは残っていない。

私は、城の入口にあるナショナル・ギャラリーにはいってみたが、ここでも失望を味わわなければならなかった。ハプスブルクの諸皇帝によってプラハにあつめられた十六世紀、十七世紀の絵画のコレクションは、しばしば世界中の美術館に売られたり、あるいはハプスブルク家の本拠であったウィーンの宮廷へ運ばれたりして、実際、ここに残っているルドルフの蒐集品は、ごくわずかにすぎないことが分ったからである。たとえば、ルドルフのお気に入りだった宮廷画家アルチンボルドの作品や、フォン・アーヘンの「ルドルフ二世像」や、そのほか皇帝によってプラハに招かれた群小マニエリストたちの作品の大部分は、皇帝の弟のマティアスによって、そっくりウィーンの宮廷に移され、いまでは、あの巨大な美術史美術館の二階および三階に展示されているのである。『ハプスブルク一族』の著者ドロシー・マッギガン女史によると、このときウィーンに運ばれたのは絵画だけでなく、さらに「ボヘミアの王冠の宝石、ルネサンス時代の金銀細工品、アメティスト、縞瑪瑙、玉髄、螺鈿、赤玉などの壺、水晶の台付盃、二千六百カラットの巨大なエメラルドをきざんだ盃」だったという。

むろん、このプラハのナショナル・ギャラリーにも、ティントレット、ヴェロネーゼ、ルーベンス、デューラー、クラナッハ、バッサーノといったイタリア、ドイツあるいはフランドルの巨匠の名作はあり、とくにリベラの「聖セバスティアン」(プラドのそれとよく似ている)は印象に残ったし、ルドルフ時代の名残りとおぼしいシュプランガー、ヨーゼフ・ハインツ、アドリアン・ド・フリース、ゴルツィウス、サヴェリ、デ・モンテなどの愛すべき諸作も、私なりに楽しんだにはちがいないのだが、やはりルドルフの息のかかった粒よりの異色作が、このプラハに、もっともっとあってよいと私は思った。

「その芸術家の友人のうち、多くの者がそうであったと同じように、ルドルフも独身を通したが、その治世は三十六年の長きにわたった。やがて彼は、精神的肉体的に次第に乱心状態におちいったが、それより以前の治世時代に、プラハを、まことに変った種類の知的世界都市に仕立てあげたのである。ウィーン、ドレスデン、アウグスブルク、ニュルンベルク、ミュンヘン、アントワープ、ハーレムなどといった諸都市の宮廷文化、大ブルジョワ文化の趣味や様式のために、この都は、あたかも中部ヨーロッパにおける南と北、地中海と大西洋とをつなぐ架橋をなしていた。このプラハに、ハプスブルク家のもっとも変り種の王様は、明らかにカリマコス時代のアレクサンドレイアおよびハドリアヌス帝時代のローマにならって、ヨーロッパの数多の芸術家をあつめ、ここを西欧マニエリスムのもっとも興味ある結晶地点の一つたらしめたのである」とホッケが書いている。もしホッケのいう通りだったとすれば、私たちは、今日のプラハの失われた栄光を歎くべきであろう。

＊

私たちは別の日に、フラッチャニ城の北にある、かつてのルドルフの離宮であった、「アルプス以北におけるもっとも美しいルネサンス式の建築」といわれている、ベルヴェデーレ宮を訪れた。さして広からぬ庭と、細い優美な列柱の立ちならぶ館とによって成り立った、まことに簡素な宮殿である。館の屋根の微妙な曲線と、立ちならぶアーチの列柱とが調和して美しい。ありがたいことに、観光客もほとんどいない。

庭のほぼ中央に、噴水のあるブロンズの十六世紀の水盤があり、この水盤に付属した彫像がおもしろい。悪鬼の面が口から水を噴き出しているかと思うと、天使のような男の子の男根からも、ちょろちょろ水が流れ落ちている。水盤を支えているのは、角があり、髯があり、しかも乳房がある醜怪な鬼である。これが一般に「歌う噴水」と呼ばれているのは、背をかがめて水盤の下にもぐりこんでみると、ブロンズの水盤に落ちる水のひびきが、何となく歌を歌っているような感じに聞きとれるかららしい。私の妻は、再三にわたって水盤の下にもぐりこんで、耳を澄ました。私もやってみたが、べつにどうということもない。

ルドルフ時代には、このベルヴェデーレの館の壁という壁は、古代神話のテーマを扱った多くの絵画作品でびっしり飾られており、階下の一室には、皇帝が夢中になって集めた鉱物のコレクションが所蔵されていたという。たぶん、人魚の鰭とか、マンドラゴラの根とか、一角獣の角とか、さては糞石《ベゾアール》とかいった、あやしげな蒐集品もそこに混っていたことであろう。この館には、また一時期、皇帝の側近の天文学者ティコ・ブラーヘが住んで、そこに天文台を設けていたこともあったというし、ダイヤモンド磨きのための工房が置かれていたこともあったという。すべてはルドルフの退位とともに、凋落の一途をたどったのである。

列柱のある館の回廊は、裏へまわると、ちょうど眼下に緑の樹々の多い庭園を見おろすような形に張り出している。ベルヴェデーレ（見晴らし台）という名は、ここから由来したのであろう。ティコやケプラーが、この見晴らし台から大空の星々を眺めて、どんな深遠な議論を交わしたのであろうかと考えながら、私は回廊を何度も行ったり来たりした。

ベルヴェデーレの門を出て、丘の下へ向って歩き出すと、やがて欝蒼たるリンデンバウムの並木道があらわれる。右側はフラッチャニ城のつづきの塀であり、左側には並木の向うに電車の線路がある。リンデンの厚い葉ごもりを透かして落ちてくる木洩れ陽を縫って、ときどき電車が走り過ぎる。けたたましい音は一瞬にして過ぎ去る。まだ落葉の季節というほどではなく、リンデンの葉は一様に黄色く色づいて、午後の陽に美しく光っている。ここは、おそらくプラハでいちばんの快適な散歩道であろう。

また別の日に、私たちはフラッチャニ丘から東へ歩き、名高いプラハ生まれの建築家K・I・ディーンツェンホーファーの手になる、バロックのごてごて趣味の典型ともいうべきロレッタ教会の堂内を眺め、さらに東へ歩いて、プラハ市のはずれにあるストラホフ図書館へ行った。

もともと、このストラホフ図書館は、十二世紀に起源を有するプレモントレ会のロマネスク式修道院に所属する、聖職者たちの図書館だったのに、第二次大戦後の革命騒動で、半ば強制的に、一般大衆向けのチェコ文学図書館に改変させられてしまったのである。しかし昔のままに保存された、約十三万冊という厖大な数の蔵書は、いまなお神学室、哲学室などと呼ばれる大広間の書棚に、ぎっしりと詰めこまれて眠っている。この天井画のある、寄木細工の床の豪華な哲学室および神学室を、現在では、観光客に公開して見せているのだ。神学室に、数個の巨大な天球儀と地球儀の飾ってあるのが私にはおもしろかった。大判のミサ聖歌集が書見台の上にひろげてあるので、こころみに私はページをめくってみたが、それは紙ではなくて羊皮紙であった。

しかし、ストラホフ図書館のなかでもっとも私の目を惹いたのは、通路と呼ばれる目立たない一劃の棚に保存してある、博物学や考古学のおびただしい標本、それに、ありとあらゆる珍奇な自然の蒐集品であった。もとカルル・エベン男爵というひとのコレクションだったものを、ストラホフ修道院が買いとったものらしいが、私には、これこそ皇帝ルドルフの驚異博物館の小さな雛形ではあるまいか、と思われた。海老や蟹の甲殻類、貝殻、蛇、魚類、動物の骨、化石などといった、ありとあらゆる自然の産物が、ガラス箱や瓶のなかに収蔵されているのである。むろん、鉱物の標本もあったし、動物の剥製もあった。フラッチャニ宮殿やベルヴェデーレで、ルドルフの偏愛した遺品をついに発見することができず、少なからず落胆していた私も、これでいくらか気が晴れたような具合であった。つまり、プラハの街で時計を見つけた時と同じように、この場合も、マニエリスムの具体的な標識を発見したような気がしたのである。これこそ古いプラハではあるまいか、と思ったのである。

案内役の従妹に、この街の古本屋を見たい、という註文を出すと、彼女は私を、マラ・ストラナ広場からカレル橋にいたるモステツカ通りに連れていってくれた。商店や骨董屋のならんでいる通りであった。初めて行った知らない町で、気ままに古本屋を冷やかして歩く楽しみは、本好きの者なら誰でも心得ている楽しみであろう。とある一軒で、私はモーリッツ・フォン・シュヴィントの古い画集を買った。べつに大したしろものではなく、拍子抜けするほど安かったが、あのルドルフ二世の生まれ変りとも思えるバヴァリアの狂王ルドヴィヒ二世が、このミュンヘンのロマンティックな画家を愛していたことを知っていた私は、どうしても買わずにはいられなかったのである。私がプラハで買った本は、その一冊だけである。

＊

プラハ市内もずいぶん歩きまわったな、という思いがしはじめるころ、やはり同地に長く滞在している某新聞記者のIさんから、郊外へドライヴに連れていってくれる、という耳よりな話を聞いた。行く先は、まずプラハ東南方二十八キロのカルルシュテイン。十四世紀中葉、「ボヘミアの父」といわれた皇帝カルル四世が、王家の金銀宝石類を安全に保管するために建てさせたという、ゴシックの城のあるところである。カルルはチェコ語でカレル、すなわち、カレル橋を建造したのも同じ皇帝である。

絶好のドライヴ日和で、私たちはボヘミアの秋を満喫した。小さな実をいっぱいつけた、林檎や梨の並木道がある。子供の握り拳ほどの大きさの、その落ちた林檎の実をひろって嚙ってみると、酸味が口のなかにひろがって爽快感が残る。小川が流れ、白壁の農家のかたわらには花々が咲き競っている。コスモス、鶏頭、立葵、サルビア、カンナ、ダリア、薔薇、百日草、日まわり、おしろい花……などと数え立てると、日本の秋とさして変らぬごとくであるが、乾燥した澄んだ空気のなかで、それらの植物は、一種抽象的な、鮮明な輪廓をもって空間に位置を占めているような気がする。それはもしかすると、あのプラハのナショナル・ギャラリーで、フランドル派末流のあまりに技巧的な静物画を私が見すぎたためかもしれなかった。

車を降りて、山道をのぼる。カルルシュテインの城は、小さな山のいただきに建てられた、小さなゴシックの城であった。といっても、付属教会堂の壁には十四世紀のフレスコあり、礼拝堂には同じく十四世紀の板絵（名匠テオドリクの作という）あり、また城の内部の遺物にも見るべきものが多々あって、城中を一巡するのはなかなか骨である。たまたま、見物人のなかに、ユーゴスラヴィアの男女の高校生の一団があって、私たち日本人夫婦がめずらしいらしく、しきりに話しかけてこようとする。どうやら私たちを同年輩の仲間ぐらいに考えている模様である。そのなかの一人、たどたどしい英語をしゃべる亜麻色の髪のお嬢さん、ヴェスナ・イリッチ君と親しくなり、城の入口で一緒に写真を撮ったりした。

城のある山の下の、野外のレストランのようなところで、私たちはIさん夫妻とともに、冷たくしたピルゼンのビールに咽喉をうるおした。ふと見ると、黒い自動車が通る。ひとびとが笑顔で車のなかをのぞきこんでいる。車のなかには、真白な花嫁衣裳をつけた若い女性がいた。これからカルルシュテインの城で、結婚式を挙げに行こうという寸法らしかった。

まだ一日の予定は終っていない。次に、私たちはふたたびプラハにもどり、今度は方向を一転して、北をめざした。ヴルタヴァ河を北に向って下ると、ヴルタヴァ河とエルベ河（当地ではラベ河と呼ばれる）の合流する三角地点があり、このあたりは名高い葡萄栽培の土地である。ミエルニクという小さな町があって、そこにはゴシックの城の廃墟の上に建てられた、ルネサンス式の城館《ザーメック》がある。プラハから約三十一キロ。

葡萄畑と森のあいだに見え隠れするヴルタヴァ河に沿って、Iさんの運転する車は快調に走る。これでは、スメタナの旋律が口をついて出るのもやむを得ないだろう。坦々たる平野のなかの一本道に、ときどき教会の高い塔のある村があらわれては、また車のうしろに消えてゆく。

ミエルニクに着くと、私たちは、眼下に河を見おろす古風なレストランで、鱒の料理を食い、ルドミラという銘柄の土地の葡萄酒を飲んだ。ちなみに、ルドミラとは、ボヘミアの守護聖人ヴァツラフの祖母で、ボヘミア王族として初めてキリスト教に改宗した聖女の名である。聖女の名前と酒の名前とを結びつける趣向はわるくないな、と私たちは笑い合った。このレストランは、ルネサンス式の城館の一部を改装したもので、河にのぞみ、窓から下を見おろすと、ちょうど二つの河の合流する地点が見えるのだった。あたかも巨人が股をひらいたかのようなけしきである。午後の日光が燦々として、白く光った河の面に降りそそぎ、何か空気中に光の微粒子が充満しているかのように、遠くは靄のようにぼんやり煙って見える。近くの森も、遠くの葡萄畑も、光のなかに融けてしまいそうである。ラベ河をゆっくり航行する船が見える。ワインの酔いと、ガラス戸越しの日光に、私は徐々に陶然たる気分になってきた。……

＊

このボヘミアの森の楽しいドライヴの日の翌日、深夜の十二時、私たちはプラハのメイン・ステーションのホームに立っていた。

プラハの駅は暗く、煤煙で黒くすすけている。当り前の話だが、煙を出して走る汽車が出ているからである。それにしても、この暗さはどうだろう、と私は思った。そして戦争中の上野駅を卒然と思い出していた。

それより二日前、私たちはプラハの警察へ行って、ヴィザの二日間の延長を申請したのであった。ヴィザの延長のために警察へ行かねばならないと聞いたとき、私は妙な気がした。警察では、いろいろな事務上の手続きのために、ここへ来ているチェコ人や外国人が、部屋の前に列をつくって順番を待っている。やがて順番がきて、私は部屋に入ると、係官の机の前にすわらせられた。係官は、プラハにおける私の知人関係を根掘り葉掘り質問し、やたらに書類に判をべたべた押したあげく、ようやくヴィザの延長を許可してくれた。

それから一日置いて、私たちは飛行機の予約のために「チェサ」（チェコ航空）の事務所へ行った。つまり、その日がヴィザのぎりぎりの期限だったからである。今日中にチェコの領土を離れなければ、ひょっとすると逮捕されるかもしれないぞ、と私は、一昨日の警察風景を思い出しつつ、冗談半分に妻にいった。ところが、「チェサ」の事務員の話によると、その日、ウィーン行きのOS（オーストリア航空）は座席がいっぱいで駄目だというのである。しかも、OSは一日に一本しか出ていない。

そういう次第で、私たちはやむを得ず、プラハから汽車でウィーンへ行くことになったのである。

汽車は十二時半に出発。窓から手をふって、従妹のKと別れを惜しむ。

コンパートメントには、私たち夫婦のほかに、チェコ人の老人がひとりである。眼鏡をかけた、ちょっとトロツキーに似た顔の老人で、孫への土産でもあろうか、網棚の上に、玩具の木馬をのせているのが印象的であった。電気を消したコンパートメントで眠ろうとするが、私は頭が冴えてしまって、一向に眠くならない。ウィーン到着は午前八時二十八分の予定。約八時間の汽車の旅である。窓から外を眺めると、ボヘミアの真っ暗な森が、いつ果てるともなく延々とつづいている。白樺の林も見える。シュヴァルツヴァルト（黒い森）という言葉を私は思い出していた。

うとうとしたとき、深夜の静けさをやぶる「パス・コントロール！」の声に、はっと目をさました。静かなのは、汽車がとまっているからだった。国境なのだ。

いきなりドアをあけて、若い男の兵士と女の兵士が二人、靴音も荒々しくコンパートメントにはいってくる。そして旅券をしらべると、次に私たちの鞄をあけさせた。私の鞄のなかに紙包みがあるのを認めると、女の兵士が手をのばして、その中身をしらべようとする。Meine Schuhe（おれの靴だ）と私がいうと、途中でやめて、Danke（ありがとう）といって出て行った。

こうして、ほとんど一睡もしないうちに朝になり、窓からオーストリアの風景が見えはじめ、ほぼ予定時間通りに、ウィーンのヨーゼフ・フランツ停車場に着くと、私は何か、長い奇妙な悪夢からさめて、ふたたび現実の世界へもどってきたような気がするのだった。そういえば、このプラハ・ウィーン間の汽車は、ウィーンで療養していたころのあのカフカも、しばしば利用していたはずだったな、と私は疲れた頭で、ぼんやり考えた。

マジョーレ湖の姉妹

イタリアとスイスの国境にあるマジョーレ湖といえば、昔から風光明媚な観光地として有名な場所である。このマジョーレ湖と、そこに浮かぶ島々に、私が特別の興味をもつようになったのには、しかしながら、いささか理由がある。私は大学を卒業した翌年、ジャン・コクトーの『大胯びらき』という小説を初めて翻訳刊行したが、その小説のなかに、主人公のジャックという少年が、母親と一緒にイタリアの湖水めぐりをして、マジョーレ湖の湖畔にやってくるところがあったのである。その部分を引用してみよう。

「マジョーレ湖の湖畔で、ジャックは、ベルグソンやテーヌの本にいつも何か書きこみをしている一人の高等師範生《ノルマリヤン》に出遭った。この男はブロンドの口髭をはやし、鼻眼鏡をかけ、モーリス・バレスもどきのユーモラスな気質の男であった。その知性は鋭く磨ぎすまされていて、彼はちょうど飴ん棒をしゃぶるように、味わいながらこれをとんがらせていた。この学生らしくない学生は、ボロメオ諸島などという呼び名を軽蔑して、これに『イゾラ姉妹』と異名をつけていた。」

マジョーレ湖に浮かぶ四つの島をボロメオ諸島といい、大きい順にイゾラ・ベッラ（「美しい島」の意）、イゾラ・マードレ（「母なる島」）、イゾラ・ペスカトーリ（「漁夫の島」）およびイゾラ・ディ・サン・ジョヴァンニ（「聖ヨハネの島」）と呼ばれる。これらの島々を姉妹に見立てたわけである。日本にも、小笠原諸島に父島、母島、あるいは姉島、妹島といった呼び名があるけれども、私には、このコクトーの表現が非常に美しく、詩的に感じられたのである。

その後、私は西洋庭園の歴史をしらべているうちに、このイゾラ・ベッラという島全体がバロック庭園になっていて、あたかも「バビロンの架空庭園」のように、怪奇で幻想的であることを知り、ますますマジョーレ湖に興味を掻き立てられるようになった。

だから昨年の十月十八日、チューリヒからミラノへ着くと、私は短いミラノ滞在期間中に、ぜひ機会をつくってマジョーレ湖へ行ってみたいものだ、と考えた。この希望は、幸いにして実現されることになった。彫刻家の豊福知徳さんが、車で連れていってくださる、というのである。

海外で活躍している数少ない日本の彫刻家の一人である豊福さんは、革ジャンパーを着た飄々たる人物で、イタリアのグラマーを相手にしても恥ずかしくないほどの長身にめぐまれている。十月十九日午前十時きっかりに、豊福さんは愛車フィアットを駆って、公園の前のヴィア・マニンのホテルに、私たち夫婦を迎えにきてくれた。めざすはマジョーレ湖畔の町ストレーザ、ミラノから北西に向って約六十五キロの地点である。

ミラノの町を出た時から、その日はけむるような靄が立ちこめていたが、そもそも、この町の気候のわるさは有名なのだ。世界の大都市で、ロンドンの次に雨や霧の多いのがミラノだといわれている。ハンドルを握りながら、豊福さんがこんなことをいう。

「ぼくはストレーザというところを、つい間違えてストレーガといってしまうのですよ。ある女性に笑われましてね。ストレーガというのは、魔女という意味なんです。」

アローナという町の少し手前から、そろそろ湖畔らしい風景になり、樹の間がくれに青い湖がちらちら見えはじめる。自動車道路の左右には、古い石の門に鉄の扉のある宏壮な別荘《ヴィラ》や、庭に彫刻などを置いた豪奢な邸宅が立ちならんでいる。さすがはスイスに近い別荘地だけあって、日本では想像もつかないような、超デラックスな金持階級の邸宅ばかりである。

「こちらの金持というのは、桁はずれな金持なんですよね。」

「そう。そこへゆくと、日本は底が浅いんだなあ。本当のブルジョワ階級というのがないんですね。」

ストレーザの少し手前で、車中から湖の方を眺めると、濛々と霧にかすんだ対岸に、幻のように城の塔が浮かんで見えた。塔だけが見えて、下の方は見えないのである。夢のような風景で、これがひどく印象的であった。

シーズン・オフのこととて、行き交う自動車も少なく、観光客も少ないのは、こちらにとっては何よりありがたい。豪華なホテルやレストランがならんでいるが、いずれも客がいないらしく、がらんとしている。盛りをすぎた避暑地の秋の物さびしさは、どこでも同じだ。すでにストレーザにはいったらしく、並木のある美しい湖畔の遊歩道や、駐車場のある公園などが目につくようになった。

目の前に、イゾラ・ベッラ、イゾラ・マードレ、イゾラ・ペスカトーリの三姉妹が、湖中にただよう緑の舟のように、ぽっかり浮かんでいる。「マジョーレ湖の真珠」といわれているように、それらの小さな島々は、いずれも緑の樹々に覆われた、じつに美しい姉妹たちであった。

駐車場に車をとめると、すぐ私たちの目の前に現われたのは、船員帽をかぶった赤ら顔の客引きの親爺であった。

「モーター・ボートで三つの島を次々にまわり、ちょうどお昼になるから、イゾラ・ペスカトーリで昼食をする。そこは漁師のいる島で、レストランもあるから、新鮮な魚の料理が食える。半日の貸切りで料金は七千リラ。いかがですか、旦那がた。」

というわけである。

魚料理があると聞くと、食いしんぼうの妻は大喜びで、ぜひモーター・ボートに乗ろうという。そこで、私たち三人はコンクリートの船つき場から、船員帽の親爺に手をとられて、小さなモーター・ボートに乗りこんだ。妻が片手でマキシ・コートの裾を持ちあげ、もう一方の手を親爺にあずけて、危なかしくボートに飛び移ったとき、親爺は私たちのほうを見て、にやりと笑った。

波を蹴立てて湖水のまんなかへ出てくると、さすがに風が肌寒い。船員帽の親爺はパイプを口にくわえたまま、悠々と片手で舵をとる。私たちと視線が合うと、イタリア人らしく陽気にウインクしてみせる。

最初に着いた島は、イゾラ・マードレであった。こんもりとした緑の島で、島全体が植物園になっている。苔むした石甃の道、蔦《つた》のからんだ石の門、唐草模様の鉄の扉。道は上ったり下ったりして、島を一巡するようになっている。その道のまわりに、あらゆる種類の植物がある。大きな柚子《ゆず》のような実をつけた柑橘類がある。南国らしく陽が降りそそいで、さながら夢の島にあそぶ思いがする。

庭園は五階層のテラスになっていて、各テラスに豊富な植物が繁茂している。オレンジ、ザボン、ミモザ、龍舌蘭、蘆薈《アロエ》、銀梅花《ミルト》、ユーカリ樹、椿、夾竹桃、レバノン杉、ポルトガルのエリカ、パイナップル、羊歯、つつじ、ルイジアナの糸杉、支那の茶の樹、楓、エジプトのパピルス、バナナ、蓮、梨、タピオカ、泰山木、しゃくなげ、さるすべり、楠……それに日本の銀杏《いちょう》と竹があったのには驚いた。いったい、いつごろ、誰がこの島へ日本の植物を運んだのであろうか。

学名 Cupressus Cashmeriana glauca という珍しい植物は、巨大なカシミアの枝垂れ糸杉で、堂々とあたりを圧していた。樹間の芝生には雉、錦鶏鳥、銀鶏鳥のたぐいが放し飼いになっていて、ひとが近づいても一向に逃げない。海にのぞむテラスには、西欧一の椰子の樹というやつが、そのふとい幹をギリシアの円柱のエンタシスのように張り切らせて、青空にそそり立っている。……

私たちが二番目に訪れた島は、イゾラ・ペスカトーリであった。この島には漁民の部落があって、生活の臭いがする。せまい砂浜には、魚や網が乾してある。石造りの家々のあいだには、細い石甃の道があって、植木鉢が置いてあったり、猫が群れていたりする。いたるところに猫がいる。湖岸に沿って、レストランやお土産屋が軒をならべている。

私たちは、親爺のすすめに従い、とあるレストランにはいって食事をした。この島で獲れた魚のフライ、魚の酢漬け、浅蜊《あさり》入りのスパゲッティ・ヴォンゴレ。期待したほど美味しくはなかったが、湖とかなたの山々を眺めながら、気持よく日のあたる戸外の椅子で、のんびり白葡萄酒を傾けるのはまったく悪くなかった。湖は相変らず靄でかすんでいて、対岸の風景が見えないのはいささか残念である。

さて、最後に訪れた島が、眷恋のイゾラ・ベッラである。モーター・ボートが島に近づくにつれて、私は胸が躍るのをおぼえた。

この島には、バロック庭園のほかに、かつてマジョーレ湖の島々を領有していた貴族ボロメオ一族の宮殿がある。いまでもボロメオ一族の子孫はミラノに住んでおり、夏になると、この宮殿にやってくるそうであるが、この島の宮殿は、小規模ながら、往時のボロメオ家の栄華を偲ばせるに十分な、贅をつくしたものであった。

カザノヴァの『回想録』第十一巻には、この稀代の色事師が、女をふたり同道して、マジョーレ湖中の島をたずね、旧知のボロメオ伯爵に歓待されたことが記されている。カザノヴァはここを「常春《とこはる》の島」と絶讃している。

伝説によると、ボロメオ家の奥方たちは、ミラノやアローナの町にあったボロメオ家の城に住むのをひどく嫌がったという。城の地下牢には罪人たちが閉じこめられていて、その陰気な呻吟の声がいつも聞えてくるからだった。

そこで一六三〇年ごろ、ボロメオ家の当主カルロ三世は、マジョーレ湖中のこの島に、別荘を

イゾラ・ベッラの宮殿内グロッタ

造営して、ここに奥方を住まわせようと考えた。岩山の島をけずり取って、そこに十階層のテラス式庭園を造るのは、非常に困難な作業であり、完成までに約四十年を費したといわれている。——こうした種類の伝説は、しかし、変った城や宮殿の造営には必ずといってよいほど、つきまとっているもので、たとえば、あの名高いバビロンの架空庭園も、ネブカドネザル王が奥方を慰めるために造営した、ということになっているのである。

このボロメオ宮殿には、フランドルの壁織物《タピスリー》のある長廊下、タブローのある部屋、音楽室、図書室、大階段、賞牌《メダイユ》のある部屋など、美術的にも見るべき部屋が多くあったが、なかでも私がいちばんおもしろいと思ったのは、六つの洞窟《グロツタ》風の部屋であった。

砕いた大理石の破片や砂利や金属で、モザイク風に周囲の壁や床を固め、貝殻の装飾を各所にあしらい、海の底の雰囲気を再現しようとしている。湖水の側の窓はアーケードのように大きく刳りぬかれていて、涼しい風がそのまま入りこんでくるようにしてある。これらの部屋は、おそらく宮殿のもっとも低い場所、水面すれすれの場所に位置しているのであろう、ひんやりとした底冷えの感じがする。たぶん、夏の暑さを避けるための部屋であろう。

この六つの洞窟風の部屋には、インドの彫像や支那の人形、地質学や古生物学の標本、古い骨壺や盃や装身具や武具、それに馬具のコレクションなどが揃っていて、優に民俗博物館に匹敵する豊富さであった。私はこういうガラクタ骨董品が好きだから、いつまでも眺めていたいのであるが、そういうわけにもいかない。日は短いのだ。

さて、このへんで庭へ出てみよう。庭園は、近くで見ると、人工の粋を凝らしてあるので、ま

イゾラ・ベッラの庭園　一角獣，女神，人間像

すます私の目を楽しませた。一口にバロック庭園といっても、だだっぴろいウィーンのシェーンブルンや、ミュンヘンのニンフェンブルクなどとはまったく趣きを異にして、一つ一つのテラスが小ぢんまりしている。ティヴォリのエステ荘の小型だと思えばよいわけであるが、あれよりもはるかに精緻をきわめている。

とくに、階段をのぼったいちばん上のテラス、島でいちばん高いテラスの裏側の、洞窟と階段式噴水との合成された、大小の彫像群のそそり立つ、一種の円形劇場《アンフィテアトル》風の噴水はすばらしい。まさに奇観というべきであろう。てっぺんの中心に、ボロメオ家の紋章である一角獣が、前脚をあげてすっくと立ちあがり、その両側に女神像が控えている。そのほか、大小のオベリスクや人像柱が、青空を背景に、にょきにょき突っ立っているが、人物はいずれもその手に鉄製の花をもっているのである。

「まるでシュルレアリスムの絵を眺めているようですね。」

「バロック趣味というんですかね。西洋人の、こういうごてごて趣味を眺めていると、何だか変な気がしてきますね。」

「僕は近ごろ、日本趣味に凝ってるんです。ヨーロッパへきてから、日本趣味になりましてね。居合抜きをやってるんです。」

「なるほど。しかし、モダン・アートの彫刻と枯山水とは、必ずしも一致しないわけじゃないんだから……」

私たちは、イゾラ・ベッラの最上階のテラスで、こんな取りとめない会話を交わした。すでに陽が傾いて、石造彫刻の影が芝生の上に長く伸びている。

「これは非常にやわらかい石を刻んだものらしいですね。ほら、こんなに風雨に磨滅しているでしょう。」

「ははあ。ちょっと女神の身体にさわってみようかな。」

私は石の欄干に身体をのり出して、彫像に掌をあててみた。すると、それは午後の陽をいっぱいに吸いこんで、ほのかに温まっていた。あるいは、そんな気がしただけだったのかもしれない。

……

最上階のテラスで、しばらく湖水を眺めてから、私たちは別の階段を下りて、ふたたび下のテラスに出た。そこには睡蓮の池があり、白孔雀が二、三羽悠然と歩を運んでいた。古来、多くの文人がこの島へきて、バビロンの架空庭園を想起したというのも、理由のないことではないと私は思った。

「庭という観念には、私たちのユートピアへの夢想が、ぎっしりと詰めこまれているような気がしますねえ。文化は庭とともにはじまった、といえばいえないこともないのじゃないかしら。どんな観念論的な哲学体系にも、それに対応する具体的な庭の形というものがありそうですねえ。カントの庭、ヘーゲルの庭、ニーチェの庭……」

以上は、私の内心の独白であるから、念のため。

私たちは庭園を出て、坂道をくだり、湖畔の喫茶店でコーヒーを飲んだ。プラタナスの下に、椅子とテーブルがならべてあり、客は私たちだけである。

「モーター・ボートの親爺さん、待ちくたびれてるんじゃないかな。」

「いや、そんなこともないでしょう。今日の稼ぎは、ちゃんとあったんだし、日本人とちがうから、そんなにあくせく働こうという気もないだろうし……」

私たちがぶらぶら船つき場のほうに歩いていくと、案の定、船員帽の親爺さんは、お客のことなんかすっかり忘れたように、呑気に島の男たちと世間話に打ち興じている最中であった。私たちのすがたを見かけると、にこにこ笑って腰をあげた。

この島へくる時と同じように、親爺さんは、また私たちの手をとって、モーター・ボートのなかへ一人ずつみちびき入れてくれた。

すでに暗くなりかけた湖水の面を、親爺さんの操縦するモーター・ボートが突っ走ってゆく。たちまちストレーザの船つき場に着く。そこで私たちが、約束の七千リラの料金をはらおうとすると、親爺さん、笑っていうことには、「六千五百リラに負けとくよ。」――私たちが、このイタリア人の気っぷのよさに嬉しくなって、六千五百リラの料金のほかに、さらに五百リラのチップをはずんだことは申すまでもあるまい。

次第に夕闇の濃くなってゆくストレーザの遊歩道に、私たちの乗ってきたフィアットがぽつんと待っていた。

私たちは、なお去りがたい気持で、ひたひたと波の打ち寄せるマジョーレ湖畔の岸壁を眺めていた。

遠くでは、イゾラ姉妹が夜会服に着替えたようだった、宝石をいっぱい飾って……

狂王の城

ミュンヘンから約一一〇キロ、バヴァリアとチロルの国境の山嶽地帯にある、切り立つような岩山の上に造営されたノイシュヴァンシュタインの城は、樅の樹の林に囲まれた、小さな湖を見おろす夢のような美しい環境にあり、バヴァリア王ルドヴィヒ二世の建てた多くの城のなかでも、いちばん美しく、現在にいたるまで、訪れるひとの絶えない城である。ホテルから車をとばせば日帰りで行ってこられるし、ミュンヘンからは観光バスも出ている。

途中には、アルプスの山々を背景にした美しい農家や、霧のなかから現われる中世紀風の古城や、白鳥の浮かぶ湖や、牧場などがあって、楽しい一日のドライヴになるはずだ。

私は去年（一九七〇年）の九月、久しくあこがれていた、このノイシュヴァンシュタインおよびホーエンシュヴァンガウの城を訪れ、その妖気を発するばかりの異様な末期ロマン主義的デカダンスの雰囲気に、噂にたがわぬ感銘を味わった。

九月とはいえ、つい近くに雪の連峰の望まれるアルプス山麓の高地は、風が肌を刺すように冷たく、私は用心ぶかくセーターを着てきたが、それでもまだ足りず、コートを持ってくればよかったと悔まれたほどであった。一年の半分近くは雪に覆われた土地だというから、それも無理はなかろう。

音楽家ワグナーのパトロンとして、十九世紀の芸術史に不滅の名前を残すことになったルドヴィヒ二世については、ここで多くを語る必要はあるまい。その病的な厭人癖、孤独癖、また一生涯独身を通した女ぎらいや男色的傾向、さらに、その唯一の情熱の対象であった後半生の建築道楽などについては、私もこれまでにしばしば語ってきた。まあ、いまでいえば、一種の強度のノイローゼという診断をくだされるところであろうが、この異常な性格の王様が、その伝説的な若き日の美貌や、ロマンティックな悲劇的な生涯のために、昔から、いろいろな物語や小説の主人公とされてきたのも理由のないことではなかったのである。

最近では、映画監督のルキノ・ヴィスコンティが、『地獄に堕ちた勇者ども』に出演した美男俳優ヘルムート・バーガーを主役として、狂気の王の一代記を撮るという話もあるそうである。『夏の嵐』『山猫』『ヴェニスに死す』と、貴族主義的デカダンスの路線を突っ走っているヴィスコンティが、いかにも目をつけそうなテーマである。

ミュンヘンの町を出ると、私たちの車は、自動車専用道路《アウトバーン》を右に折れ、シュタルンベルク湖のほとりを過ぎる。この湖は、ルドヴィヒ二世が四十歳で、溺れて死んだ湖である。事故か自殺か、いまだに謎ははっきりしない。王の死を記念するために、湖中に十字架が立っている。車の中か

ノイシュヴァンシュタイン遠望

らちらりと見ると、湖上には白鳥が浮かんでいた。

途中で、ヴィース教会に立ち寄るが、これは天井画や壁画や大理石の装飾のおびただしい、もっとも極端なバロック式建築であった。『フランス・バロック期の文学』の著者ジャン・ルーセが、波状の卵形の曲線によって構成されたバロック建築の教会のなかでも、もっとも精緻かつ技巧的なものとして引用している例である。作者は十八世紀のドミニクス・ツィンメルマン。なるほど、その装飾過剰のおそるべきごてごて趣味には、ほとんど私たちをして辟易せしめるものがあった。

さて、二時間ばかり車に揺られた末、やがて行く手に、張り出し窓や塔や銃眼のいくつもある、そそり立つ真白な中世紀風の城のドンジョン（物見櫓）が、霧のあいだから幻のように見えはじめた時には、さすがに私も、思わず胸を高鳴らせた。樅の樹の林に囲まれた、山の中腹に立つ城は、見る角度によって、まったく思いがけない、さまざまな姿を現わした。ヨーロッパの城は好んでずいぶん見たが、これほど夢幻的な雰囲気の城は、めったにないように思われる。

午前十一時半、城のある山の下に着く。そこはホテルが立ちならび、小さな湖があって、避暑地として絶好の場所のようであった。すでにチロルの山中なので、風はますます冷たく、雪をいただいたアルプスの峰がつい近くに望まれる。湖畔には、ルドヴィヒ二世の父マクシミリアン二世の建てた、黄色っぽい壁のホーエンシュヴァンガウの城がある。ホテルのレストランで、私たちは鱒の料理を食べた。

食事をしてから、私たちは歩いて坂道をのぼって、いよいよ城の城門に近づいていった。坂道

ノイシュヴァンシュタインの洞窟

をのぼるにつれて、城は徐々に、その異様な姿をあらわしはじめる。

遠くで見ると、それは童話のお城のように美しいが、一歩内部へ踏みこんでみると、その印象はおのずから違ってくる。一口にいうならば、それはありとあらゆる様式の混乱、様式のごちゃまぜなのである。一種のバロックかと思えば、まるでアラビアン・ナイトの物語の城のように、明らかな東洋趣味、イスラム様式が混っていたりする。古典的な趣味の持主には、この俗悪とも見えるほどの折衷様式は、鼻持ちならず、とてもやり切れないものであろうと想像される。神経症的幼児趣味とでもいおうか。

それに、城の内部の異様な暗さにも、私は少なからず驚かされた。目が慣れてくると、室内の薄明の光のなかに、金ぴかのシャンデリヤだの、宝石だらけの孔雀の装飾だの、壁画だの、ベッドだの、椅子だの、家具調度だのが、幽霊のように、ぼうっと浮き出して見えるのである。ドアの金具などといった、つまらないところにも非常に凝った細工がほどこされていて、白鳥の意匠が頻出する。柱にまで宝石が嵌めこんであるのを見て、私は失笑を禁じ得なかった。

とくに王のベッドの天蓋の宝石装飾たるや、よくもまあ、これだけ多数の宝石を嵌めこんだものだ、と溜息が出るほどの贅沢さである。馬鹿馬鹿しいほどの金を使って、こけおどしの虚飾の幻影をつくり出そうとしているのが、私たちにもよく分る。

壁画を描いた画家はシュヴィントで、タンホイザーやトリスタンやローエングリンなどといった、ゲルマン伝説の英雄物語をテーマにしている。しかし、その絵は多く拙劣で、美術的にはあまり価値があるとも思われない。扉をあけると、自然の岩を模した洞窟のある部屋があったりする。また、森の景色を背景にした舞台のある、芝居やオペラを上演するための大広間もある。

　城の高いところにある部屋の窓から、樅の樹の茂った裏山を眺めると、傾斜面を谷川が流れ落ち、谷川には釣り橋がかかっていた。雪につつまれた冬だったら、その眺めはまた格別であろうと思われた。

　ルドヴィヒ二世は雪の夜、この城から、四頭の馬に曳かせた黄金の橇を走らせて、月光を浴びた蒼白い森や山野へ散策に行くことを好んだという。寒いから、厚い毛皮の外套と帽子に身を固めていなければならない。昔から、「月の光を浴びると狂気になる」という言い伝えがヨーロッパにはあるけれども、昼間の光をきらい、夜の世界だけを好んだルドヴィヒも、あんまり月の光を浴びすぎたために、その精神が少しずつ狂気に蝕まれていったのかもしれない。

　ノイシュヴァンシュタインに別れを告げ、ふたたび車に乗りこんでから、ふと振り返って、はるか彼方に遠ざかった山頂の城を眺めると、その美しい白大理石の城壁は、折からの落日に薔薇色に染まって見えた。

バーゼル日記

十月十五日

パリ最後の夜を楽しむために、昨夜は午前三時近くまで飲んでいたので、朝起きるのがつらい。ホテルの下まで荷物を運び、タクシーを呼んで、すぐオルリー空港へ向かう。十二時四十分のジュネーヴ行きエール・フランス機がストライキで欠航のため、予定を変更してバーゼル行きにする。どうせ気まぐれ旅行だ。十五時三十五分のスイス航空。しかし、この便も三十分遅れる。重い荷物を両手にさげて、人混みの空港をカウンターからカウンターへ、三時間半もうろうろしたので、いい加減腹が立つ。飛行機は小さなフレンドシップ。

バーゼルの空港はさびしく、出口がフランス側とスイス側に分れている。国境の町。インフォメーションで予約をして、駅の近くのホテルに落着く。いかにもスイスらしい小綺麗なホテル。

外へ出て食事をし、帰ってビールを飲み、シャワーを浴びて寝る。
私がこの町をえらんだのは、ニーチェ、ブルクハルト、パラケルスス、エラスムスなどの名前を漠然と思い出したからにすぎない。中世の経済都市で、人文主義の中心地だったバーゼルに、漠然たる憧憬をいだいていたからにすぎない。

十月十六日

食堂で朝食をしていると、向うの隅にすわった八十歳くらいの老人が、老眼鏡の奥から睨むように狷介そうな目を光らせて、「お前たちは学生か、それともヒッピーか?」と問いかけてくる。私も妻も、ヨーロッパで若く見られるのには慣れているが、ヒッピーと間違えられたのは初めてである。

英語とフランス語のちゃんぽんで、やりとりしているうち、やがて老人が突然、「ヒライを知ってるか?」といい出した。最初、私は何のことか解らなかったが、しばらくして思いあたり、「ああ、パブロ・カザルスの弟子のヒライのことか?」と問い返すと、老人は大きく頷いて、にわかに饒舌になった。「そうだ。おれは三十年前、カザルスと共演したことがある。ブダペストでヴァイオリンを弾いていたんだ。レオニード・クロイツァーを知ってるか?」
たぶん、私たちが日本人なので、ヒライやクロイツァーの名前を出すのであろう。それから老音楽家は、恰好な話相手を見つけたとばかり、かつての自分の栄光にみちた思い出を、私たちに向かって綿々と語り出したのである。しかし老人の繰り言は、不明瞭でよく聞きとれず、私たちには半分も解らない。

そのうち、老人はよたよたと立ち上がったかと思うと、帽子掛けに掛けてあった外套のなかから、写真やら手紙やらを取り出したので、こちらも席を立って、そばへ行って見せてもらう。カザルスの署名のある手紙、それに写真。アイザック・スターンの署名入りのブロマイド。いずれも、この老音楽家に宛てたものである。残念ながら、私は老人の名前を聞いておくのを忘れた。献辞には、たしかEではじまる名前（Emmerich だったか？）が書かれていたと記憶するのだが……

老人は背中を丸め、よだれを垂らしながら、いつまでも一所懸命にしゃべっている。染みだらけの震える手で、私たちの手を握り、外国の老人が子供を可愛がる時にやるように、私たちの頬を軽くたたく。じつに嬉しそうなので、私たちも相槌を打ちながら、だまって話を聞いてやる。食堂のボーイがあきれたように、この有様を眺めていた。

その日、私たちは汽車でベルンへ行き、入口に熊の彫刻のあるベルン歴史美術館で、ニクラウス・マヌエルの「死の舞踏」の原本を眺め（クンストムゼウムは展示会をやっていて、同じ作者の「誘惑」図は見られなかった）、それから美術館の前のキルヘンフェルド橋の階段を降りて、アール河のほとりのレストランで魚料理を食った。

帰りは低いダルマッツィル橋を渡り、階段と坂道をのぼって、ベルンの町の南側を一望のもとに見渡す。折から夕闇が濃くなり、斜面に明りがついて美しい。

ふたたび汽車でバーゼルへもどる。

十月十七日

アンティックの店をのぞきながら、バーゼル市内をぶらぶら散歩する。リンデンバウムが黄葉し、ライン河の川風が冷たい。しかし小春日和といった感じで、河に面したテラスの喫茶店で葡萄酒を飲んでいると、日向の暖かさが気持よい。河を船が通っている。

二時の開館を待って、バーゼル美術館へ行く。外見はいかにも近代美術館で、事実、一階および三階にはモダン・アートの傑作が揃っているのだが、二階には、ホルバインをはじめとするドイツ・ルネサンスの注目すべきタブローがある。コンラッド・ヴィッツ、ニクラウス・マヌエル、ハンス・バルドゥング、ウルス・グラーフなどなど。それにクラナッハ。スイスへきて、骸骨や「死の舞踏」にこれほどお目にかかれるとは思わなかった。

ベックリンの大コレクションあり。フュスリ数点あり。三階には、ピカソからジャスパー・ジョーンズまで。シュルレアリスム関係では、ダリの「燃えるキリン」、エルンストの「森の太陽」、それにキリコとタンギーがそれぞれ一点。

しかしモダン・アートの何よりも、私にはホルバインが感動的だった。

エル・エスコリアル訪問

ハプスブルク家全盛時代の王で、私が大いに興味をいだいている人物が二人いる。一人はプラハのルドルフ二世。錬金術師や占星学者を身辺にあつめ、プラハの宮廷をヨーロッパのマニエリスム文化の一大中心地たらしめた人物である。もう一人は、このルドルフ二世の伯父にあたる、スペインの黄金時代を築いたフェリペ二世。反宗教改革の推進者で、二十一年もかかってマドリッド近郊に大宮殿エル・エスコリアルを造営し、この僧院を兼ねた宮殿からほとんど外へ出ず、修道僧のような黒一色の質素な服装で、全カトリック世界に号令していた変った王様である。

もともとハプスブルク家の血統には気違いじみた人物が多く、フェリペ二世の祖母はファナ・ラ・ローカ（狂女ファナ）と呼ばれた狂女であり、また息子のドン・カルロスは、血族結婚のせいだろうか、佝僂《せむし》でサディストという怪物だった。彼は父に対する陰謀の廉で幽閉される。ルドルフ二世は明らかに憂鬱症で、生涯結婚しなかった。フェリペ二世も、その性格は暗く、実生活が極端に質素で、ただ彼岸的なものに対する憧憬だけで生きていたという点で、甥のルドルフ二世と多分に共通するところがある。

しかもフェリペ二世はティツィアーノの裸体画を好んだといわれ、生涯に四度も結婚している。いずれも娘のように若い女たちであり、四度目の妻はルドルフ二世の妹、つまり王自身の姪にあたる女だった。彼女たちは、修道女のように厳格な生活を送ることを要求された。……

私がスペイン滞在中、エル・エスコリアル訪問を大事な日程の一つに数えていたのも、以前から、この変った王様に対する関心が殊のほか深かったからである。

十月初旬の薄ら寒いある日、私はマドリッドの西北約五十キロの場所にある、エル・エスコリアルへ向けてタクシーを走らせた。スペインは物価が安いから、半日タクシーを借り切っても千ペセタほどで、それほど高くつかない。赤茶けた岩山、灌木と糸杉がわずかに生えている岩山のあいだを、坦々たる舗装路がつづく。

やがて岩山のあいだから、青味をおびた灰色の花崗岩の宮殿が、幻影のように浮かび上がってきた。光線の加減で、薄黄色のようにも見える。なるほど、「死の宮殿」と呼ばれているように、いかにも陰鬱な気のただよった建物の外観である。すがたは見えても、なかなか付近にまでたどりつけないところがまた奇妙であった。

エル・エスコリアルの町へはいると、のんびりした鉄道の踏み切りで十五分ばかり、汽車の通過を待たされた。ここはホテルもレストランもあり、夏の避暑地としてにぎわうところらしい。

そういえば、エル・エスコリアルはグアダラマ山脈の麓で標高一〇五五メートル、寒いはずである。シーズン・オフだから、町はがらんとしている。

この宮殿について語ることは多いが、一千室もあるという部屋のなかで、いちばん私の印象に残ったのは、フェリペ二世の簡素な居室もさることながら、黒い大理石と碧玉の磨きあげた階段によって通じる、地下の八角形の歴代スペイン王の霊廟《パンテオン》であった。黒大理石の柩が二十六個、やはり黒大理石の棚の上にひっそりと安置されている。冷え冷えとしていて、まことに鬼気せまる思いがする。

中世アラビアの写本から日本のキリシタン文献まであつめたという、ヨーロッパ有数の大図書館もすばらしいが、グレコ、ティツィアーノ、リベラ、ベラスケス、ボッシュなどの揃った美術館も圧巻である。プラドに移される前には、あのボッシュの「悦楽の園」もここにあったのだ。フェリペ二世は、しかしグレコの激情的な色彩や人体表現は好まなかったようで、王の注文で描かれた「聖マウリツィオの殉教」は、長いこと物置きのなかに放って置かれたそうである。王にきらわれたグレコは、ついに宮廷画家にはなれなかった。このあたりにも、王の気質が窺えておもしろい。

建物の東端にあるフェリペ二世の居室は、前にも述べたように簡素そのもので、壁に嵌めこまれた青い陶器のタイルが唯一の装飾である。その窓からは、僧院の中央祭壇を居ながらにして礼拝することができたし、王が死ぬまで宮殿にいた、お気に入りの王女イサベル・クララ・エウヘニヤの鳴らすクラヴサンの音に耳を傾けることもできた。内陣の聖歌隊席には巨大なパイプオルガンもある。四番目の妻にも死に別れ、政務と祭事に明け暮れる王の単調な日常のなかで、この王女の音楽だけが、おそらく唯一の気晴らしだったのではあるまいか、と想像される。

一五九八年、このエル・エスコリアルの居室で、全身から蛆のわく業病に悩みつつ、たった一人の王女に看病されながら、一大帝国に君臨したフェリペ二世は死んだ。

ヨーロッパ一の強大を誇ったスペイン・ハプスブルク黄金時代の君主は、このように、フランスやイギリスの絶対君主とはまったく性格のちがった、異常に孤独な、世捨てびとのような気質の人間だったのである。しかし、この王様のつくりあげたスペインが、セルバンテスとドン・キホーテのスペインであったことに変りはない。不思議な国である、スペインという国は——。

骸骨寺と修道院

日本には、人間の骸骨を飾りものにするという習慣はほとんどない。しかしヨーロッパでは、中世の学僧が死と親しむために、好んでこれを机の上に飾って、朝に晩に眺めていたという。名高いデューラーの銅版画「僧房のヒエロニムス」などを見ると、苦行僧が熱心に本を読んでいる部屋の窓の前の棚の上に、頭蓋骨が一個、凝然と置かれていたりする。

いわゆる骸骨寺も、あまり知られていないが、ヨーロッパのほとんどあらゆる地方の町にある。有名なのは、プラハから七十キロほどの地点にあるゴシック寺院で、全部で六万個ばかりの骨を用いて、堂内に巨大なシャンデリヤその他の装飾品が出来ているという。ケルンの近くにも、そんな骸骨寺があるらしい。私が見たのは、ローマのサンタ・マリア・デラ・コンチェツィオーネ教会の石窟だ。

ボルゲーゼ公園の方からヴェネト通りを南に下って、バルベリーニ広場にいたる少し手前の左側に、その小さな教会は立っている。石の階段をのぼって、中二階のテラスのようなところに出ると、茶色の僧衣の腰のあたりに縄を巻きつけた、ローマの街ではさして珍しくもない、フランチェスコ派の坊さんが、切符や絵葉書を売っている。

日本人の観光客もぞろぞろ歩いているにぎやかなヴェネト通りに面して、こんな奇怪なモニュメントがひっそりと立っているのかと思うと、ちょっとした驚きである。私がたずねた日は、ちょうど日曜日の午前中だったので、骸骨のある石窟の上の階の礼拝堂には、ミサのために集まっている善男善女たちのすがたも多く見られた。彼らにとっては、ここはべつに奇怪な場所でも何でもなく、当り前の教会にすぎないのだ。

入口から二、三段降りると、すぐそこが長い廊下に面した石窟である。腐敗の臭いとは違うが、明らかに乾燥した骨の臭いがする。石窟は全部で六つあって、それぞれに趣向を凝らした骨の芸術品、いわば骨のインテリヤ・デコレーションが展開されている。入口で買った解説書によると、一五二八年から一八七〇年までのあいだに死んだ、信仰の厚い修道士約四千人の骨をあつめて、さるフランス人の坊さんの指導のもとに、この驚くべき芸術品は作られたのだという。

頭蓋骨ばかりをあつめて壁際にアーチ状に積み上げたものもあれば、鎖骨や肩甲骨や脛骨や、そのほか小さな関節の部分をたくみに配列して、天井に華麗なアラベスク模様を描き出したものもある。祭壇や壁龕《へきがん》もできていて、そのなかに、ミイラ状の修道士が頭巾をかぶり、法衣をまとい、十字架を手にして、それぞれ立ったり横たわったりしているところも見られる。この法衣をまとった骸骨たちは、いずれも由緒ある生まれの人物だったらしい。そうかと思うと、せまい廊下には、天井から骨で作った精巧なシャンデリヤがぶら下がり、ちゃんと電灯が点っていたりする。

じつにおびただしい量の骨であるが、これだけ大量にあつめられ、幾何学的にシンメトリックにならべられると、骸骨特有の無気味な感じはほとんど完全に薄れてしまう。かつては、この骸骨たちがそれぞれ一個の人間として、肉体を有し、思想を有し、言語活動や情念の作用をおよぼし、一定の空間を占有していたとは、とても考えられないのである。

私は別の日に、ローマから東へ八十キロばかり離れた、山の上のスビアコのベネディクト派修道院を訪れたが、ここでもおもしろい骸骨の造形的表現にぶつかった。

スビアコの修道院は、山腹にへばりつくようにして建てられている。このアペニン山中の町はもと皇帝ネロの別荘のあったところで、修道院は、六世紀の初め、聖ベネディクトゥスが付近の岩窟で修行したと伝えられる、西欧でもっとも古い起源のものだ。ひっそりとした中庭に出ると、カンパニーレ（鐘楼）が青空にくっきりと浮かんで見える。日本では想像もつかない青さの空である。

その日、私はやはりローマに滞在中の、若い前衛陶芸家の中村錦平君と同行していたのだが、説明役として出てきたベネディクト派の、まだ子供みたいな顔をした若い黒衣の坊さんが、どうやら東洋人としての中村君に特別な親愛感をいだいたらしく、中村君の身体にしきりに接触しようとするのには笑ってしまった。この修道院では、ホモセクシュアルが行われているのであろうか。中村君も仕方なく苦笑していた。

サンタ・マリア・デラ・コンチェツィオーネ教会

さて、私がスビアコで見た骸骨というのは、正確にいえば骸骨ではなくて、むしろ、日本の中世の小野小町の「変相図」などに近い、死者が徐々に腐敗の段階を経て、最後に完全な白骨になるという、屍体の変化を描いた壁画であった。十四世紀の作だという。変相図は東洋が本場であるが、ヨーロッパの中世にも、よく似た伝統的なパターンがあるらしい。

それぞれ柩におさまった三つの屍体のうち、最初のものは、まだほとんど変化していないが、二番目のものは、すでに腐敗の徴候を見せはじめ、三番目のものになると、完全に腐りはてて、頭と胸部には白骨が露出している。ロマネスク壁画のように表現が稚拙なので、それほど無気味な印象はあたえないけれども、私には思いがけない、おもしろい一つの発見だった。

ヨーロッパで、私はどれほど多くの骸骨を見たか分らないような気がする。よかれあしかれ、それがキリスト教の風土を示すものなのだ。

奇怪な偶像

パリの旧市街であるマレー地区に、サン・メリ教会というのがある。観光の名所ではないから、誰も訪れる者はない。小さいながらゴシックのフランボワイヤン様式で、内部には十八世紀の画家カルル・ヴァン・ローの絵などもある。

しかし私の目当ては、そんなものではなかった。私は、かつて中世に大いに栄え、フランス王と争った末、異端の宣告を受けてほろぼされた、かの有名なグノーシス的秘密結社テンプル騎士団員たちが礼拝していたという、奇怪なバフォメ像をそこに見にいったのである。

私がサン・メリ教会の前に立ったとき、折悪しく内部では葬式をやっていた。セレモニーとあらば仕方がない。おそらく内部へは入れまい。しかしバフォメ像は正面玄関に彫られているはずだから、外からだって見えるにちがいない。そう思って、私は正面のタンパンや弧帯を、目を皿のようにして探したが、バフォメ像は一向に見つからない。浮かぬ思いで、建物をぐるりとまわってみた。そしてもう一度、正面玄関の前にもどってきて、あらためて見上げると、ようやくそれは見つかったのである。

バフォメ像は、正面の尖頭アーチの頂点に、小さな小さな姿で、ちょこなんと鎮座ましましていたのである。これでは容易に見つからないわけだ。なるほど、物の本で読んだ通り、それは醜悪でグロテスクな相貌を示していたが、私にはいささか物足りなかった。というのは、期待に反して、あまりにも小さすぎるのである。望遠レンズでもなければ、うまくカメラにおさまりそうもない。

顔は老人のしかめ面で、髯を生やし、ぽっかり口をあけている。悪魔のような耳がぴんと立っている。背中には二枚の翼を有し、胸には大きな乳房を押し垂らし、両手を膝にのせ、両脚を組んですわっている。髯があって乳房がある、つまりアンドロギュヌス（両性具有）なのである。その恰好は、十九世紀の魔法道士エリファス・レヴィの著『高等魔術の教理と儀式』のなかに挿絵として出てくる、妖術使たちのサバト（夜宴）で礼拝される山羊のすがたをした、無気味な魔王にそっくりである。

テンプル騎士団は、この奇怪なバフォメ像を礼拝し、しかも性的乱行や人間供犠の瀆神的な儀式にふけっていたという廉で、拷問や火刑による異端審問所の大迫害を受け、一三一四年、その首領ジャック・ド・モレーが焼き殺されて、ついに解散を余儀なくされたのであるが、はたしてバフォメなる偶像が現実に存在したのかどうかについては、歴史家のあいだでも意見が分れているらしい。敵側のでっちあげではないか、という説があるのだ。

パリのサン・メリ教会正面　伝説のバフォメ像

サン・メリ教会のアーチの頂点にある浮き彫りも、ただ昔からの伝説によって、バフォメ像だと信じられているにすぎないので、その証拠は何もないのである。正面玄関は十九世紀に再建されているので、これをバフォメ像だとする説はまったく正しくない、と主張する学者もあるほどである。むろん、私自身は専門家ではないので、実物を見たところで何とも断言いたしかねる。

それにしても、私は伝説のバフォメ像を、この目でつくづく眺めただけで、一応の満足を味わうことができた。かりにバフォメではないとしても、悪魔的な像であることは間違いなく、どうして教会の正面の尖頭アーチのてっぺんに、こんな奇妙な浮き彫りがついているのか、理解しがたいところではある。

そんなことを考えながら、私はサン・マルタン街をぶらぶら歩いて、サン・ジャック塔のある広場のほうへ行った。このあたりは、フランス革命前までは貴族の邸が立ちならんでいたのに、いまでは職人の住む街になっているところである。また七月革命をはじめとする、何度かのパリ市民の蜂起の際に、しばしばバリケードが築かれた場所でもある。

「そうだ、あの陰気な白髪の老人、ブランキが叛乱の火の手をあげたのも、このあたりだったたっけな」と私は思い出して、ちょっと感慨ぶかげに立ちどまってみたりもした。一昨年のことである。

優雅なスペイン、優雅なゴヤ

コンコルド広場からテュイルリ庭園へはいって、すぐ右のほうへ坂道をのぼってゆくと、小高いテラスの上にオランジュリ美術館がある。私は去年の九月、この美術館でめずらしいゴヤ展が催されたとき、たまたまパリのホテルにいたので、知人に誘われて、オープニングの招待日に出かけて行った。たいへんな人混みで、会場には着飾った紳士淑女が群れていたが、一堂にあつめられた六十点ばかりのゴヤの傑作は、さすがに圧巻であり、目を見はる思いであった。

御承知のように、ゴヤは十八世紀スペインの天才画家で、その八十二年の奔放な生涯には不明の部分が多く、さまざまな伝説が語られている。たとえば、彼は四十三歳でカルロス四世の宮廷画家となってからは、モデルになる貴婦人を片っぱしから物にしていた、などという伝説もあるほどだ。たしかに、ゴヤの生涯には女出入りが多く、有名な「着衣のマハ」「裸体のマハ」のモデルになったアルバ公爵夫人との関係などは、当時から派手な噂の種になっていたものらしい。

ゴヤ 「オスーナの公爵夫人」

ゴヤ 「チンチョン伯爵夫人」

当時のスペイン宮廷では、王カルロス四世が精神薄弱であったため、王妃マリア・ルイザが、その不義の愛人ゴドイを宰相として、勝手気ままな政治を行っていた。こうした腐敗し切った宮廷に生きるゴヤにとって、その肖像画家としての仕事は、じつに奇妙なものとならざるを得なかった。王の家族十三人を描いた大作が残っているが、そこに見られる王家の人間どもは、王も王妃も王子たちも、みな化けもののようにグロテスクなのである。王の一族が、よくこんな醜い肖像画に文句をつけなかったものだと、今日の私たちには、むしろ不思議な気がするほどである。

ゴヤは冷酷なまでに率直な目で、権力者たちの肖像を赤裸々に描いてみせたが、そうした皮肉の画家、悪意の画家という面からだけ彼の絵を眺めるとすれば、やはり重大な片手落ちになるだろう。それは、たとえば、ここに掲げた優雅な女たちの肖像を一瞥しただけでも分ることである。オスーナ公爵夫人、チンチョン伯爵夫人、バルコンのマハたち……いずれの画像においても、画家のあたたかい目は、モデルの女たちに対してやさしく、同情的にそそがれている。

オスーナ公爵夫人は、ゴヤの最初のパトロンであり、アルバ公爵夫人のライヴァルだった。二人とも、文芸サロンを主宰する貴婦人で、自宅に芸術家や俳優や、人気者の闘牛士（いかにもスペイン的だ！）などをあつめて、互いに張り合っていたのである。美貌と派手な恋愛遊戯においては、とてもアルバ公爵夫人の敵ではなかったけれども、オスーナ公爵夫人のほうがずっと知的で、その趣味のよさには定評があった。彼女は、ピレネーの彼方のパリ・モードを熱心に追い求めていた。肖像画をごらんになればお分りのように、彼女の髪型、帽子、ドレスの色、それにコルサージュのリボンは、いずれもフランス王妃マリー・アントワネットそっくりのスタイルなのである。何といっても、スペインはヨーロッパの田舎で、文化の中心地たるパリにあこがれる気風があったのであろう。

しかし、このエレガントな貴婦人の顔には、よく見ると、どこかさびしさの影がさしているような気がしないだろうか。一七八五年、彼女がゴヤのモデルになったとき、すでに四人の子供を失っていたという事実を知れば、このさびしさの原因も分る。ゴヤの肖像画家としての腕前は、彼女の内面の悲しみを、その表情に浮き上がらせているのである。

一方、チンチョン伯爵夫人は、叔母にあたる王妃マリア・ルイザの命令で、王妃の愛人であった宰相ゴドイと無理やり結婚させられた、不幸な女性である。ゴヤは、この気の毒な若妻にふかく同情していた。そして、彼女の天使のような魅力を生き生きと描き出した。堕落した王家の連中を描く時には、あんなに意地のわるい辛辣な筆をふるったのに、彼女にだけは、あたたかい目をそそいだのである。

このチンチョン伯爵夫人のふっくらした優美な手と、「老婆たち」と題された絵のなかの、指環をいっぱいはめた、骨ばった老婆の手とを比較していただきたい。じつは、この醜い手をした老婆こそ、王妃マリア・ルイザとそっくりの顔をしているのである。ゴヤの恐るべき諷刺精神は、ここに永遠に生きているのである。

私は最近、ルイス・ブニュエル監督の『哀しみのトリスターナ』という映画を見て、スペイン旅行の印象をありありと想い出した。坊さんと兵隊、それに乞食の子供や片端者がやたらに目につくのが、貧しい独裁国スペインの特徴である。しかしマドリッドの街にも、セビリアのレスト

ゴヤ 「老婆たち」

ゴヤ「バルコンのマハたち」

ランにも、特急「タルゴ」の一等車にも、ゴヤの描いたオスーナ公爵夫人によく似た、ラテン系の貴族的な面長の美人がいたし、コルドバの乗合バスやグラナダの喫茶店には、「バルコンのマハたち」のような、黒い髪と黒い瞳をした、愛すべき素朴な村娘たちがいたのである。ゴヤは生きていた！

スペイン語で「マハ」というのは、アンダルシア地方の民俗衣裳をつけた、庶民階級のお洒落女のことだ。頬紅とマスカラを濃くつけて、髪の毛を耳のあたりでくるりとカールさせている。まあ、オペラのカルメンを想像していただければ十分であろう。カルメンといえば、スペイン女性の名前にはカルメンというのが圧倒的に多く、街で「カルメン！」と呼べば、二、三人は必ず振り返るそうである。

バルコンのマハたちが頭からかぶっているショール、彼女らの一人が手にしている扇にも、注意していただきたい。これもスペイン風俗の重要なアクセサリーの一つであろう。スペインのどの町でも、旅行者目あてのお土産屋には、精巧な銀細工とならんで、けばけばしい扇が売られている。

スペインの自然は荒々しく、街を出はずれると、たちまち赤土と岩山の荒涼たる風景になる。しかしアンダルシアの古都、セビリアやコルドバでは、モザイクの美しい街の広場や公園に、熱帯植物の緑が茂り、オレンジの黄金色の実がいっぱいなっている。バーでシェリー酒を飲むと、おつまみにオリーヴが出てくるが、そのオリーヴの実のつやつやと大きいこと、私は思わず感嘆して、「ヘラクレスの睾丸のように張り切っているな！」とつぶやいたのであった。

神話の国を訪ねて

アテネの街や、その周辺を歩きまわっているとき、私の心にしばしば思い浮かんだのは、二十代のころに愛読した、今世紀のグレコフィル（ギリシア愛好）詩人の筆頭ともいうべきジャン・コクトーの詩句であった。たとえば、次のようなものがある。

白髪も、若者がいただくと、
眼《まみ》を柔らげ、顔色を眩いばかり明るくする。
これと似た歓びを僕は君らを見て味わう、
春のみごとな橄欖樹《オリーヴ》よ。

茂ったオリーヴの樹の葉が、地中海岸の強烈な太陽に照らされて、煙るように銀灰色に光って見えるのは、この地を旅行したひとなら誰でも気がつくことだろう。コクトーはこれを白髪にたとえたのである。実際、ギリシアにはオリーヴの樹が多く、素肌を丸出しにした岩だらけの山の斜面に、オリーヴの樹だけが逞しく成長しているのを見るのは、むしろ奇異な感じをいだかせるほどである。これもアテナ女神の御加護のためであろうか。

神話によると、太古にアテナ女神と海神ポセイドンとが、アッティカ（アテネを首都とするギリシアの地方）の支配権を争ったことになっている。両者はアテネ市民に、それぞれ最良の贈物をあたえる約束をし、ポセイドンは三叉の戟《ほこ》の一撃で、アクロポリスの丘の上に塩水の泉を湧き出させた。一方、アテナは同じ丘の上にオリーヴの樹を芽生えさせた。神々が審判者となり、女神のほうに軍配があがって、アッティカは女神のものになった。以来、アテネでは、アテナ女神はオリーヴ栽培の保護神とされているのだそうである。なるほど、女神に保護されていたればこそ、あんなに乾燥した夏の盛りにも、ここではオリーヴだけが生き生きとして、少しも衰えを見せないのであろう。

もう一つ、私の好きなコクトーの詩句を引用しよう。

　アポロンの楽器！　神殿の円柱は
　雷により、はたまた薬草の魔法により
　化石させられた絃でもあろうか？

濃紺の空を背景に、初めてアクロポリスの丘を遠望した時にも、私の耳のなかでは、このコクトーの詩句が鳴りひびいていた。パルテノン神殿の優美な大理石の列柱は、まさに石と化したアポロンの竪琴の絃ではあるまいか。あの大理石の絃を巨人の指で弾いたら、どんな古代の音色が飛び出すであろうか。――そんな取りとめない空想に、ふと誘われるような気がしたのである。

むろん、パルテノン神殿はアポロンの神殿ではなく、本当はアテネの守護神であるアテナ・パルテノスの祀られた神殿だった。パルテノスとは、ギリシア語で「処女」のことで、アテナ女神は処女神である。処女神が、同時にまた戦闘と知性の神でもあるというのは、世界各地の神話や伝説のなかに広く認められる傾向で、たとえば北欧神話のヴァルキュリーなども、その一つの変形といい得るかもしれない。ともあれ、かつては彼女も冑をかぶり、凛々しい軍装に身をかため、黄金と象牙で造られたその巨体を、パルテノン神殿の中央広間に屹立させていたのである。私たちは、主のいないがらんとした神殿の内部の石畳の上をさまよいながら、その姿を想像してみることしかできないのだ。

このアテナ女神とアッティカの地を争って敗れた海神ポセイドンの神殿が、アテネ市の南にあるアッティカ半島の先端、濃紺の海に突き出たスーニオン岬の断崖の上に築かれているのは、よく知られている。観光コースとしても有名で、私もそこへ行ってみた。

市内から海岸へ出て、空港の前を通る。アイギナの島影を右手の海上に望みながら、海岸沿いに走るコースはすばらしかった。私は、美術史上に名高いアイギナの神殿の破風《はふ》の、膝まずいて弓を射る戦士の浮彫を思い出していた。海岸の岩だらけの丘には、低い松や灌木のほかに、白髪をいただいたオリーヴが晩秋の陽光に照り映えていた。土地は乾燥し切っている。海はあくまで青く、十一月の初旬だというのに、まだ泳いでいるひとがいるのには驚いた。釣をしているひともいる。

ここでまた、私はゆくりなくもコクトーの詩句を思い出していた。「ギリシアでは、大理石も海も、羊のようにちぢれていた」というのである。たしかに、サロニカ湾の青い海は、アクロポリス美術館で見たアテナ・ニケ像の長衣の裾の襞のように、微風に細波を立てていたのである。

断崖の上のポセイドン神殿のドーリア式の列柱は、遠くから見ると蒼白に輝いて見える。廃墟の美として、これ以上のものは考えられないであろう。まさにアポロンの竪琴が、海辺の丘の上に打ち棄てられているのを見るようで、少し強く風が吹けば、アイオロス琴のように自然に鳴り出すのではないか、とも思われた。そういえば、風の神アイオロスは海神ポセイドンの息子なのである。

断崖の突端で、海に向って立つと、つい目の前の大海原がいまにも真っ二つに割れて、巨大なポセイドン神が三叉の戟を片手に、顎髯の先端から滴を垂らしながら、ぬっと立ち現われるのではないか、という気がした。ずっと前に、私は『アルゴ探検隊の冒険』という映画のなかで、そんなシーンを見たことがあったのである。

一般に、ポセイドンは長い髯を生やした老人の姿で表わされるが、「馬の神」ともいわれて、馬と密接な関係があるようである。例の女神アテナとアッティカの地を争ったとき、アテネ市民に馬をあたえ、馬を御する術を教えたとも伝えられている。よくルネサンス期の絵画などに、黄金のたてがみの駿馬に引かせた戦車に乗って、海豚を従えつつ、海上を疾駆するポセイドンの雄姿が描かれているが、そういう時でも、彼は三叉の戟だけは決して手から離さない。

オリンポスの神々の例に洩れなく、ポセイドンもかなり好色であるが、私がおもしろいと思うのは、あのペルセウスに退治された海の女怪、メドゥーサがまだ美しい少女であったころ、海神に愛されたというエピソードである。それも、アテナの神殿で二人は交わったらしい。メドゥーサの髪の毛が蛇になってしまったのは、そのためであった。のちにペルセウスによって首を斬り落されると、断ち切られた彼女の首から、ポセイドンの子である有翼の天馬ペガサスが飛び出した。この海の神の子供は、こんな風な怪物ばかりなのである。

ペルシア戦争における名高い「一万人の退却」のとき、待ち望んでいた黒海を眺めて、ギリシアの兵士たちが「タラッサ！　タラッサ！」（海だ、海だ）と叫んだように、周囲を海洋に取り巻かれたギリシアの国土に住むひとびとには、昔から、海は限りなくなつかしいものだったと思われる。ギリシア神話には、海の怪物もたくさん出てくるが、また愛の女神アフロディテのように、滴ったウラノスの精液、つまり海の泡《アフロス》から誕生した女神もあり、海との関係には切っても切れないものがあった。神々ばかりでなく、ヘラクレスのような半神（神々と人間との子）や英雄も、何らかの意味で、海と縁のない者はないのである。……

そんなことを考えながら、私はスーニオンの岬で、「羊のようにちぢれた」海を眺めつつ、近づく日没を待っていた。ギリシアの秋の日は短く、日没は五時二十分だという。私たち夫婦のほかにも、観光客が大ぜい、廃墟の礎石の上で立ったり坐ったりしながら、いまや遅しと日没の時間を待っていた。

その日は沖にやや雲があって、真赤な太陽が刻一刻、水平線に没してゆく光景の見られないのがいかにも惜しまれたが、それでも太陽がすっかり沈んだあとの、茜色に染まった海上の光景たるや、絶美の一語に尽きた。あたかも世界全体が黄金色に輝き出したかのごとくであった。海や雲ばかりではない、蒼白な大理石の円柱も、礎石も、散乱する石塊も、すべて残《ざ》んの夕日を浴びて薔薇色に燃えあがるのである。逆光線のなかで、はるかな南方の海上に浮かぶキクラデス諸島の島影だけが黒かった。

ギリシアの夕日のおびただしい黄金色の氾濫は、太陽神アポロンの弓の放射する矢であろう。アポロンは音楽、医術、予言、家畜の神であると同時に、弓術の神であり、太陽神であって、その矢は日光、力、熱などの象徴となるのだ。いわばアテナと対《つい》をなす男性の神で、知性と文化の代表者である。しかしまた、アテナと同じく、アポロンにも暴力的、戦闘的な面がないわけでは決してない。肉体において完璧な美青年として表現されるが、ひとたび怒りを発すれば彼は恐ろしい神なのである。

音楽の試合で敵手マルシュアースに勝ったとき、勝者は負者を自由にしてよいという条件だったので、たちまちマルシュアースを木にしばりつけ、彼の生皮を剝いでしまったのもアポロンである。

知性と野蛮、明晰を尊ぶ幾何学的精神と流血の衝動、アポロンとディオニュソス、白いギリシアと黒いギリシア、――以上のごとき、二つの傾向の綯《な》い合わさった観点から、私たちはギリシア神話を、いや、一般にギリシア精神なるものを、とらえなければならないような気がする。コクトーの「ギリシアの残酷な青空」というのも、そういう意味であろうと思う。

イスパハンの昼と夜　アストロラーブについて

一九七一年九月某日、私は慌しい中近東旅行の途次、イラン中部の古都イスパハンに立ち寄る機会を得た。

砂漠のなかのオアシス都市といわれるイスパハンは、来てみると、なるほど緑が多く、澄み切った空を背景にして、いたるところに青いドームの寺院や、黄金色に輝くミナレット（塔）の立ちならぶ、美しい優雅な町であった。フランス十九世紀の作家ゴビノーが、「優雅の極致、美の手本」と絶讃している通りである。

私の泊った、イスラム風の室内装飾の贅美をきわめた、古めかしい豪華なシャー・アッバス・ホテルの中庭には、薔薇や鶏頭の花が燃えるように咲きみだれ、テラスの椅子にすわってメロンを食べていると、イラン高原の空気が肌にひんやりするほどである。中庭からは、ホテルの隣りにあるマドラッサ・チャハール・バーク（神学校）の、トルコ玉の輝かしい青緑色をした彩釉タイルのドームがよく見える。シャー・アッバス・ホテルはかつて、この十八世紀創立の神学校の、学生のための寄宿寮だったという。それにしては贅沢なもので、おそらく、当時は貴族の子弟のみに入学を許された、これは特権階級の学生寮だったにちがいないと思われた。

イスパハンの中心は、ほぼ町の中央にある長方形の「王の広場《マイダン・イ・シャー》」であり、広場を取り囲むようにして、モスクや宮殿やバザールが立ち並んでいる。広場の西側にある七層の楼閣アリ・カプ（「高い門」の意）にのぼると、南側には「王のモスク《マスジット・イ・シャー》」、正面にはルトフッラー・モスク、そして北にはバザールの入口が見え、さらに遠く、ポプラを主とした緑の樹々のあいだには、市街の煉瓦造りの屋根屋根と、灰色をした砂漠のかなたの禿げ山が望まれる。二つのモスクの巨大なドームの、青あるいは紫を基調とした彩釉タイルの精緻な唐草模様が陽に映えて、まことに美しい。この艶々とした青い彩釉タイルのドームこそ、イスパハンのモスクの第一の特徴であろう。

夜になって、私は、何という通りか忘れたが、骨董品屋がずらりと軒をならべている、かなり繁華な通りをぶらぶら歩いてみた。おもしろいものが見つかったら買ってもいい、という気持である。そしてショー・ウィンドーをのぞいたり、店の中へはいって冷やかしたりしているうちに、かねてアラビア天文学関係の書物の挿絵で見知っていた、金属製の各種のアストロラーブらしきものが、どの店にも飾ってあるのに気がついた。テヘランでは一向に見かけなかった品物である。直径三十センチばかりの大きなものもあれば、七センチばかりの小型の携帯用とおぼしきものもある。私の好奇心が、にわかに頭をもちあげた。

アストロラーブと呼ばれる古代アラビアの天体観測用の器械は、ごく簡単に説明するならば、その主要部分が二枚の薄い金属の円盤から成っている。すなわち、一枚の円盤の表面には、赤道、回帰線、黄道、地平線、時角圏などをあらわす線が同心円状に彫り刻まれており、これをティンパンと称する。このティンパンの上に、星座や獣帯の描かれた、もう一枚の円盤を重ねるわけであるが、下の円盤が見えるように、上の円盤は透し彫りになっており、そのため「蜘蛛の巣」と呼ばれている。このティンパンおよび「蜘蛛の巣」なる二枚の円盤の中心を軸で固定して、ぐるぐるまわせば、地球との関係における天体の運行がそこに読みとれることになる。つまり、かつて中国や日本でも用いられた渾天儀なる器械を、平面的に再現したようなものだと思えばよろしかろう。

さまざまな工夫を凝らしたアストロラーブのなかには、二枚の円盤をおさめるための、厚い金属の容器（「母型」と称する）を備えつけ、その容器の周囲に目盛を刻みこみ、軸に取りつけた照準器を動かして、太陽や星の高さを測定することを可能ならしめているような種類のものもある。そうかと思うと、占星術用の記号や、ユリウス暦や、三角函数表などを細かく彫りこみ、さらに多くの用途に供せんとしているものもある。……

いきなり古代アラビアの天体観測儀の話に話題が移ってしまって、さぞや読者は面くらっておられることと思うが、まあしばらく、科学史あるいは文化史の勉強のつもりで、私の駄弁につき合っていただきたい。たまには、こういう時代離れした話もよかろうかと私は考える。

アストロラーブは、おそらく紀元五世紀ごろ、ヒッパルコスやプトレマイオスの発見した天文学上の原理を応用して、アレクサンドリアの一科学者が発明したものと信じられている。紀元七

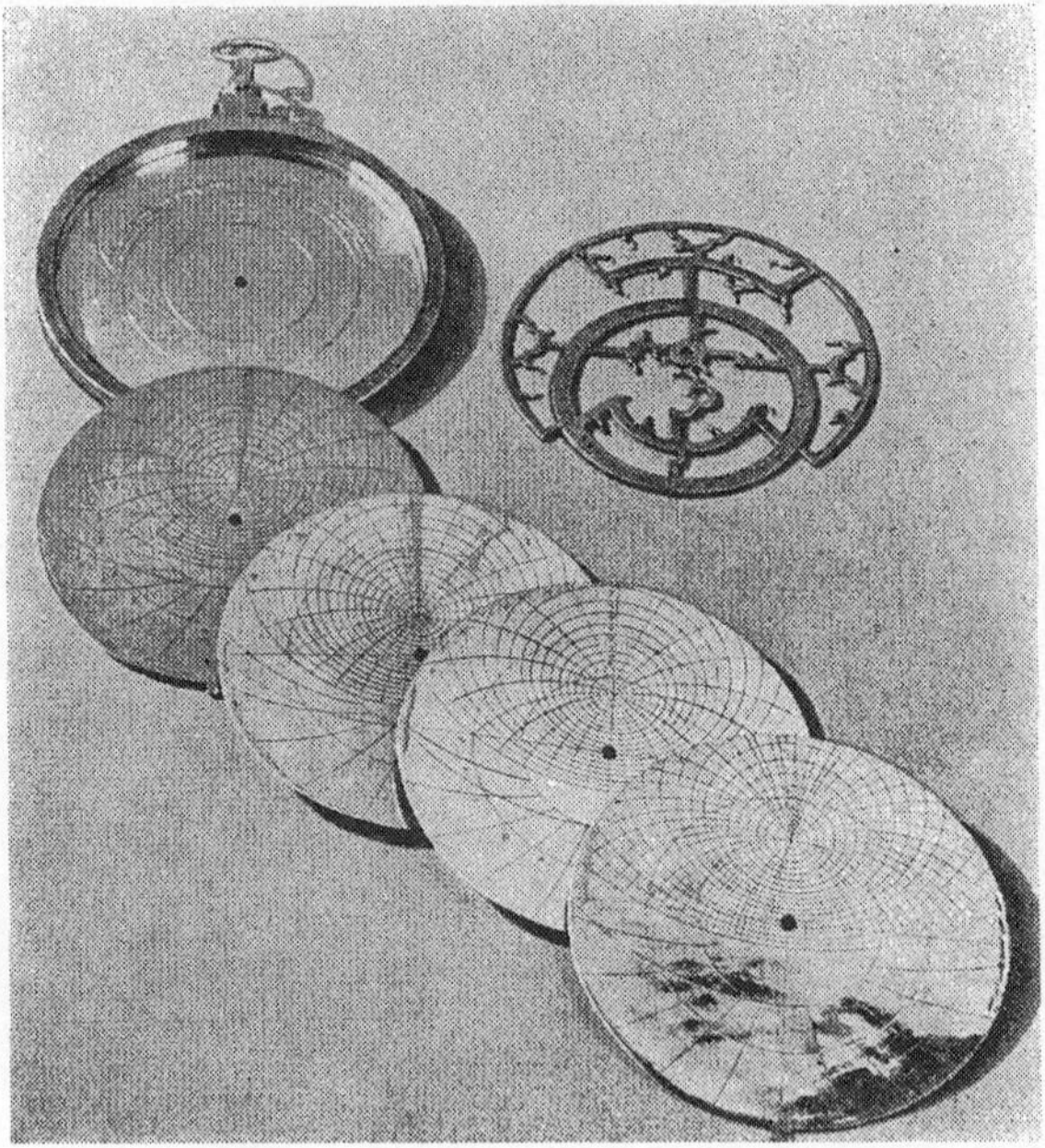

アストロラーブを分解したところ
「母型」「蜘蛛の巣」および4枚のティンパン

世紀、アレクサンドリアが陥落すると、この器械はアラビア人の手によって、東方のシリアに伝えられ、さらにそこからビザンティウム、バグダッドに伝えられた。そして中世のアラブ世界に大いに流行し、のちにはイスラム教の儀礼とむすびついて神聖視され、これを扱う権限のある者は僧侶のみとなった。

イスラム教徒のもっともきびしい義務の一つは、毎日五回のカーバ礼拝であるが、これを守るためには民衆に時間を指示することが必要である。そのため、アストロラーブは回教寺院における、欠くべからざる儀式用具となったのである。

十六世紀から十七世紀にかけてのペルシアは、シャー・アッバス一世の君臨するサファヴィー朝の黄金時代であるが、このころ、「世界の半分」といわれたサラセン文化の一大中心地たる首都イスパハンには、アストロラーブを製造するための特別の工房《アトリエ》がいくつも建てられていたという。仕事は分業で、天文学上の計算をする博士と、器械のデザインを考案する画家と、真鍮の円盤に線をひく彫版師と、鑿で文字をきざむ彫金師とが同じ工房ではたらいていた。当時、もっとも名高いアストロラビスト（アストロラーブの計算をする学者）は、イスパハンで仕事をしていたムハマッド・ジャリル・イブン・ハサン・アリで、この人物の名前は、十七世紀フランスの世界旅行家として知られるジャン・シャルダンの見聞録にも出てくるほどである。

シャルダンの見聞録によると、当時のイスパハンには百万の人口、百六十の寺院、四十八の学校、千八百のキャラヴァンサライ（隊商宿）、二百七十三の大衆浴場があったというが、これはいささかオーヴァーのようだ。実際には、五十万ないし六十万の人口であったらしい。しかし現

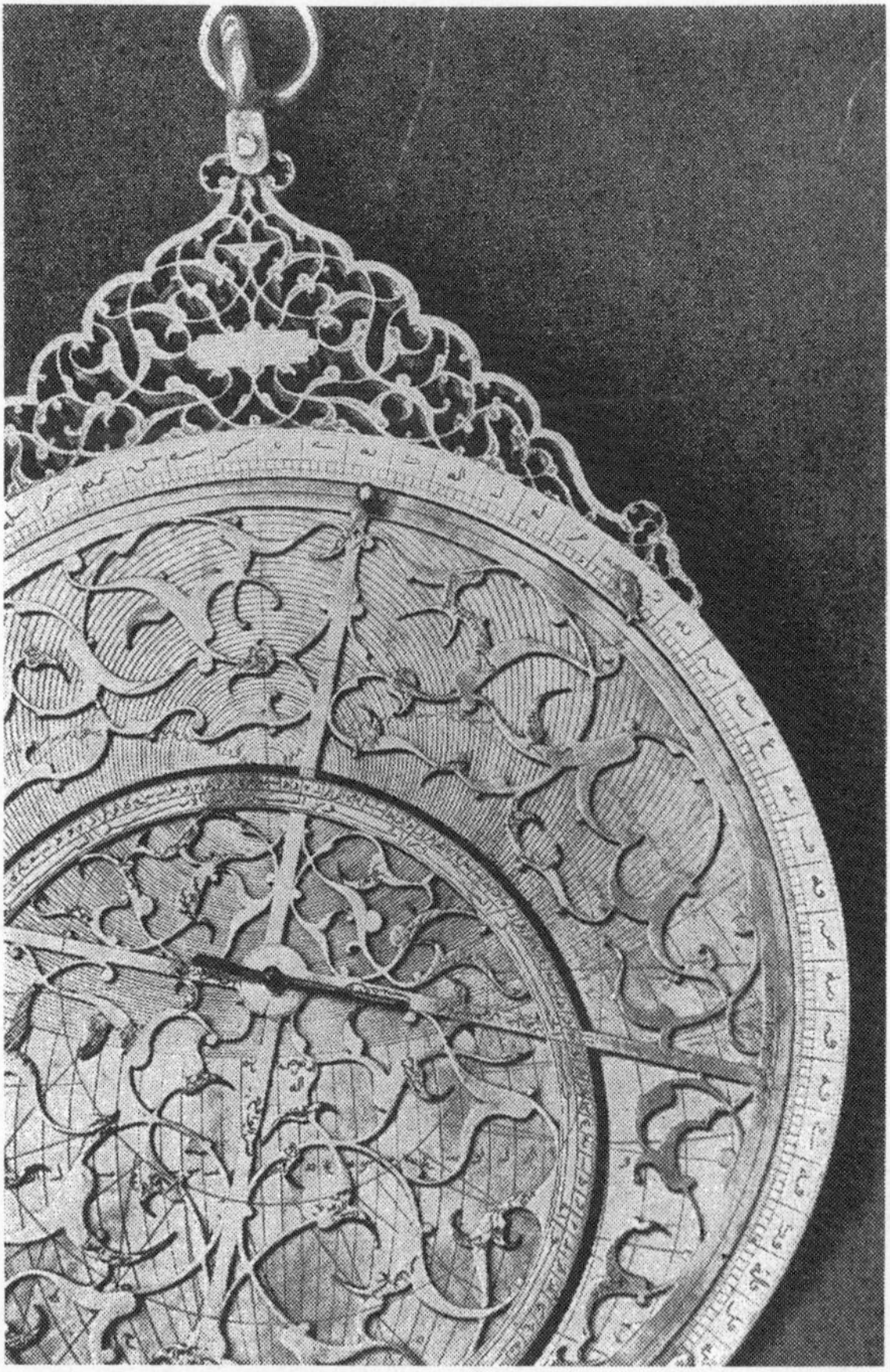

インド・ペルシア様式のアストロラーブ（17世紀）

在の二十五万強にくらべれば、十七世紀当時のほうがはるかに多い。大王と呼ばれたシャー・アッバス一世（私の泊ったホテルがシャー・アッバス・ホテルであることは、すでに述べた）は、ヨーロッパやインドや支那から建築家や職人を招いて、イスパハンを世界でもっとも美しい都にしようとし、この地に壮麗なモスクや、橋梁や、宮殿や、学校を次々に造営した。その主要なものが、今日なお残っている、私が前に述べた「王の広場」の周囲の建築群なのである。商業や手工業も、この時代に未曾有の繁栄をとげたというから、工芸品としても独特の美しさをもっている古いアストロラーブの逸品は、多く当時の作と考えてよいだろう。

たしかに、アストロラーブはどこからどこまで科学的な測定器械、実用品であるにもかかわらず、独特な機能美をもっているので、いつごろからか、時計などと同じように、骨董品としても珍重され出したらしいのである。円盤と照準器を固定する軸に、鳥の彫刻装飾をあしらったり、母型の上部に、壁に掛けるための環を取りつけたりするといったような、デザイン的技巧もここころみられるようになった。私はパリのクリュニー美術館で、金鍍金《めっき》した真鍮製の、ヨーロッパで造られた美しいアストロラーブを何点か見た記憶がある。

ユダヤ人の手によって、スペイン経由でアストロラーブが西欧に伝えられたのは、ほぼ十二世紀ごろのことであった。アストロラーブばかりでなく、当時のアラビアの科学知識はすべて、スペインから西欧に流れこんだのである。もっとも、西欧ではルネサンス期に大いに流行し、西欧独自の繊細なスタイルを確立してから、アストロラーブの使用は十八世紀以降、急速にすたれはじめる。十八世紀以降は、イスラム世界でのみ細々と生きつづけたのである。……

スペイン・マウル様式のアストロラーブ（18世紀）

私がたずねたイスパハンの骨董品店の親爺は、容貌といい態度といい、ほとんどがユダヤ人であるらしかった。ある一軒の店の奥にすわっていた老人のごときは、こちらが訊いたわけでもないのに、みずから「私はジューだ」と宣言して、にやりと笑うのである。負けさせようとしても無駄だ、という意味なのだろうか。私が異様に思ったのは、この背中のやや曲がった老人が、店の中できちんとネクタイを締め、しかもソフト帽をかぶったままでいることだった。この店では、私の同行の友人が、秘術をつくして値切ろうとしたにもかかわらず、ついに親爺の頑強さに負けて、不本意な値段で、駱駝の首につける鈴を買わされた。もっとも、東京の店で買うことを思えば安いものなので、私たちはたとえ交渉が失敗しても、それほど気にはしないのである。

私がアストロラーブを買った店では、親爺と息子が二人がかりで、何とかして少しでも多く買わせようと、いろんな品物を次から次へと持ち出してくるのだった。眼鏡をかけた神経質そうな息子が、脳天から出てくるような甲高い声で、「ルギャルデ・ムッシュウ（旦那さん、ごらんになってください）」とわめく。そのへんな癖のあるフランス語を聞いていると、うるさくていらいらしてくる。

私は、この息子がショー・ケースから次々に出して見せる琥珀のネックレスだとか、翡翠の指環だとか、銀の腕輪だとかには一顧もあたえず、店のいちばん奥にひっそりとぶら下がっている、緑青の色でやや青く染まった、直径三十センチばかりの蒼古たるアストロラーブに、ひたすら目をそそいでいた。

やがて、それに気づいた息子が、「ははあ、アストロラーブがお気に入りですか？」といって、

アストロラーブで塔の高さを測る

いそいそと件《くだん》の品物を釘からはずして、私の前に重そうに持ってきた。それは、手に取ってみるとまったく重い、ずっしりと重い真鍮のアストロラーブであった！

私はこれを手に入れたが、値段については記すのをやめよう。読者それぞれ、もしその気があれば、想像をたくましくしていただきたい。とにかく、向うの言い値の三分の二ぐらいの線で、私たちのささやかな商談は成立した、とだけ申し上げておこう。

当地では、買手が品物を値切って負けさせるのは、一種の楽しいゲームのようなもので、私としても、土地の習慣に従わないわけにはいかなかったのである。

話が前後するが、私たちはその日、夕食の前に、市の南方を東西に流れている、ザヤンデー河（「生命をあたえる河」の意）のほとりに車を走らせ、夕暮れの河原の雰囲気を楽しみながら、イスパハンでいちばん古い、中世紀に建設されたシャーレスタン橋を眺めた。

河はイスパハン西方の山間に源を発し、南方の砂漠に自然に消えてゆく、いわゆる尻無河である。河原には岩があり、枯れかけた葦のような植物が群生し、あたかも秋の夕暮れということもあって、ちょっと日本のどこかの風景を思わせるようなところがないこともない。

橋はアーチをつらねた、素朴な構造のもので、橋の上には手すりがなく、下を見ながら歩くと落ちそうな気がする。ちょうど日本の田舎の土橋を歩いているような感じである。

橋の下では、チャードル姿の女が洗濯をしていたり、半裸体の子供が魚を獲っていたりする。子供は上を見あげ、私たちの姿を認めて笑顔をつくるが、うずくまって洗濯する黒衣の女は、決して私たちのほうを見ようとはしない。橋の上に立っている私の目の前に、そのとき蚊柱が立った。

この橋は、テヘランのホテルの売店で買った仏文のペルシア案内によると、橋脚はササン朝期のスタイルで、その上の煉瓦積みは、おそらくセルジューク帝国期のスタイルなのだそうである。しかも、大きなアーチと小さなアーチを交互に配列して、洪水時の水捌けを最大量にする橋梁建築技術は、紀元三世紀、エデッサの戦いで捕虜になったローマ人によって、ペルシアにもたらされた技術なのだそうである。

東西世界の中央に位置するイラン、しかも、そのイランのなかで、紀元前六世紀にまでさかのぼり得るもっとも古い都市の一つであるイスパハンが、栄枯盛衰の苛烈な歴史を身をもって体験してきたことは、この一事をもってしても明らかであろう。ササン朝時代、ゾロアスター教の都として栄えたイスパハンは、七世紀初頭、異民族たるアラブ人の前に屈して、イスラム教の支配圏に入った。十一世紀からは、セルジューク・トルコ族の支配圏に入り、イスパハンはサラセン文化の中心地としての最初の隆盛期を迎える。しかし十三世紀には、蒙古人たるジンギスカンの軍隊の侵入を許し、さらに十四世紀後半には、その後裔といわれる征服王ティムールの包囲攻撃を受けて、完膚なきまでに痛めつけられる。すなわち一三八八年、残虐なティムールはイスパハンの町を焼きほろぼし、抵抗する七万のイスパハン人を惨殺し、その髑髏をピラミッド式に積み上げたというのである。これは蒙古人の残虐ぶりを示す、よく知られた歴史上のエピソードである。

シャー・アッバス・ホテルから遠からぬイスパハンの町の中心部に、やはりサファヴィー王朝時代の遺物である、美しい庭のまんなかに建てられたチェヘル・ソトゥン（「四十柱の宮殿」の意）がある。実際には、この宮殿を支える細い柱は二十本なのだが、真下にある泉水の水面に、その円柱の影が映って、あたかも四十本のように見えるので、この名称があるという。同じ日に、私はここを訪れて、建物の内部の大広間の壁を飾る多くの壁画を見た。

あの名高いペルシアの細密画の様式にそっくりな、優雅な王朝の恋愛風俗を描いた壁画もあれば、異民族と闘うペルシア軍の戦闘場面を描いた、巨大な六つの歴史画もある。闘う相手は、トルコ軍あり、象に乗ったインド軍あり、アフガニスタン軍あり、蒙古軍ありで、じつに周囲のほとんどあらゆる国、ほとんどあらゆる民族と、一度は戦闘を交えているらしいのである。

英語をしゃべる白髪の温厚な、初老の案内人の説明を聞きながら、私はペルシアという国の民衆のたどった、過去の苛酷な運命に、ほとほと感心してしまった。これでは人間がわるくなるはずだな、とも思った。……

夜、私は買ったばかりのアストロラーブを小脇にかかえて、イスパハンの通りをホテルへ向って歩きながら、降るような星空をふり仰ぐと、

　天文や大食《タージ》の天の鷹を馴らし

という加藤郁乎の一句が、ふと口をついて出るのをおぼえた。たしかに、私はいま、東はインドにおよび西はエジプトに達する、唐代の広大な大食《タージ》国のほぼ中央に位置する町にいて、しかも左

手には、当時の天体観測器械をしっかりかかえているのである。私は詩を書いたことがないが、これで詩人にならなかったとしたら、ならないほうがおかしいようなものではないか。そう思って、私はいよいよ強く、私の詩の代替物であるところのアストロラーブを、脇の下に抱きしめたのであった。

砂漠に日は落ちて……

アラビアでは、空気が乾燥している上に、日差しがおそろしく強烈なので、暑さを防ぐためには、裸になるよりも、むしろ肌をかくしたほうがよい。アラビア人が、あんな寝巻のようなだぶだぶの服を着ているのは、そのためなのである。

私は二カ月ほど前、初めてイラク、イラン方面を旅行してきたが、バグダッド付近の遺跡を見物してまわるのに、暑くてたまらないので、現地人のかぶるような帽子を買った。帽子というより、「アラビアのロレンス」がかぶっているような、ただの白い布切れである。四角いフンドシみたいな晒の布を、三角に折って顔にのせ、その上に落ちないように、孫悟空の鉢巻みたいな輪をはめただけのものである。これが大へん具合がよろしい。

私たち三人(同行の写真家と編集者)が、これをかぶって得意になって街を歩いていると、しかし、アラビア人はおかしそうに笑うのであった。ちょうど私たちが下駄をはいた西洋人を見るとおかしいように、彼らにとっても、私たちの姿はおかしいのであろう。

バクダッドから百二十キロほど離れた、チグリス河畔にあるサマラの遺跡を見た帰りに、ある村に車をとめて、そこの茶店で熱いお茶を飲んでいると、大ぜいのアラビア人たちが集まってきて、私たちを取り巻いた。老人も若者も子供もいるが、女のすがたは見えない。みんなにこにこ笑っていて、きわめて友好的である。

私たちがカメラを出すと、わっと歓声をあげて、すすんでカメラの前にならぼうとする。ふざけて相手を押しのけて、自分が前に出ようとするやつもいる。私の肩に手を置いて、二人だけの記念写真を撮ってくれ、などと要求するずうずうしい老人もいる。エジプト人にくらべて、アラビア人は一般に陰性だと思っていたのに、この村の連中は、どうしてなかなか陽気で愉快な連中だった。

私たちは英語を話すアラビア人のガイドをやとって、車で寺院や遺跡をまわっていたのだが、それというのも、アラビアには砂漠のなかに軍事基地が多くて、うっかり写真を撮ると、たちまち憲兵や秘密警察ににらまれる恐れがあるからだった。このアラビア人のガイド氏を相手に、砂漠のなかの道を走る車のなかで、編集者のY君は、「日本にはね、こんな歌があるんだよ」といって、退屈まぎれに次のように歌いはじめた。

〽サーバクーニ日ハ落チテー、ヨールトナールコロー……

ガイド氏はきょとんとして聞いていたが、やがて私たちが、この歌詞を和文英訳して説明してやると、「日本にも砂漠があるのか？」と、さも驚いたように反問してきたのには、私たち一同、思わず噴き出してしまったものである。

「Oh, no! 日本には砂漠はない。この歌は空想の産物である。フィクションである。」

こんな説明で、はたしてガイド氏が納得したかどうか、私には何とも断言いたしかねるが、この頓珍漢な問答は、いま思い出しても、おかしくて仕方がない。日本人が日本製の「アラビアの歌」を、本場のアラビア人に説明している図は、どう考えても滑稽ではあるまいか。

それはそれとして、砂漠に日が落ちる光景は、たまたま私たちもイランのテヘラン付近で目撃することができたが、じつに美しい光景であった。地平線のあたりで駱駝の群がうごめいているのが、逆光を浴びて影絵となって、はるか彼方に眺められるのである。山や海に太陽が沈むのは見たことがあるけれども、一望千里の大平原のはてに、真赤に燃える火の球が落ちるのは、ちょっと日本では眺められない偉観であった。

イランでは、古都イスパハンがいちばん私の気に入った。ずいぶん久しい以前から、イスパハンという美しい音のひびきが、私の夢想を搔き立てていたのである。

テヘランから四百二十キロの距離を車でとばして、めざすイスパハンにやってくると、なるほど、この町は、イスラム教寺院のドームやミナレットがいたるところで目につく、閑雅な町であった。とくに、この町で私たちが泊ったシャー・アッバス・ホテルは、昔のキャラヴァンサライ(隊商宿)を改装したもので、アメリカ式のヒルトン系ホテルとはちがった、古めかしい豪華さがあって好ましかった。すぐ隣に神学校があって、その青色のドームが中庭から見える。

薔薇の花の咲きみだれているその中庭で、私たちはメロンを食べた。西瓜のように細長く大きいが、中身が黄色くて甘いメロンである。イランは高原で涼しいせいか、ホテルにはアメリカ人の老夫婦などの姿も見られる。こんなところで一週間ばかり、ぼんやり暮らしたらどうだろう、と、ふと思ったりした。

II

幻想美術とは何か

文学の領域におけると同じく美術のそれにおいても、ファンタスティック（幻想）のカテゴリーは数限りなく、論者によって、どこに重点を置くべきか、どこまでに範囲を限定すべきかは、かなり大きく食い違ってこざるを得ない事情があるようである。かりに幻想の概念規定を能うかぎり厳密に行ったとしても、具体的な作品を例示する場合には、やはり論者の好悪や趣味が否応なく前面に押し出されてくるだろうからである。

さらにまた、近年では、心理学や考古学や文化人類学の流行とともに、幻想美術の目録のなかに、純粋な絵画作品とならべて、それらの諸学問の考証資料をも組み入れようという風潮を見るにいたっている。たとえば、ルネ・ド・ソリエの『幻想美術』（一九六一年）には、ロマネスクの彫刻やギリシアの貨幣や、タロッコや錬金術の寓意画や、護符の刻み石やメキシコの陶器のようなものまで収録されているし、クロード・ロワの『幻想美術』（一九六〇年）でも、ニューギニアの仮面だのアフリカの象牙彫刻だの、アフガニスタンの木像だのメキシコの寺院装飾だのといった、ヨーロッパ以外の大陸における民族誌の資料が大きな比重を占めている。後者には、さらに絵葉書だとか精神分裂病者の絵だとか、子供の絵だとか落書きだとかいった、心理学や風俗資料に属するものさえふくまれている。ブルトンの『魔術的芸術』（一九五七年）にも、おびただしい未開民族の彫刻や仮面とともに、この著者の独特な審美学によって、錬金術や占星術の寓意画が多く採り入れられているし、また注目すべきは、古典的な映画のスティールがいくつか付け加えられていることであろう。

このような幻想美術の概念の拡張は、美術史の定型をやぶろうとする意欲的な論者にとっては必然的であろうし、私としても、大いにこれに賛同したいところではある。しかし一方、ロジェ・カイヨワのような少々気むずかしい著者とともに、幻想美術のもっとも本質的な核となるものは何か、ということを考えてもみたいし、今日、漠然と幻想美術と呼ばれているものの曖昧な境界線を、それによって明確にしてみたいとも思うのである。イマジネール（想像的）なものがすべて幻想的だということになれば、ヴィレンドルフのヴィーナスからポップ・アートまで、およそ写真的リアリズムから少しでも遠ざかったものは、ことごとく「幻想」の範疇にたたきこまれてしまうことにもなりかねまい。むしろ幻想的でない作品をさがすほうが困難だ、ということにもなろう。いったい、幻想とは単に反リアリズムの同義語にすぎないのであろうか。

大方の読者は意外に思うであろうが、名著『遊びと人間』によって日本でも広く知られている哲学者のロジェ・カイヨワは、あの「組み合わされた顔」の画家、幻想画家のなかでももっとも奇矯な画家と目されている十六世紀イタリアのアルチンボルドを、自分の考える幻想美術の領土から追放しているのである（『幻想の中心にて』一九六五年）。理由は、アルチンボルドの芸術が、単に遊びのための遊びであって、その人目を驚かす技巧も、ただ型にはまった、機械的なものにすぎないからである。女のヌードを組み合わせて、ナポレオン三世の顔を構成した十九世紀の通俗画家の技巧と、それは本質的に変らないからである。

さらに驚くべきは、カイヨワがヨーロッパの美術史上最大の幻想画家ともいうべき、あのフランドルの巨匠ヒエロニムス・ボッシュをも、その幻想美術の領土からあえて放逐せんとしていることであろう。すなわち、ボッシュの世界においては、どの細部も驚くべき創意にあふれ、ありとあらゆる驚異が寄せあつめられてはいるけれども、遺憾ながら、それらの寄せあつめられた驚異が一つの統一を形づくってしまう、というのである。反世界には反世界なりに、一定の法則が支配していて、たとえば人間のひっぱる車に牛が乗っているとか、川の岸で魚が人間を釣っているとかいった、あたかも素朴な裏返しの世界の絵草紙を見るようであり、そういう秩序立った、安定した、等質の世界では、不安とか奇妙な感じとかは消えてしまう。なぜなら、「幻想は、経験や理性が承認することのできないスキャンダルとして現われた場合にのみ、幻想の名に値する」からである。

そういわれてみれば、たしかにボッシュの世界には、中世的な童話の雰囲気があまねく支配しており、宇宙の統一性を破壊して、恐怖や不安の感情を惹起する、不条理な現実の裂け目はどこにも見あたらないような気がする。――しかし、だからといって、私には、カイヨワのように、ボッシュを幻想絵画の系譜からあっさり外してしまうことには、依然として多大の心残りを感じないわけにはいかない、と申し添えておこう。これは、ひとえに幻想美術の境界線をどこに引くべきか、という問題に帰着することのようである。また、カイヨワのように、幻想的なものをスキャンダルとしてのみ眺めず、薔薇色の幻想なる概念の存立する余地をも認めるならば、事情はおのずから違ってくるにちがいない。

カイヨワの意見では、幻想美術の範囲決定に関してもっとも寛大なひとは、アルチンボルドまで受け容れるであろうし、もっともきびしい制限を設けるひとは、ボッシュをすら拒否するであろう。寛大の限界がアルチンボルドで、きびしさの限界がボッシュだというのである。——さて、それでは、たとえば二十世紀のシュルレアリスムなどは、カイヨワ流の幻想美術の観点から見て、いかに評価されるべきものなのであろうか。まあ、しばらく待っていただきたい。もう少し順序立てて、この著者の論旨の要点を追ってみることにしよう。

絵画に現われた幻想の感覚は、必ずしも画家の意図、作品の主題とは関係がない、とカイヨワはいう。そして、そのことを証明するために、作品の主題を画家の送る一つのメッセージと見なして、次の四つの場合を細かく検討するのである。

一、メッセージが送り手にも受け手にも明瞭である場合。

大部分の絵画がこれにあたる。「ナポレオンの戴冠式」とか「最後の晩餐」とか「晩鐘」とか「草上の食事」とかであり、歴史画、肖像画、風景画、静物画などのあらゆるジャンルをふくむ。一見、ここには幻想の感覚の生じる余地はまったくないようであるが、作者の知らぬ間に、作者の意図を越えて、それが画面に滲み出し、眺める者も、なぜこんな奇妙な印象を受けるのか、ついに理解し得ないような場合がある。カイヨワは例を二点ばかり挙げている。

二、メッセージが送り手には明瞭であるが、受け手には難解である場合。

「ナポレオンの戴冠式」も「最後の晩餐」も、パプア土人やホッテントットにとっては意味が解らず、途方に暮れるばかりだろう。それと同様に、ある種の宗教や秘密結社の風俗を描いた絵は、この宗教に属さない者には幻想的に見えることがあり、ラモン・ルルやジョルダノ・ブルーノが作成した、聖書の複雑な章句を思い出すための、奇抜な図形を組み合わせた「記憶術」のデッサンも、これを解く鍵を知らない者には幻想的に見える。錬金術書の挿絵も、その寓意を伝達するよりは、むしろ故意に曖昧にするために描かれているようなふしがあるので、いやが上にも幻想の感覚がそこに加わる。

三、メッセージが作者には不分明であるが、目のきく鑑賞者には解し得る場合。

こういう場合は限られている。作者が催眠状態で、あるいは半ば無意識で、あるいは抑えがたい衝動によって、何らかのヴィジョンや幻覚のイメージを表現した場合である。オディロン・ルドンの作品に頻出する目玉や蜘蛛や、モンス・デシデリオの作品に執拗に現われる廃墟や爆発のイメージは、彼らの潜在意識にその原因を認め得るかもしれない。心理学者ならば、本人にも分らない意味を解することが可能であろう。精神分裂病者の絵や、夢からインスピレーションを汲んだ絵なども、こうして同じように専門家によって解釈される可能性がある。

四、メッセージが送り手にも受け手にも不分明である場合。

やむを得ず不分明にしか表現し得なかったのか、それとも故意に曖昧にしているのかによって、大いに異なる二つの場合が考えられるであろう。「黙示録」やあらゆる予言の書は、好んで謎のような形式で語るし、やがて将来に事件が起らなければ、予言の意味は決して十分に闡明されないのだから、これに挿絵を描く画家も、謎を謎のままに表現する以外に道がなかろう。これはやむを得ない場合である。パラケルススの『予測の書』の挿絵などが、これにあたる。

一方、主題となるべきテキストもなく、夢や催眠状態の衝迫もなく、画家がただ漠然とした一つの雰囲気、自分でも理由が分らぬながら、ある強い情緒を感じている一つの雰囲気を、漠然としたままの状態で表現しようと志す場合がある。そういうとき、彼は自分の印象を伝達しようと努めながら、鑑賞者も自分と同じように、漠然とした、神秘的な、謎のような不安の情緒を解してくれればよいと思う。説明したいけれども説明できない、永遠の期待によって新鮮に保たれるところの情緒である。もし説明されてしまえば、この情緒のいうにいわれぬ魅力も薄れてしまうにちがいない。ところで、こうなると、知らず識らず画家の内心に、説明されては困るという強迫観念が生じ、鑑賞者の安易な説明の先手を打つために、わざと難解なイメージによって防備を固めようという傾向が生じはしないだろうか。つまり、解答のできるだけ困難な質問を用意し、あらかじめ一切の解決を除き去り、誰にも近づき得ないような、複雑にこんぐらかった内容を故意に提示するという傾向である。

これは、はなはだ皮肉であるが、カイヨワが俗流シュルレアリストの方法を頭に置いて、あげつらっている文章なのである。「いかなる場合にも解明の端緒をあたえ得ないような、ある種のイメージを創造しようと努力する芸術家」と彼は書いている。「作者が驚かせようとして描いたのが分り切っているような作品の前では、習慣によって、あるいは挨拶のような気持で、驚いてやる以外に手はない」とも彼は述べている。このようなこけおどしの作品を「既定方針の幻想」と呼んで、彼はその著書から厳重に排除するように心がけてもいるのである。

幻想が成立するためには、画家の意図とは関係のない（つまり「既定方針」ではない）自然にあふれ出てくるような、何物かが必要のようである。遊びや賭けや美学の結果ではなく、いわば障害を乗り越えて現われてくるもの、芸術家の共犯あるいは仲介により、ほとんど芸術家のインスピレーションと手とを強制して（極端な場合には芸術家自身さえ気のつかぬうちに）現われてくるもの、それが幻想の感覚というものであろう。繰り返すが、カイヨワにとって幻想とは、何よりもまず「不安」であり、「裂け目」なのである。

そういう見地に立って眺めるとき、いわゆる幻想美術史のレパートリーに名前をつらねるお馴染みの巨匠たちが、はたして何人残り得るであろうか、という気がしなくもない。イタリアでは、パオロ・ウッチェルロ、ピエロ・ディ・コシモ、ブラチェルリ、ジョヴァンニ・ベルリーニ、ピラネージが及第。ドイツおよび周辺では、デューラー、グリュネワルト、ションガウアー、ハンス・バルドゥンク、クラナッハ、ウルス・グラーフ、アルトドルファー、マヌエル・ドイッチュが及第。フランドルでは、ボッシュの一部作品とブリューゲル。フランスでは、ジャック・カロとアントワヌ・カロン。その他はモンス・デシデリオ、ゴヤ、ブレイク、フュスリ、ムンクが及第。象徴派ではギュスターヴ・モローとオディロン・ルドン。そして超現実派ではダリ、エルンンスト、キリコ、フィニーがからくも及第といったところで、アンリ・ルソーは残念ながら落ちるであろう。もっとも、作者の意図は関係がないという立場を推しすすめれば、幻想作品は画家本位ではなく、むしろ作品本位にえらぶのが本筋であるかもしれない。――お断わりしておくが、むろん、私は必ずしもカイヨワ氏と意見を同じくする者ではない。ただ、一つの厳格な考え方の見本として、彼の首尾一貫した論理を、ごく簡単に御紹介したまでの話である。

もう一つ、幻想美術は多くの場合、明らかに何かを語ろうとしているという意味で、文学的絵画の同義語になるということを、ぜひともここに強調しておきたいと思う。よしんば曖昧であろうとも、無意識であろうとも、とにかく幻想美術の作者は、私たちに対して一つのメッセージを発するのである。このメッセージはイメージから出来ており、それは詩人や小説家の用いる文字の役割にひとしいだろう。幻想美術は反リアリズムの基盤に立っているが、最後まで現実から完全には解放されず、純粋抽象の形体と色彩の海のなかに、そのメッセージを拡散し見失ってしまうことは決してないのである。ルイ・ヴァックスがたくみに述べているように、「幻想のモメントとは、想像力が現実を侵蝕し腐敗させるべく、ひそかに心をくだくところのモメントなのである。」

リアリズムが神だとするならば、たぶん、幻想芸術は神の猿、すなわち悪魔であろう。このアナロジーも、ルイ・ヴァックスから借りたものにほかならないが、幻想という悪魔は、リアリズムのように「強力で健康な生命を生み出すことはできないけれども、その生命を堕落させる力をもっている」のである。悪魔は「問いかける者」であり、「否定する者」であり、世界破壊の原理であり、不安の精神である。一口にいえば、それはスキャンダルである。

もし薔薇色の天使的な幻想をも認めようとするならば、かつて輝く明星であったところのルシフェルを想像すれば足りよう。フラ・アンジェリコからルソーにいたる、素朴芸術家の系列を幻想美術のなかに位置づけるには、この天使論を導入すればよいと私は考える。

言葉はわるいが、神であるリアリズムに寄生して生きるしか道のない幻想は、昔から、この神の技量を能うかぎり見事に掠めとる能力を養ってきたらしい。ユイスマンスのいわゆる「破傷風のキリスト」を描いたグリュネワルトの魔術的リアリズムを見よ。幻想芸術家の資質ほど、曖昧さから遠いものはないのであり、まず明確な線や輪郭とともに、物をはっきり見ることが、幻想芸術家たる者の第一歩なのである。世間一般の大きな誤解は、幻想とは曖昧模糊たる、もやもやしたイメージに冠せられた名だと考えられていることであろう。ところで、反リアリズムは、リアリズムの陰画でしかなかったのである。こうした弁証法から、幻想的なものの本質をとらえ直すことこそ、今日、もっとも喫緊な問題であろうと私はひそかに考えている。

シンメトリーの画家　谷川晃一のために

シンメトリーというものが私たちにあたえる、深い喜びと神秘な感覚とには、限りがないように思われる。

私たち文明人に左右対称の観念をあたえるのは、まず第一に鏡であろうが、そのような物理的な映像や魔術に頼らなくても、この自然界には、驚くほどシンメトリーが満ち満ちているということに、私たちは平生、意外に気がついていないようだ。しかも、私がふしぎな感動とともに思い知らされるのは、動物でも植物でも、下等の段階にさかのぼればさかのぼるほど、ますます完全なシンメトリー、――つまり、単に左右において対称であるばかりでなく、全面的な対称というべき球形に近づく、ということである。

少年時代、私が昆虫標本をつくったり、夏の海岸などで、太陽と砂に白く晒された棘皮動物の骨格（嬉しいことに放射状をなしている）を拾いあつめたりするのを殊のほか好んだのは、もしかしたら、原型を求める幼い私の精神が、知らず識らずのうちに、シンメトリーの魔に取り憑かれていたためではなかろうか、という気さえする。

思ってもみたまえ、ガラス箱のなかに虫ピンで留められ、化石したようにじっと動かぬ艶やかな鞘翅の甲虫は、あの古代エジプトの神聖黄金虫《スカラベ・サクレ》そのままの、完全なシンメトリーを示しているのである！

生物の領域を越えて、さらに無機物の世界、鉱物の世界にさかのぼってみたまえ。そこでは、シンメトリーはいよいよ完全な形式、すなわち、結晶という形式をとるだろう。結晶は物体の窮極の理想的形式であり、シンメトリーのなかの王であろう。

アンドレ・ブルトンとともに、結晶を何よりも愛したハーバート・リード卿の、ユートピア小説『グリーン・チャイルド』のなかの地下世界では、「われわれが結晶学と呼んでいる学問が、あらゆる学問のなかでもっとも尊重されており、これこそ学問そのものと見なされていた。なぜかというに、それが宇宙の構造に関する一切の観念の基盤であるばかりでなく、美とか真実とか運命とかの観念もまた同様に、この学問を土台として成り立っていたからだ。」

私はかつて、ドイツの生物学者エルンスト・ヘッケルの『自然の芸術形式』という本の挿絵にある、放散虫の珪石殻の写真を眺めて、心の底から驚嘆したことがある。この原生動物の細胞が造形する、ありとあらゆるシンメトリックなフォルムたるや、あたかもレース飾りのように繊細であり、スペインの銀細工のように巧緻であって、美しい自然の芸術作品を目のあたりに見る思いがしたからである。人間が造り出すあらゆる道具や工芸品のデザインの手本は、じつは何億年もの昔から、ひそかに自然のなかに、造物主の手によって隠されていたのではあるまいか、といった神秘的な感動に打たれたほどであった。

ふつう、私たちは左右対称のみをシンメトリーと呼び慣らわしているけれども、左右対称以外にも、平行移動の対称とか回転対称とかいった、さまざまな幾何学上のシンメトリーの種類があるらしいことを、私は最近、数学者ヘルマン・ヴァイルの名著『シンメトリー』によって教えられた。しかし、ここでは左右対称のシンメトリーのみに限って、話をすすめよう。

古いオリエントやビザンティン美術の紋章学的なシンメトリーを別とすれば、近代美術の領域で、シンメトリーはかなり影が薄くなっているような気がする。それはアカデミックな造形や遠近法の犠牲となって、細々と生きながらえるよりほかはなかったようだ。

たとえば、フィリップ・オットー・ルンゲの「朝昼夜」のシリーズなどは、はたしてシンメトリーの絵画といえるだろうか、と私は考えざるを得ない。私の独断的な意見では、ルンゲやフリードリッヒのようなロマン主義者の絵には、明らかに遠近法が支配しているから、それは純粋なシンメトリー絵画とは呼びがたいのである。むしろ私は、最初の薔薇十字展に出品した、ゴーガンの僚友のシャルル・フィリジェとか、アンドレ・ブルトンに発見された、トタン屋根職人の霊媒画家フランソワ・ジョゼフ・クレパンとかいった、いわゆるトーテミズムに近い作風を示す画家たちのうちに、真の意味でのシンメトリーの画家の系列を見出す。

二十世紀におけるトーテミズムの画家といえば、私たちはただちにスワンベルク、ヴィクトル・ブローネル、ゾンネンシュターンの三人を数えることができるが、彼らもまた、たとえ厳密には、その絵に左右対称を欠いているとしても、本質的にシンメトリーの画家たる素質をもっている、ということができるのだ。そして我が谷川晃一をこのグループのなかに加えるのに、おそらく、誰にも異存はあるまいと思う。ここで強調しておきたいのは、私のいうシンメトリーの画家なるものが、きわめて気質的な要素を強くもっている、ということである。

果実の断面から壮大な宇宙樹イグドラジルまで、ハート形の女陰から華麗な寺院の正面玄関まで、桃色鸚哥《いんこ》の羽ばたきから聖なる火山の爆発まで、日時計の文字盤から天空の日月星辰まで、およそ世界軸《アクシス・ムンディ》の存するところには、どこにでもシンメトリカルに構成された、象徴的な小宇宙の幻影が生じ得るのである。この秘密を知っており、自分の気質のなかに、この秘密と分かちがたく結びついた方法意識をもっている作家が、アマチュアであると職業作家であるとを問わず、私のいうシンメトリーの画家にほかならないのである。

「世界軸」という美しい言葉を、私はルーマニアの神話学者ミルチャ・エリアーデの書物から借りたが、このシンメトリカルな構成にとって欠くべからざる一本の軸こそ、そこに天地創造の行われる「聖なる空間」の中心なのだ。といって、この聖なる空間なるものを、べつにむずかしく解釈する必要は少しもあるまい。聖なる空間は遊びの空間なのである。一つの例を引こう。

一九五〇年代のシュルレアリストの機関誌『シュルレアリスム・メーム』の創刊号に、かの『ナンセンス詞華集』の著者ロベール・ベナユーンが、「手鏡についての口上」という戯文を寄せている。香具師の口上よろしく、「取り出しましたる手鏡一個、縦六センチ横九センチ、種も仕掛けもございません、お立ち会い」といった調子で、鏡を用いてシンメトリーの驚異をつくり出す方法を語っているのである。

つまり、任意の肖像写真（カフカでもルイス・キャロルでもボードレールでもよい）の顔の上に、四角な鏡を垂直に立てて、この鏡を少しずつ移動させてみると、写真の面と鏡との交わる一線を軸として、思いもかけないシンメトリックな奇怪な顔が現われる。たとえば、「カフカの顔は闇に侵蝕され、ルイス・キャロルの顔はメフィストフェレス風になり、ボードレールの顔は思考の暗いプリズムとなる。」かくて「シンメトリーの軸は、活気のある生きものでござりまする」という、ベナユーンの得意然たる御託宣がくだされるわけだ。

いかにもシュルレアリストらしい、ひとを食った、子供っぽい、馬鹿馬鹿しい、無益な遊びだといってしまえばそれまでだが、しかし、凸面鏡や凹面鏡をもふくめた、こうした鏡を利用する映像の遊びが、レオナルド・ダ・ヴィンチやアタナシウス・キルヒャー以来、マニエリスティックな偏奇を好む画家たちの想像力をたえず鼓舞してきたということも、ここに考え直してみる必要があるだろう。

たしかにベナユーンのいう通り、「シンメトリーの軸は生きもの」であり、それは日常の空間を遊びの空間、聖なる空間に一変させてしまう、奇蹟の中心であるかもしれないのだ。

「われに一つの支点をあたえよ。しからば地球をも動かしてみせるであろう」とアルキメデスはいった。シンメトリーの画家ならば、「われに一つの軸をあたえよ。しからば世界を構成してみせるであろう」というにちがいない。

紋章について

卵よりもなお白い 生まれたての乳房、
真新しい白繻子の乳房、
薔薇をも恥じ入らしめる乳房、
何よりも麗しい乳房、
固い乳房、いや乳房というより
小さな象牙の球のよう、
その中心には、誰も見たことも
触れたこともない苺の実が一粒、
さくらんぼうが一粒、鎮座まします。

右の詩句は、フランス十六世紀の軽妙な機智の詩人、クレマン・マロの名高い「麗しき乳房の賦」のなかの最初の九行である。全体はもっと長く、三十四行にもわたって、熱烈な乳房讃美の諷喩《アレゴリー》がつづくのであるが、ここでは省略することにしよう。

私は、このフェティシズム（物体愛と訳しておこう）にまで高まった乳房崇拝の詩を読むと、ちょうど同じころフランス宮廷で一派を形成した、あのエロティックな裸婦を好んで描くフォンテーヌブロー派の絵を想い出す。読者も御存じかと思うが、現在ルーヴル美術館にある作者不詳の絵で、二人の若い貴婦人がならんで一つの浴槽に浸り、その一人がもう一人の乳首を指でつまんでいる図がある。あの艶美な絵を、まざまざと想い出すのである。

いま、私はかりに「乳房の賦」と訳したが、この「賦」はフランス語の Blason で、もとの意味は、「紋章」である。紋章詩 Blason は、十三世紀ごろから行われ出した短い詩の形式で、最初は紋章学によって紋章の構図を説明することを意味したが、これが転じて、女性の肉体のいろんな部分を讃美したり批評したりする詩を意味することになった。いや、女性の肉体ばかりでなく、品物や家具、さては政治や宗教や道徳や、動物や植物までをも対象とするようになったらしい。しかしもっともよく知られているのは、マロの影響のもとに十六世紀前半に起った、いわゆるリヨン派詩人たちによって流行せしめられた、エロティックな内容をもった「女体の賦」であろう。

彼らのなかの一人で、その象徴的手法が後世のマラルメを想わせるモーリス・セーヴは、「眉の賦」「涙の賦」「額の賦」「喉の賦」「溜息の賦」などの典雅な紋章詩を書いている。セーヴ以外の詩人の作にも、「耳の賦」「髪の賦」「鼻の賦」「舌の賦」「声の賦」からはじまって、「臍の賦」「足の賦」「膝の賦」「臀の賦」「放屁の賦」「玉門の賦」にまでいたる、いささか品のわるい下半身の各部分を歌った紋章詩がある。典雅な女体讃美の精神性と、放縦なフェティシズムの官能性とが同居しているのである。

私は性来、紋章学のような諷喩《アレゴリー》にみちたイメージの体系が好きなので、その同じ名前を冠せられた、Blason という詩の形にも興味をおぼえるようになった。なによりも、女体を一個の紋章として捉えるシンボリズムが、私の気に入ったのである。これには当時の新プラトン主義の哲学なども関係しているにちがいない、と私はひそかに考えている。

大きくいえば、ヨーロッパ全体を覆った十六世紀後半のマニエリスムの風潮のなかに、このフランスにおける紋章詩の流行も、ふくまれるのだろうと思われる。前にも述べたが、フェティシズムを想わせるような女体の細部への異常な執着によって、あの洗練されたエロティシズムを実現したフォンテーヌブロー派の作品も、要するに、絵画の面における「女体の賦」、紋章詩にほかならなかったのである。

もう一つ、マニエリスム期のフランスの特異な奇想詩人、サン・タマンの名高い詩「メロン」を引用しよう。

何たる香りが部屋にただよっていることか。

麝香と龍涎香の何たる甘き香りが
私の頭を酔わせ、
私の心を陶然とさせていることか。
いったい何だ？　やあ見つかったぞ、
この緑したたる籠のなかに。
造化の妙により、
おもしろい模様を幾筋も
周囲に刻みつけられた
それは一個のメロンだった。

以下、メロン讃美の諷喩《アレゴリー》は、三十六行にわたって延々とつづく。もとより、この詩は女体を歌った紋章詩ではないけれども、紋章詩と同じ精神で書かれていることは明らかだろう。私は、この果物を歌った飄逸な詩を読むと、やはり十六世紀後半のオランダを中心として流行しはじめた、アレゴリカルな静物画の系列を想い出さないわけにはいかない。それは動植物や野菜や食器や楽器や時計や貝殻などといったオブジェに対して、女性の肉体の細部に対するのとまったく同じ、いわば紋章詩的関心を示しているのである。絵画と詩とは、完全に並行現象を呈しているのである。

四百年前のヨーロッパの詩や絵画について、長々と語ってきたので、さぞや読者も退屈していることであろうと推察するが、私は、必ずしもこれを時代離れのした無駄話だとは思っていないのだ。なるほど、現代は詩においても絵画においても、紋章という観念が成立しにくくなっている時代ではあろう。シュルレアリストのオブジェは紋章であろうか。ポップ・アーティストのコラージュは紋章であろうか。そもそも、女性のヌードはどこへ行ったのか。物体に対するフェティシスト的執着は？　官能性と精神性との幸福な結合は？

前にも書いたように、私は紋章学のイメージを殊のほか愛しているので、現代文化のなかに、これを代表するに足るような紋章の見失われたままになっているという事態を、ふかく歎くものだ。死んだオブジェの世界を、熱い官能の香りをもって蘇らせるフェティシズムは、すでに私たちの手のとどかない世界の出来事となってしまっているのだろうか。

日時計について

以前から私は、わが家の庭の芝生のまんなかに、日時計を据えつけたいと考えているが、まだ実現するにいたっていない。近ごろはデパートなどにも、クラシックな庭の装飾品として、あるいは一種の西洋骨董として、ヨーロッパ製の日時計が陳列されているようであるが、なかなか暇がなくて、私はそれらを見てまわることができないのである。

バビロニアやギリシアの大昔においては、日時計もたしかに実用品であったにちがいなかろうが、現在では、それは噴水や彫像や石燈籠と同じように、愛すべき庭園の装飾品となっている。それにしても、日光の燦々と降りそそぐ真昼の庭のなかで、ひっそりと黙ったまま、みずからの影によって永遠の時を数えている日時計ほど、私たちに多くの夢をあたえてくれるものがあるだろうか！

ヨーロッパの詩人のなかでも、とりわけ日時計を愛したと思われるドイツの詩人ライナー・マリア・リルケは、その「日時計」と題された詩のなかで、次のように歌っている。

しめっぽい朽葉《くちば》のひややかな匂いは、
あちこちに滴る雫が互いの音に耳を澄まし、
渡り鳥の声のきこえる
庭の樹蔭《こかげ》からめったにそこまで届くことはない。
マヨラナやコエンドロの花に埋もれて
日時計は立ち、夏の時間を示している。
ただ（従者をしたがえた）貴婦人が
明るい色の大きな麦藁帽をかぶって
日時計のおもてにかがみ込むとき、
ふとそれは翳《かげ》り、黙ってしまう——。

（高安国世訳）

記録に残っているいちばん古い日時計は、旧約聖書に出てくる「アハズの日晷《ひばかり》」だというが、一般に、最初の日時計の発明者は、紀元前六世紀のギリシアの哲学者アナクシマンドロスだということになっている。これはグノーモン（日圭《にっけい》）という、いちばん古い簡単な日時計で、一本の

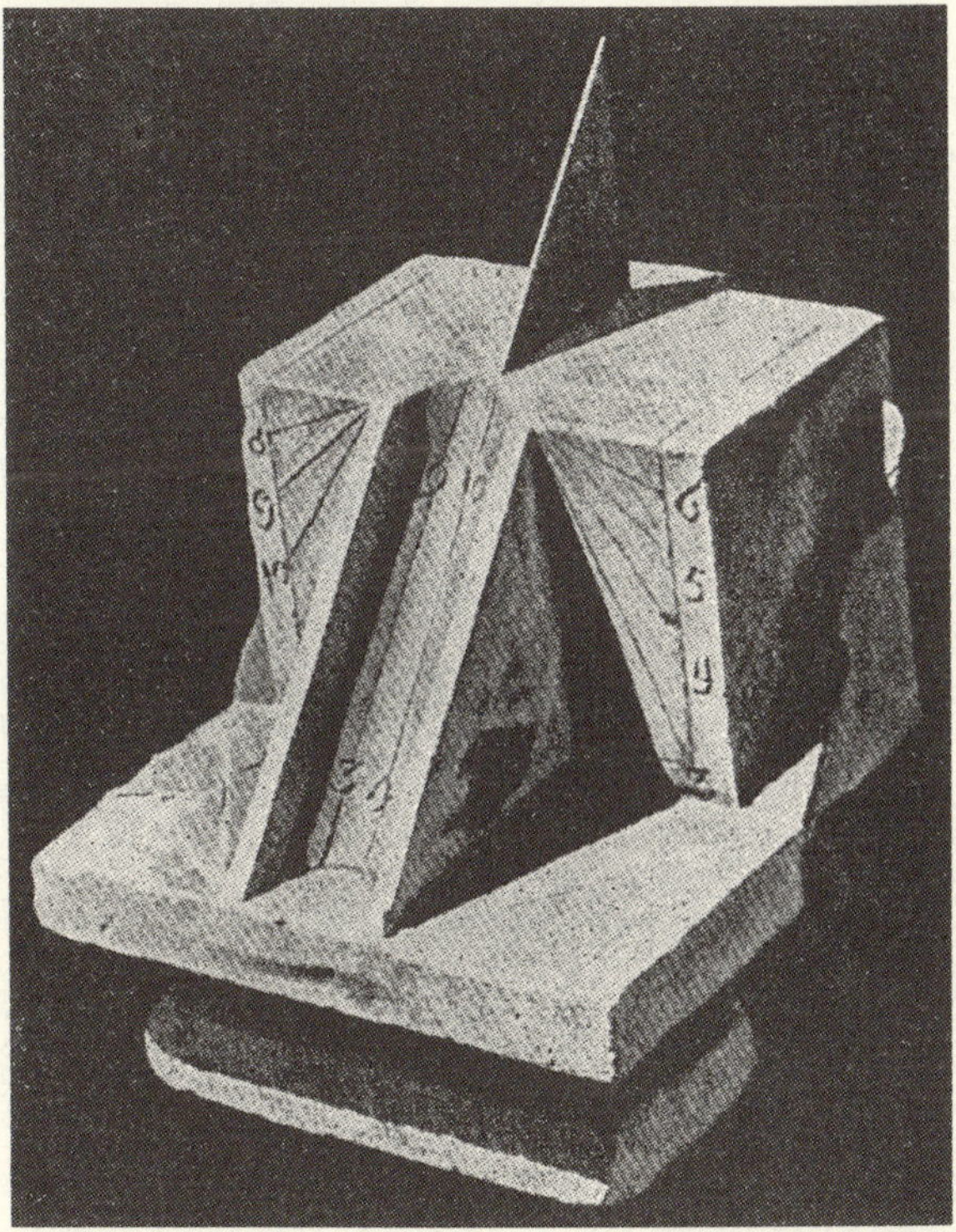

多面体の日時計

垂直な棒で平面上に影をつくり、その影の位置が時を示すという形式のものだった。紀元前四世紀、バビロニアの天文学者ベローソスが考案したのは、半球日時計というやつで、これは半球形の椀を水平に置き、その中央に小さな玉をぶら下げ、太陽が射すと、その玉の影が椀の内面の目盛りに印せられるという形式のものだった。

時代がすすむにつれて、日時計にもいろいろ複雑巧緻なものが現われるようになり、宮殿や寺院の装飾としても利用されるようになった。シャルトルの大聖堂の壁面彫刻に、微笑している美しい天使が半円形の日時計を捧げ持っているのがある。

おもしろいのは、シリア生まれのギリシアの建築家アンドロニコスの造った、アテネのローマ市場に現在もなお残っている、「風の塔」と呼ばれる八角形の大理石の塔であろう。塔の内部には水時計があり、屋根の上には風見のトリトン像（現在は残っていない）がついていて、これは同時に、日時計の役をも果していたといわれている。私の好きなウィトルウィウスの『建築の書』に、この「風の塔」はくわしく描写されている。

こんな巨大な日時計があったかと思うと、一方には、小さな携帯用の日時計というのもあったらしい。シェイクスピアの『お気に召すまま』の登場人物の一人に、タッチストーンという哲学者然とした道化が出てくるが、この男はいつも斑《まだ》らの服を着て、袋のなかに携帯用の日時計をもっており、しばしば日時計の文字盤を眺めては、時間についての深遠な説法をするのである。たぶん、シェイクスピアの時代には、こんな日時計がひろく使われていたのであろう。そういえば、このあいだ来日した英国ロイヤル・シェイクスピア劇団の『十二夜』の簡素な舞台にも、ただ一

シャルトル大聖堂の日時計を
もつ天使（12世紀）

つ、装置として日時計が置かれているのが印象的であった。

日本にも、宮城県の塩釜神社の境内に、林子平が製作したという大きな石造の日時計が残っている。じつに単純な構造のもので、写真で見ると、ただ四角い石の上に、三角形に折り曲げた金属のグノーモン（示影針）が立っているだけの日時計である。そのほか、矢立つきの旅行用日時計（算盤や矢立や耳掻きや毛抜きがついている）とか、刀の柄に仕込んだ日時計とかいった、小さな携帯用の日時計もあったようだ。おそらく、ヨーロッパから伝わったものを真似たのであろう。

私は日時計ばかりでなく、水時計も、砂時計も、人形時計も好きであるが、何といってもいちばん素朴で、古代の明るい地中海世界を思い出させるような感じのする、石造の日時計の味は格別だと思う。吉田一穂氏の「後園」という詩に、

明るく壊れがちな水盤の水の琶音《アルペジォ》。
（日時計《サンダイアル》の蜥蜴《とかげ》よ）
光彩を紡ぐ金盞花や向日葵の刻。
泪芙藍《サフラン》が、その黄金を浪費する時。

というのがあるけれども、たしかに日時計のまわりには、きらりと光る蜥蜴が日向ぼっこをしていたり、陽光をいっぱいに浴びて、花々が咲き匂っていたりしなければならないような気がする。

石盤の日時計（18世紀）

それで初めて、日時計を中心とした、明るい庭の風景が完成するのである。

ところで、世の中には変ったことを考える人間もいるもので、まれには月時計というものも造られたそうである。つまり、刻々に移動する月の光の影によって目盛りを読むわけだ。ケンブリッジのクインスカレッジの中庭にある日時計の周囲には、月の光にも利用し得る目盛りがはいっているという。

それにしても、月時計とは、また何というロマンティックなイメージであろう！　ひっそりとした夜の庭園の芝生に、蒼白い月光が降りそそいでいるところを想像していただきたい。古くから「月の光を浴びると狂気になる」という迷信があるが、この月時計も、やがて狂った時を刻みはじめるのではあるまいか。

アンドレ・ピエール・ド・マンディアルグという、私の好きなフランスの詩人の評論集に『月時計』というのがあるが、題を見ただけでも、この詩人の嗜好が分ろうというものではないか。

洞窟について

どういうものか、私は、ヨーロッパの庭園にほとんど必ず見られる、グロッタ（「洞窟」と訳しておこう）というものが大好きなのである。

グロッタとは、庭園の装飾として、人工的に造られた洞窟である。石や貝殻を漆喰で固めた、いわゆるロカイユ（人造岩）で出来ている。内部には、女神やニンフの彫像が置いてあったり、噴水があったり、腰掛があって、散歩の途中で、ちょっと休めるような仕掛になっていたりする。

もとはイタリアの庭園で創始されたものであるが、ルネサンス、バロック、ロココ時代にいたって大流行し、ヨーロッパ中にひろまった。名高い貴族や王侯の城、あるいは宮殿の庭には、だから、このグロッタが必ず見られるのである。

ちょうど日本の庭園における、四阿《あずまや》とか亭《ちん》とかいったものと似ている感じで、広い庭の片隅の、あまり人目につかないところに、ひっそりと立っていたりする。

私がまず第一に思い出すのは、フィレンツェのピッティ宮殿のうしろにある、ボボリ庭園で見たグロッタである。これはかなり大きくて、横穴式に深くつづくその洞窟の内部には、部屋がいくつもあり、ミケランジェロやジョヴァンニ・ダ・ボローニャの彫像があったり、噴水があったり、トロンプ・ルイユ（だまし絵）風の天井画があったりする。いかにもバロック趣味の、凝ったものだった。

ピッティ宮殿の美術館でルネサンスの名画を眺めてから、もし暇があったら、ぜひ、その裏にあるボボリ庭園に入ってみることをおすすめする。グロッタは、入ってすぐのところにあるのだから。

この文章の最初に、私はグロッタが大好きだと書いたけれども、それは、フランスの哲学者ガストン・バシュラールにいわせれば、私たちの深層心理に眠っている、ひそかな胎内回帰願望のためかもしれないのである。

「実際、洞窟というものは、そのなかでひとが無限に夢みることのできる隠れ家なのである。それは保護された休息、平和な休息の夢に、直接的な意味をあたえる」（『大地と休息の夢想』）とバシュラールが書いている。

私は子供のころ、地面の下に縦横に穿たれた、蟻の巣の断面図を描くことを大そう好んだものであるが、これなんかも、幼い夢想にあらわれた、一種のグロッタ願望といえばいえないこともないような気がする。

迷路のように無数に枝分れした暗いトンネルによって成り立っている蟻の棲み家には、子供部

オルフェウスのグロッタ　ヘルブルン宮

屋があったり、卵の置いてある部屋があったり、食べ物の置き場があったり、冠をかぶった女王のいる立派な玉座のある部屋があったりして、その地面への入口には、槍をもった番兵が立ち、いつも元気な働き蟻どもが獲物を求めて、出たり入ったりしているのである。そして、それぞれの蟻どもの部屋には、古風なランプが天井からぶら下がって光っているのだ。――こんな童話風の幻想とむすびついて、私のグロッタ願望は発達したものらしい。幼い私は蟻の生活をうらやみ、心から蟻になりたいと思ったものである。……

庭園装飾としてのグロッタにも、いろいろなヴァリエーションがあって、たとえば、これもバロック庭園の装飾として欠くべからざる噴水と、いわば抱き合わせになっているものもある。

フラスカッティのアルドブランディーニ荘や、ティヴォリのエステ荘の「オルガンの噴水」などといった大規模な階段式の噴水では、丘の頂上から滝のように流れ落ちる水が、最後に大きな円形劇場のような建物の内部にそそぎこむ仕掛になっているが、この建物の内部には、中央に噴水槽があり、左右にアーチ形のグロッタが、ずらりと並んでいるのである。

苔のはえた涼しいグロッタの内部から、流れ落ちる水を眺めると、ちょうど水のカーテンが目の前に張られているような感じで、夏の暑さを避けるには、もってこいの場所となる。

こうした技巧的な噴水のグロッタは、古くローマ時代から発達したもので、ニンフェウムと呼ばれた。ニンフェウムとは、もともとニンフ（水の精）を祭った天然自然の洞窟で、その内部から泉の湧き出るものを意味したが、ローマ時代の噴水全盛期になると、これが大理石の壁やアーチや列柱などによって、人工的に造られるようになったのである。むろん、内部にはいって、暑い夏を涼むための設備である。

一方、十六世紀フランスの天才的な陶工として名高いベルナール・パリッシーなどというひとは、庭園の洞窟の内部を天井から床まで、陶土で塗り固め、そこに釉薬《うわぐすり》を流して、火によって熱し、あたかも貝殻の内壁のようにぴかぴかに光らせることを考えたという。つまり、グロッタで一休みする者は、ちょうど巨大な貝殻の内部へもぐりこんだような、奇妙な感じを味わうことになるわけだった。これも、まことに好ましいアイディアというべきであろう。

スイスとイタリアの国境にあるマジョーレ湖には、イゾラ・ベッラ（「美しい島」の意）という小さな島が浮かんでいるが、この島の宮殿で私が見たグロッタ風の部屋も、一風変った、ふしぎな感じのものだったのをおぼえている。

砕いた大理石の破片や砂利や金属で、モザイク風に周囲の壁や床を塗り固め、貝殻をモティーフとした装飾を各所にあしらって、海の底の雰囲気を再現しているのである。一目見て、私は、「これはヨーロッパ風の龍宮城だな！」と思ったものだった。湖水の側の窓は、アーケードのように大きく刳《く》り抜かれていて、涼しい風がそのまま部屋に流れこんでくるようにしてある。曲りくねった階段を降りて達する、これらの部屋は、おそらく宮殿のいちばん低い場所、水面すれすれのところに位置しているのであろう、ひんやりとした底冷えの感じがする。たぶん、これもまた、夏の暑さを避けるための部屋であろう。

この宮殿を建てた十七世紀の貴族ボロメオ一族の子孫は、伝え聞くところによると、いまでもミラノの町に住んでいて、夏ごとに、ここへ避暑にやってくるということであった。

大昔の人間が穴居生活をして以来、グロッタは、自然の住居として、神々を祭る場所として、宗教儀礼のための聖域として、あるいはまた、大地の底から響きわたってくる、洞窟のなかの殷々たる風の音に、神託を仰いだり予言を求めたりする場所として、人間の神話や伝説の形成と密接な関係を保ってきたのである。日本にも、富士の風穴の伝説や、諏訪の甲賀三郎説話などといった、グロッタの胎内めぐりと結びついた、宗教儀礼的な伝説が残っていることは、よく知られている。これらの伝説については、いずれ語る機会もあろう。

理想の庭園

世界の庭園にもいろんな様式があるけれども、私が自分の気質にいちばんぴったりするように思えるのは、スペイン風、もしくはイスラム風の庭園である。

ヨーロッパ旅行の途次、私はドイツやフランスで、バロックやロココの庭園をたくさん見たが、その幾何学的に整然とした噴水や樹木や彫像の配置に、いつも何か、近づきがたく、よそよそしいものを感じた。フォンテーヌブローやヴェルサイユの芝生のあいだの樹木が、積み木のように円錐形に刈りこんであったり、花壇の草花に色が塗られてあったりするのを見ると、私はいつも、一種のもどかしい思いとともに、自然をそのままに生かした、もっと別の形式の庭園はないものだろうか、と考えたものだ。それに、宮殿の庭は何よりも広すぎるのである。

その点で、廃園というのは私の気に入った。そこでは管理と手入れを放棄した結果、樹木は伸び放題に伸び、蔦や苔は大理石の欄干や階段をおおい、池の水はよどんで藻を生じ、自然が人工を圧倒し、これを呑みこもうとしているかのごとき荒廃のふぜいを見せているのである。そういうデカダンスの情緒が、私の感覚に訴えるのだった。

たとえば、イタリアのマジョーレ湖中に浮かぶ小さな島、イゾラ・ベッラのバロック式庭園などは、私にとって、いちばん親しみやすいものだった。これはもちろん廃園ではないけれども、島中が一種の植物園のような趣きをおび、数段のテラスによって、小ぢんまりとまとまっていて、風雨に磨滅した石の階段をのぼったり降りたりしながら、青い湖水を背景とした、島中に繁茂する珍奇な植物群を次々に眺めるという仕組みになっているのである。だだっぴろいシェーンブルンやニンフェンブルクよりも、この小さなテラス式の空間構成と、南国的な植物の彩りが、私の趣味にはぴったりするのだった。

ロマネスクの修道院の小さな中庭なども、私の好みのイメージに似合わしい庭の一つである。周囲には円柱の立ちならぶ廻廊があって、まんなかに井戸があり、井戸のまわりには花壇や薬草園がある。糸杉のような樹が、その廻廊の白い壁に影を落している。井戸の縁石では、日向ぼっこをしていたトカゲが、突然、きらりと背中を光らせて走ったりする。いかにも静かな瞑想と憩いの場所といった感じがする。

あまりにも広々とした空間よりも、むしろ閉じられた空間、中庭のように囲まれた空間のほうが、落着いた気分をあたえることになるのかもしれない。

さて、冒頭に述べたスペイン風の庭園、もしくはイスラム風の庭園について述べなければならないが、これは多くの場合、中庭のように閉じられた空間なのである。しかも、そこには植物と水が豊富にある。

スペインのセビリアのもっとも美しい一劃である、バリオ・デ・サンタ・クルスのあたりの細い路地をぶらぶら歩いていると、ゼラニウムの花の咲きみだれた植木鉢をいっぱい並べたバルコニーのある、白や黄色の壁の家がうねうねと続いている。壁にはアーチ式の鉄格子の門があって、その唐草模様の鉄格子から、しんとした中庭の内部をのぞきこむと、美しい色とりどりのタイルを敷きつめた、いわゆるパティオ（中庭）の光景が眺められる。セビリアばかりではない、コルドバでもグラナダでも、アンダルシア地方の各都市の民家にはほとんど必ず、いわば玄関入口のホールともいうべき、こうした中庭が付属しているのである。

このパティオには、敷きつめられたタイルの中央に泉水や噴水があり、巨大な植木鉢がところ狭しと飾られており、椅子やテーブルなども備えつけてある。鉢植えの植物は、主として南国的な蔓草や羊歯類や蘭科植物で、植木鉢からあふれるように垂れ下がり、そのほかにアカシア、オレンジ、棕櫚、藤、蔓薔薇、葡萄などが植えられている。玄関には僧院風の柱廊があり、二階のベランダから下を眺めおろすこともできる。

私はスペイン滞在中、町のひとが午睡《シエスタ》を楽しんでいるころ、このひっそりした民家のパティオをのぞいて歩きながら、ひとり陶然たる気分を味わっていた。人類の考え出した「庭」という観念の原形が、このアンダルシアの青空の下の、緑の植物と水の流れにおおわれた、小さなタイル張りの中庭にあるような気がするのだった。それはまったく、私の気質に何の抵抗もなく受け入れられる、自然と人工との調和した、一つの逸楽的な空間なのであった。

この印象は、名高いグラナダのアルハンブラ宮殿を訪れて、その繊細きわまりないイスパノ・モーレスク様式の柱廊や中庭や噴水などを目にした時にも、同じように生き生きと私の心によみがえった。私の思うのに、アルハンブラこそ、世界最大の逸楽的な庭なのである。

私が妻とともにアルハンブラを訪れたとき、それは秋も深まった十月中旬の一日であったが、じつにめずらしいことに雨が降っていた。青空と陽光に照り映える宮殿と庭のたたずまいを眺められなかったことが、残念といえば残念であったけれども、考えようによっては、雨のアルハンブラもまた、わるくはないにちがいない。意外にふぜいがあったのではないか、と私はいまでも思っている。

私の感動は、アルハンブラからやや離れた丘の上にある、見晴らしのよい美しいヘネラリーフェの庭園へきて、いよいよ絶頂に高まった。大きな糸杉の並木道をたどって行くと、やがて大理石の細長い泉水が中央を貫通した、糸杉と花壇に囲まれた狭い中庭に出るのであるが、この泉水は両側から糸のように細い噴水を交錯させて、あたかも水のトンネルのような趣きを呈しているのだった。

細い繊細な噴水は、細い繊細な列柱とともに、たしかにスペインあるいはイスラム建築の独創であろう。ヘネラリーフェの庭園では、この細い噴水が中庭のいたるところに水を噴き出していて、まさに音楽的な諧和を奏でているのである。

中庭には糸杉、オレンジ、夾竹桃、薔薇、カーネーション、ジャスミン、柘榴、コスモス、しゃくなげ、芍薬、野菊、ダリヤ、おしろい花……などといった、私たちにも親しい植物や、色とりどりの秋の草花がいっぱいに咲き匂っている。立ち去りがたい思いで、私は廻廊の下にいつまでも佇んでいた。

つい最近、私は中近東のイラク、イランを駈足旅行してきたが、イランの古都イスパハンや、南部ファールス地方の中心的な都会シラーズなどで、やはりアンダルシアで見たスペインの庭園とよく似た形式の、純粋なイスラム様式の庭園を訪れて、感動を新たにしたばかりのところである。イスラム世界の東と西のはずれともいうべき、遠く離れたペルシアとスペインが、建築様式において相呼応しているところは何とも興味ぶかかった。

彼岸の世界を信頼せず、超越への努力を放棄して、ボードレールのいわゆる「秩序と美と、栄耀と静寂《しじま》と快楽《けらく》」の集約された、地上の楽園をひたすら真剣に求めたのは、ともするとイスラム文化圏のひとびとではなかったろうか、と私は漠然と考える。そして私自身の楽園のイメージも、どういうわけか、ここにもっとも居心地のよさを発見するのである。

巨木のイメージ

新宿御苑のちょうど真ん中あたりの、ひろびろとした緑の芝生のある場所に、一本の巨大な樹が亭々とそびえ立っている。まさに「亭々」という言葉にふさわしいように、その樹は、周囲の多くの樹々のあいだから一頭抜きん出て、一直線に高く高く梢を伸ばしているのである。さながら天を摩す、という感じである。

私はこの樹が好きで、学生時代、厚生省の国立公園部に勤務している古い友人と一緒に、よく新宿御苑に出かけ、この樹の下に腰をおろし、しばらくぼんやり時を過ごしたものであった。終戦後間もないそのころは、まだ新宿御苑も閑散としていて、散歩を楽しむにはもってこいの雰囲気であった。

厚生省に勤務する私の友人は、少しばかり植物学をかじっていて、この巨大な樹が北アメリカ原産のユリノキ、学名リリオデンドロン・チューリップピフェラと称する珍しい樹であることを、得意になって教えてくれた。なるほど、そう思って眺めると、この樹は日本の風土とはまったく異質のもので、北アメリカの雄大な大平原や大森林の中に置いてこそ、もっとも似合わしいのではあるまいか、とも思われた。

ユリノキの下にすわっていると、ときどき、高い梢をわたる風の音とともに、いっせいに葉むらのさやさやと鳴る音が聞えるのである。名高いドイツ・リードの「菩提樹」のなかに、「枝はそよぎて語るごとく……」という歌詞があったと記憶しているが、まったくそんな感じで、それはあたかも植物が私たちに何事かを語りかけているかのごとき、神秘的な思いに私たちを誘いこむような音なのであった。あるなつかしい響きを伴った、この葉むらのささやきを聴くために、私はよく、じっと耳を澄ましたものである。

後になって、私はエドガー・アラン・ポーの有名な小説『黄金虫』のなかに、このユリノキ、学名リリオデンドロン・チューリッピフェラが登場していることに気がついて、すっかり嬉しくなってしまった。さすがにポーはアメリカの作家である。私は現在、山中湖畔のホテルに滞在しながら、この原稿を書いているところなので、残念ながら、ポーの『黄金虫』にあたって、その部分をくわしく御紹介するわけにはいかないけれども、何でも宝の在処《ありか》を発見するために、黒人の奴隷が一本の巨大なユリノキにするすると よじ登って、枝の上から糸を垂らすのではなかったろうか、と記憶している。

ユリノキの葉はどんな形の葉であったか、いまではもう、私はすっかり忘れてしまった。旅先なので、植物学辞典を引いてしらべてみるわけにもいかない。ただ、私の頭のなかには、あくまでも真っすぐに伸びた、美しい堂々たる男性的な樹のイメージが、いまでもなお、はっきりと残っているのである。

＊

私の頭のなかに、記憶像としてはっきり残っている、もう一つの巨木のイメージは、ユーカリの樹のそれである。

昭和二十年の春、私は東京で戦災を受けて、親類の住んでいる鎌倉へやってきた。きてみると、鎌倉は別世界であった。東京では、まだ焼け跡に煙がくすぶり、真黒な屍体がごろごろ転がっているというのに、一度も空襲を受けていない鎌倉は、まさに春爛漫という感じなのである。竹藪でウグイスが鳴き、スミレやタンポポの花が咲き匂っていた。一木一草もない赤茶けた焼け跡風景に親しんでいた目には、それは新鮮な感動であった。私は夢を見ているような気持で、大塔宮のさらに奥の、瑞泉寺のほうへ向って歩いて行った。

いまでは水仙と梅と精進料理で名高く、季節にはぞろぞろ観光客がやってくる、商魂たくましい瑞泉寺であるが、その当時は、まるで鄙びた感じの、静かな好ましい山寺であった。その瑞泉寺の庭に、直径三メートルもあろうかと思われる、異様な巨木がそびえていたのである。それがユーカリの樹であった。やはり日本では珍しいものだそうで、私は瑞泉寺以外では、まだ一度もお目にかかったことがないほどなのである。

お断わりしておくが、このユーカリの巨木は、残念ながら現在では、ばっさり切り倒されてしまって、影も形も残っていない。かつてそこに、そんな巨大な樹がそびえ立っていたとは、想像するさえ困難なほどである。いったい、どんな理由で切り倒してしまったのだろうか。私は思い出すたびに、じつに惜しいことをしたものだと思わざるを得ないのである。

それはとにかく、私はこのユーカリの樹が大そう気に入り、その後もしばしば、瑞泉寺の庭へ見物にきたものであった。東京から友人が遊びにくるたびに、得意になって案内したりもした。オーストラリア原産のユーカリの樹の名は、有袋類の珍獣コアラの名とともに、御存じの方も多かろうと思う。赤茶色の樹の皮が革のように厚くて、奇妙な光沢をおび、太い根が地面からやや露出していたような気がする。かなり異様な感じであった。

いまでもはっきりおぼえているが、昭和二十年の春、私が初めて瑞泉寺へ行って、初めてユーカリの樹を見あげたとき、たまたま金属的な爆音を立てて、発動機の四つある巨大な飛行機が、まるでユーカリの梢に触れんばかりに、私の頭上を低空飛行で通過したのである。春の午後の陽光に、銀色の機体がきらきら光ってみえた。B29かな、と私は一瞬考えた。しかしよく見ると、たしかに翼に日の丸のしるしがあった。たぶん、海軍の新型四発爆撃機「連山」ではあるまいか、きっとそうにちがいない、と私は想像して、ひとりで興奮していた。そのころ、私たちハイティーンの少年は、いずれも熱心な飛行機マニアだったのである。終戦前四ヵ月のことであった。……

私は瑞泉寺の庭で、何度もユーカリの樹を眺めた記憶があるのだが、時折り、ふっと、あれも一つの幻ではなかったか、と思うようなことがある。誰か、あの当時の鎌倉をよく知っているひとがいて、証人にでもなってくれないかぎり、私の記憶は、だんだん現実と夢想の区別がつかなくなって、曖昧なものになってくるのではあるまいか、というような不安があるのである。

＊

去年の秋、私はスイスのバーゼルの市中を流れるライン河のほとりで、実をいっぱいつけた銀《いち》杏《よう》の樹を見出して、白昼夢ではあるまいか、と目を疑ったことがある。銀杏は東洋原産で、ヨーロッパには絶対にない、と聞いていたからである。しかし、この時は、女房も一緒だったので、確実な証人がいたわけであり、白昼夢ではなかったわけだ。

あのバーゼルの銀杏は、誰が植えた銀杏であろうか。

パリ食物誌

パリのアパルトマンの屋根の上に、細長い植木鉢みたいな円筒形のものが、にょきにょき突っ立っている。これは素焼きの煙突なのだそうである。冬には煙が出るのであろう。

朝、窓をあけてベランダに出ると、道ひとつ隔てた向いのアパルトマンの屋上で、口笛を吹きながら煙突の修理をしている若い左官屋の職人が、きまって私のほうを見て、片目をつぶり、にやりと笑って、

「ボン・ジュール、よく眠ったかね?」と声をかける。

「ああ、ぐっすり眠ったよ、いい天気だね」と私も笑って答える。短いパリ滞在中、このやりとりが習慣のようになってしまった。

女房がベランダに出れば、若い職人たちはもっと喜んで、いろんなことを話しかけてくるのだが、フランス語を自由に操れない彼女は、ただ「ボン・ジュール」しかいうことができないのは、

まことに芸がない。

さて、私たち夫婦は、それからモンマルトルの坂道を下り、散歩がてら、にぎやかなデ・ザベッス街の方へ朝の買物に行く。この通りは、朝と晩に市が立ち、両側に屋台店がずらりとならぶのである。八百屋もあれば果物屋もあり、魚屋もあれば肉屋もある。ちょうど日本の市場のように活気があって、どの店でも、若衆が威勢よく客に呼びかけている。

屋台店を物色しながら歩くのは楽しい。パリという町は、意外に海産物が豊富なところで、魚、エビ、カニ、貝類など、とりどりの種類がならんでいる。タイ、マグロ、アジのような魚もある。もっとも、これは魚の名前をたずねて確かめたわけではないから、単に外見が似ただけの魚かもしれない。タラのような魚は、見ただけで分る。

私たちは、美味しそうなものはないかと、いつも目を皿のようにして見て歩いた。八百屋で買ったラディ（赤カブ）がすっかり気に入って、パンと一緒に、よく塩をふりかけて、がりがり噛ったものである。

バゲット（棒みたいな細長いパン）は、私たちが朝食として二人で食べるには、一本では多すぎるので、いつもドゥミ（半分）に切ってもらって買った。フランス人の若い奥さんなどは、道を歩きながら、平気でバゲットをちぎっては、口に入れてむしゃむしゃ食べている。私たちもおもしろ半分に真似をして、道を歩きながらパンをちぎって食べた。バターを塗らなくても食べられるほど美味しいパンは、日本にはめったになかろう。

あるとき、私たちはデ・ザベッス街の魚屋で、イセエビのような大きなエビを買ってきて、ガス・コンロ付きのホテルの一室で、茹でて食べてみた。鍋が小さいので苦心惨憺したが、これがなかなか美味なのである。もっとも、一四三十フラン近くもするのだから、かなりいい値段だ。うまくなければ腹が立つところだ。

また別の日には、トゥルトーという大形のカニを試食してもみた。これは茹でたやつを売っているのだが、やはりなかなかいける。一匹を二人で食べて堪能した。

トゥルトーは、日本ではイチョウガニと呼ばれるらしいが、学名はカンケル・パグルスで、フランスの海岸では、ごく普通に獲れる種類のカニである。日本のイチョウガニは、もっと小形のカニらしい。なぜイチョウガニと呼ばれるのかというと、甲羅が横に平べったく、イチョウの葉のように扇形に開いているからだという。なるほど、そういえばそんな形である。

このモンマルトルの市場で売られている、日本ではおそらく絶対にお目にかかれない異様な食べものは、丸のままの牛の首、毛のついたウサギやニワトリの肉、それに皮をむいた赤裸のカエルなどであろう。エビやカニならば、私たちでも食べてみたいという気は起るけれども、これにはさすがに手が出なかった。肉食という点にかけては、日本人はまだまだ淡泊で、工夫も足りないのだろうと思う。

パリには、名高いカエル料理屋が何軒かあるようである。貝料理屋も多い。貝料理屋の入口には、カキやムール貝（日本の貽貝にあたるらしい）が台の上にならべてあって、客が好きなものを見てえらべるような仕掛けになっている。いずれも気軽にはいれる店で、ここで新鮮なカキやムール貝や、ウニやエビなどを肴にして、よく冷えた白葡萄酒を一ぱいやるのはわるくない。もちろん、ムール貝も氷で冷やして、生で食うのがいちばんだろう。これは文句なく、日本人の口に合うはずだ。

パリ在住の友人から教わった、「サンセール」という銘柄の白葡萄酒が、大そう私の気に入って、私はカキやムール貝をつまみながら、いつもこの「サンセール」を愛飲したものであった。

ムール貝で思い出すのは、『地下鉄のザジ』というフランス映画のなかで、おしゃまな女の子のザジが、腹立ちまぎれに猛烈な勢いで、あたりに汁をはね散らかしながら、片っぱしからムール貝を平らげてゆく滑稽なシーンであろう。あれはたしかソースで煮たムール貝だったと思う。

パリのソルボンヌ街やサン・ミシェル大通り付近の古本屋で、私は二百冊ばかり古本を買いこんだので、これを日本に郵送するための段ボールの箱が必要になった。モンマルトルのホテルの近くの乾物屋で、事情を説明して、段ボールの箱をいくつか譲ってもらえないか、と頼みこむと、その乾物屋のおばさんは、「ああ、いいとも。お金なんかいらないよ」といって、ただでくれたのである。私たち日本人から見て、合理主義精神に徹しているように思われるフランス人には、往々にして、意地わるなところも見られなくはないような気がするのであるが、これは嬉しい親切であった。

夜になると、ホテルの暗い電気の下で、女房はせっせと友達に絵葉書を書いている。

「お元気ですか。私たちは、モンマルトルの丘の中腹の小さなホテルにいます。ムーラン・ルージュのすぐ近くです。窓からエッフェル塔が霞んで見えます。このあたりでは、朝夕は市が立ち……」

私が横からのぞきこんで、半畳を入れる。「なんだ、また『朝夕は市が立ち……』か。いつも同じ文面じゃないか。たまには違ったことも書いたらどうだい。」

「いいのよ。相手が違うんだから。」

というわけで、女房はお気に入りの「朝夕は市が立ち……」を際限もなく書きつづけるのである。

そして、

「すでに古典的な手紙の例文になったわね」などといって笑っているころ、ようやく私たちは、パリを離れて、スペインに行く計画を立てはじめたのであった。

鏡について

犬や猫に鏡を見せると、彼らは鏡に映った自分の姿を敵と間違えて、うなり声をあげたり、あるいは自分の姿を仲間と思いこんで、ふしぎそうに鏡のうしろ側をのぞきこんだりする。おそらく、大昔の原始人が、沼や泉の水に映った自分の姿をはじめて見た時も、この犬や猫と同じような畏怖の感情、あるいは奇異の念をおぼえたことであろうと思われる。ギリシア神話の美青年ナルシスが、泉の水に映った自分の姿に恋をして、ついに水のなかに身を躍らせ、溺れ死んで水仙の花になったという物語は、みなさんも御存じであろう。

私たちは今日、鏡といえばガラスの鏡をただちに思い浮かべるが、ガラスの鏡より以前には金属の鏡、そして金属の鏡より以前には、自然界にそのまま存在する水の鏡があったわけである。

鏡に神秘な霊力を認める信仰は、世界中にひろく分布しており、その信仰の基盤には、おそらく原始人の鏡に対する畏怖感があったのであろう。鏡にまつわる神話や伝説や習俗は、世界中に数限りなくあり、いずれも鏡を神秘なものと見なす点で共通しているのだ。鏡の面には必ず蓋をしておくという習慣があったのも、鏡に対する怖れの感情をよくあらわしている。

たとえば日本では、伊勢神宮に祭られている八咫鏡《やたのかがみ》は、天照大神をあらわす神体であって、太陽の象徴なのである。太陽が万物を隈なく照らすように、鏡はすべてのものを映し出し、正邪善悪を判別するのである。だから心の汚れた者は、鏡を怖れなければならない。鏡は女の魂だという信仰も、ここから来ているのであろう。越後の「松山鏡」の伝説は、ある少女が、母から形見にもらった鏡に映る自分の姿を、母と信じて慕ったという悲しい物語である。

一方、グリム童話集に収録されたドイツ民話「白雪姫」の物語では、器量自慢の腹黒い継母が、毎朝、魔法の鏡を眺めて、「鏡よ鏡、世界中でいちばん美しいのはだれ?」と問いかける。鏡が「それはあなたです」と答えれば、彼女は満足するのである。これも鏡の魔力を一つのテーマとした物語だ。

中国では、鏡は美術工芸品として発達し、もちろん当時は金属鏡であるから、その丸い背面のデザインにとくに工夫が凝らされるようになった。現在までに発見されたところでは、紀元前六世紀ないし五世紀のものがもっとも古いとされている。丸い鏡背のまんなかの、手で持つための把手は、鈕《ちゅう》と呼ばれ、その周囲に、さまざまな動物だの唐草だの銘文だのといった、美しい複雑な装飾文様がほどこされた。そして唐代には、鏡背に象嵌や螺鈿などの特別な技巧を凝らした、いわゆる宝飾鏡がつくられたが、これら唐代文化の粋ともいうべき豪華絢爛たる鏡のなかには、奈良時代の日本に渡来し、正倉院御物として現在に伝わっている逸品もあるのである。

鏡にまつわる信仰や伝説は、中国にも数多く、たとえば鏡を所持していると家が富み栄え、商売が繁昌し、長寿を約束されるといったようなものから、さらに悪魔の正体を見やぶる鏡、妻の不貞を発見する鏡、暗い室内を照らす鏡、万病を治癒せしめる鏡、盗賊除けの鏡、人の心の内部を照らす鏡など、ふしぎな効能をもった各種の鏡もあった。

日本の上代の古墳から発見される銅の鏡は、やはり中国から渡来したもので、当時の富裕な豪族は、これらの鏡を財宝としてもっとも珍重したものであった。もちろん、やがて日本でも、舶来品を模造した独特な鏡がつくられるようになり、とくに平安から鎌倉時代にかけての、草花に蝶や鳥などをあしらった、純日本的な絵画風な図柄を示した鏡などは、まことに優雅な美しいものである。

ヨーロッパでも、最初の鏡は金属（銅あるいは青銅）の鏡である。すでにエジプトやギリシアに、装飾のある長い柄のついた、丸い美しい手鏡があった。アルキメデスが凹面鏡の焦点を利用して、ローマの戦艦を焼いたという伝説のなかの鏡も、じつはガラスの鏡ではなくて銅の鏡だったわけである。ギリシア神話の英雄ペルセウスは、海の怪物メドゥーサを退治するとき、この怪物に睨まれると石になってしまうので、鏡のように磨きあげた青銅の楯の表面に映った像をたよりに、首尾よく目的をとげたといわれている。

ガラスの鏡がはじめて製作されたのは、十四世紀のヴェネツィアにおいてであった。ヴェネツィアでは、すでに八世紀ごろから、教会や諸侯のために、窓ガラスやステンド・グラスを製造していたので、板ガラスの製造技術は他の国よりもはるかに進歩していた。だから水銀アマルガム法が発明されると、現代の鏡とほとんど変らない、きわめて優秀な性質の鏡がつくられるようになったわけで、ヴェネツィアから各国にさかんに輸出され、この町の商人は、ヨーロッパ中の鏡を一手独占販売して、巨万の富を積んだのである。

ルネサンス当時のイタリアやフランドルの絵画を見ると、よく画面に丸い凸面鏡が出てくるが、このころの金持の市民たちは、実際、室内装飾として好んで凸面鏡を壁にかけておいたものらしい。それは室内を実際以上にひろく見せたり、妙な形に映像をゆがめたりするという、彼らにとってきわめて面白い効果を示す装飾品だったのである。

十七世紀になると、鏡の製造技術はフランスで栄え、あのルイ大王のヴェルサイユ宮殿の有名な「鏡の間」が実現された。ヨーロッパ各地の諸侯がこれを範として、ヴェルサイユをまねた宮殿を造営したが、なかでも桁はずれに豪華なのは、あの狂気のバヴァリア王ルドヴィヒ二世が建てさせた、ヘレンキームゼー城の巨大な「鏡の間」であろう。これはヴェルサイユのそれよりもっと大きくて、つなぎ合わせた鏡は高さが十メートル、赤い大理石で縁どられ、奥行百メートルの大広間の壁面いっぱいに張られていたというから、大したものだ。日本の赤坂離宮もヴェルサイユ宮殿を模倣したバロック風建築で、やはり豪華な「鏡の間」がある。

鏡の話題でもう一つ、忘れてならないのは、歴史の本や道徳の本を「鏡」（「鑑」と書いたほうがよいかもしれない）と呼ぶ習慣があったことである。この習慣は、日本にも、中国にも、またヨーロッパの中世にもあった。人間の心や世界の状態を映し出す書物だから、「鏡」と呼ぶのであろう。日本の『大鏡』や『増鏡』や、中国の『資治通鑑』などの名はみなさんも御存じであろうが、ヨーロッパの中世には『歴史の鏡』『神学の鏡』『自然の鏡』から、さらに『貴婦人の鏡』と称する教養書まであった。

詩人ジャン・コクトーのつくった映画『オルフェ』では、オルフェが死んだ妻ユーリディスをたずねて、鏡のなかを通り抜けて地獄へ降りてゆく。つまり、ここでは鏡は、現実世界と地獄(非現実の世界)とをむすぶ秘密の通路なのだ。たしかに、私たちも鏡を見つめていると、なにか異次元の魔法の世界を見たように感じ、鏡のなかに身体ごと入ってゆけば、つい向うには、この世ならぬ夢幻の世界がひらけているのではなかろうか、と思ってしまうことがしばしばある。

小さな箱のような部屋に閉じこめられて暮らしている現代人にとって、鏡は、夢幻的な世界への脱出のための通路であろう。とくに団地のアパートなどで生活しているひとにとって、大きな鏡で室内を明るく広く見せる工夫は、さぞかし楽しいものであろうと思う。部屋の壁をいろんな種類の鏡で飾ってみるのも一興であろう。現代人は、中世人の知恵に負けないように、もっともっと鏡を利用すべきだとつくづく思う。

噴水綺談

「テラスの中央には巨大な青銅《ブロンズ》の噴水と、三つの泉水とがあった。最初の泉水には、乳房のたくさんある一匹のドラゴンと、白鳥にのった四人の小さなキュピドンの像が立っていて、キュピドンたちはそれぞれ弓と矢とを手にしていた。ドラゴンとキュピドンの口から、白鳥の眼玉から、おびただしい水が噴き出し、奇妙な唐草模様《アラベスク》や精妙な曲線を描き出していた。」

右の文章は、ワイルドの『サロメ』の挿絵画家として、黒と白の線描のイラストレーターとして有名な、オーブリ・ビアズレーの小説『丘の麓で』のなかの一節である。日本では、バロック風の彫像のある豪華な噴水などは、どこの町の広場にも庭園にも、まず絶対に見られっこないが、ヨーロッパには、古い町の広場や宮殿の庭に、ほとんど必ず、こういった種類の装飾物が存在しているのだ。

そもそも噴水芸術なるものは、水力学の応用によって、水の流れ落ちる美を眺めて楽しむという、きわめて有閑階級的、貴族的な楽しみに属するものであるから、文化の最盛期にいたって初めて流行するものだ、といえるだろう。エコノミック・アニマルといわれる現代の日本人の住んでいるような、実利の追求を主とした忙しい社会では、噴水のような無益な贅沢な遊びは、盛んになり得ようがないのである。

むろん、現在でも、公園、広場、ホテルの庭、あるいは万国博覧会場などにおいて、さまざまな噴水施設が見られることは事実であるが、その数においても、その規模においても、それらは遠くローマ帝政時代、バロック時代の絶頂期にはおよばないのである。

ギリシアにもバビロニアにも、噴水施設はあることはあったが、文化の歴史のなかで、まず最初に、噴水芸術が驚くべき発達をとげたのは、何といってもローマ帝政時代であろう。当時、大浴場の建設をはじめとして、享楽的なローマ人は水の利用が大へん好きであったらしい。当時、ローマ市における一日の水の消費量は、百五十五万立方メートルにおよんでいたというから驚いた話である。アウグストゥス帝のとき、すでに市内の噴水は八百以上あり、帝の友人の武将アグリッパのごときは、何と、ひとりで百以上の噴水を造ったということである。

ローマ時代において、とくに後世に誇るに足る大規模な噴水施設は、ニンフェウムと呼ばれるものだった。もともと、ニンフェウムとは、ギリシア時代の水精《ニンフ》を祭った自然の洞窟《グロッタ》で、その内部に湧き出る泉のあるものをいったが、ローマ時代になると、これが大理石の壁や列柱によって、人工的に造られるようになったのである。長さ五十メートルにもおよぶ壮大な壁面に、いくつもの壁龕《ニッシュ》があって、そこに神像と水盤が設置され、それぞれの神像の口から水があふれ出る。壁龕

カセルタの庭園　海豚の噴水

の前にはベンチがあって、気候の暑い時など、市民はここへきて涼んだり、会話を楽しんだりすることができる。まあ、ローマ時代のニンフェウムは、現代の都市生活に欠くべからざる喫茶店のような役割を果たしていた、と考えてよいだろう。

噴水芸術の第二の絶頂期たるバロック時代は、ヨーロッパ諸国の宮廷文化、貴族文化のもっとも洗練された時代である。このころになると、庭園の発達に伴って、噴水芸術はいよいよ複雑多岐になり、装飾的かつ技巧的になっていった。前に引用したビアズレーの文章なども、どうやらバロック庭園における噴水を描いたもののようである。

たとえば、バロックの代表的な庭園として名高いローマ近郊のアルドブランディーニ荘の「噴水劇場」などは、そのもっとも大規模なものであろう。水は丘の頂上から滝のように流れ落ちて、大きな円形劇場のような建物の内部にそそぎこむ。この建物の内部には、中央に水音高い噴水槽があり、左右にアーチ形の洞窟《グロッタ》がたくさん並んでいて、洞窟のなかには珍奇な岩や、水オルガンや、水力で鳴いたり飛びまわったりする鳥や、その他のいろいろな水力仕掛の見世物がある。

水力仕掛の見世物には、巨人アトラスの像が口から水を吹き出しているものや、ギリシア神話の怪物が角笛で恐ろしい音を立てているものがあったという。つまり、一種の水力仕掛の自動人形で、バロック時代の貴族の庭園には、こうした愉快な子供っぽい、しかも精巧な技術を要する装飾物が、必ず置かれていたのである。

遊びの精神を文化形成の不可欠の要因と見たのは、あのオランダの碩学ホイジンガであるが、バロック時代の庭園や洞窟や噴水の巧緻をきわめた洗練ぶりを眺めると、いかにもホイジンガのいう通りだという思いを深くせざるを得ない。そしてまた、現代における遊びの精神の堕落ぶりに、暗澹たる気持を味わわざるを得ない。その何よりの証拠が万国博の安っぽさ、つまらなさであるが、まあ、ここでは万国博の悪口をいうのはやめておこう。

噴水劇場のほかに、いささか悪趣味に属するバロック時代の噴水技巧には、たとえば、「魔法の水」あるいは「びっくり噴水」などと称するものがあった。「びっくり噴水」とは、庭園を散歩するひとが、ある特定の場所に近づいたり、特定の椅子にすわったりすると、急に水が噴き出して、頭から水を浴びせかけられてしまうような種類の仕掛である。何にも知らずに歩いていて、ずぶ濡れになってしまったひとを見て、まわりの者は大笑いするのである。――探偵小説ファンのなかには、小栗虫太郎の『黒死館殺人事件』という小説のなかに、この「びっくり噴水」が小道具として、うまく利用されていたのを思い出す方もあろう。

前にも述べたけれども、残念なことに、日本には、芸術作品として誇るに足るような、立派な噴水がほとんどないのである。私たちが子供のころから親しんできたのが、せいぜい日比谷公園の青銅《ブロンズ》の鶴の噴水だけとは、いかにも情けない。むろん、それには、わが国とヨーロッパとの、文化的環境の相違があろう。自然を重んじる日本式の庭園では、噴水のような人工的、技術的なものの発達する余地はなかったのだ。近年の、電気照明を利用した夜間の着色噴水などは、私には、とても悪趣味で見るに耐えない。むしろ、どちらかといえば、スペイン住宅によく見られるような、中庭にある細い高い噴水のほうが、よほど簡素で、気がきいているように見えるのである。なにも豪華な噴水ばかりがよいとは限らないのだ。

匂いのアラベスク

ボードレールは、とりわけて匂いの感覚に敏感だった詩人のように思われる。当時のロマン派詩人にとって、きわめてエキゾティックな印象をあたえるものだったらしい（香料は東洋原産が多いから）さまざまな香料の名前を、その詩のなかにボードレールはよく使っている。たとえば、名高い「照応」という詩には、

幼児《おさなご》の肌《はだえ》のごとく爽やかに、木笛《オーボア》のごとく
和やかに、牧場のごとく緑なる、馨あり。
——また、饐《す》えたる、豊かなる、誇りかなる馨は、
龍涎、麝香、安息香、燻香のごとく、
限りなきものの姿にひろがりゆき、

精神《こころ》と官能《にく》の悦びの極みを歌う。

（村上菊一郎訳）

とある。ここに出てくる龍涎と麝香に、さらに霊猫香、海狸香をつけ加えれば、古来から知られた動物性の四つの香料は、すべて出揃うことになる。

龍涎《アンバー》は、抹香鯨の腸管内に生成される灰白色の凝固物で、鯨の常食とするイカの嘴や甲殻類の殻などが、不消化のまま溜まって変化したものだといわれている。麝香《ムスク》は、チベット地方に産する雄の麝香鹿の香嚢から、霊猫香《シベット》は、アフリカ産の麝香猫の分泌物から、また海狸香《カストレウム》は、カナダ産のビーバーの分泌物から、それぞれ採取した香料である。安息香は植物性の香料で、マレーやスマトラに天然に産する一種の樹脂であると思えばよい。考えてみると、人間はずいぶん妙なものを珍重してきたわけである。

宝石などもそうだが、それ自体では人間の生活に何の役にも立たない奇妙な物質が、ただ視覚や嗅覚に快い作用をおよぼし、しかも産出量がごく少ないというだけの理由で、純粋な価値として考えられてきたのはおもしろいことだと思う。エジプトの昔以来、二十世紀の今日にいたるまで、宝石と香料ほど、多くのひとびとに羨望の念をいだかせてきたものはない、といえるだろう。

＊

やはりボードレールの詩に、「髪の毛」というのがある。これは、詩人の愛人であった黒白混血のジャンヌ・デュヴァルという女を歌ったもので、

環に捲く髪の生え際の絨毛《にこげ》の岸に、椰子の実の
油と、麝香と、瀝青の入り混りたる濃き香、
烈しく われは 酔い痴れに痴る。

（鈴木信太郎訳）

という詩句を見ても分る通り、詩人が女の髪の毛に顔を埋めて、そこから漂ってくる彼女の生まれ故郷の南国の香を、深々と味わったことを歌ったものである。愛人の髪の毛の匂いに触発された詩人の空想は、アフリカに船出する船や港の情景まで、心のうちに思い描く。一般に、匂いが私たちの連想作用を強く刺激するのは、よく知られていることであろう。

＊

髪の毛による匂いの連想を歌って、もっとも成功していると思われるのは、堀口大学氏の名訳によって日本でもよく知られた、レミ・ド・グールモンの「毛」という詩であろう。訳者の堀口氏の意見によると、この「毛」は髪の毛ではなくて、身体のべつの部分の毛だそうであるが、私には何とも断言いたしかねる。一部を次に引用してみよう。

シモオン　お前の毛の林のうちに
大きな不思議がある
お前は　乾草の匂いがする
お前は　獣が寝たあとの　石の匂いがする
お前は　鞣革《なめしがわ》の匂いがする
…………
お前は　花をいっぱいにつけた時の
柳と菩提樹の匂いがする
お前は　蜂蜜の匂いがする
…………
お前は　いろごとの匂いがする
お前は　火の匂いがする

性科学者のハヴェロック・エリスも認めているように、匂いのフェティシズムは、とくに腋の下や髪の毛などといった、発汗する部分に結びついているものらしい。嗅覚による性的満足には、「オゾラグニー」という言葉もあるようである。これについては、次のような古典的なエピソードを御紹介しておこう。

十六世紀のフランスの話である。——ナヴァル王とマルグリット・ド・ヴァロワの結婚を祝って、宮廷で舞踏会が行われたとき、未来のフランス王アンリ三世（当時はアンジュー公であった）は、たまたまダンスに疲れて、休憩室に休みにいった。休憩室には、宮廷で評判の美人であったマリー・ド・クレーヴが、たったいま、着替えて脱ぎすてていったばかりの、汗にまみれた彼女の下着が置いてあった。アンリ三世は何にも知らずに、その下着をつかんで、額の汗をふいたのである。そして、その下着に沁みこんでいた汗の匂いに、陶然としたのである。それからというもの、アンリ三世はマリー・ド・クレーヴにぞっこん恋い焦れるようになってしまった！

＊

匂いの連想作用を利用して、夢のなかで好きな女とランデヴーするという、変った実験をこころみた男もいる。十九世紀フランスの東洋学者で、かつ夢の研究家であったエルヴェ・ド・サン・ドニ侯爵がそれである。

この侯爵は、自分の好きな女の絵を描きながら、イリス根という芳香性物質（鳶尾《いちはつ》の根茎を乾燥した薬品）を口にふくんで、女のイメージと匂いとを結びつけるための練習を何度も繰り返したのだった。つまり、パヴロフのいわゆる条件反射によって、イリス根の匂いがすれば、必ず女のイメージが心に浮かぶような訓練を積んだわけである。そうしておいて、ある夜、自分が眠ったとき、誰かに頼んでおいて、このイリス根をそっと口のなかへ入れてもらった。実験は大成功で、彼は首尾よく夢のなかで、好きな女に会うことができたそうである。

このイリス根という香料は、ギリシアの昔から用いられていた香料で、娼婦がお化粧のために使ったという。「顔と胸のためにはパーム油、眉毛と髪には花薄荷、喉と膝には立麝香草のエキス、腕には薄荷、脛と足には没薬」というきまりがあったそうであるが、さて、イリス根は、どの部分に使われたのであろうか。

＊

フランス十九世紀の作家ユイスマンスの小説『さかしま』に出てくる主人公のデ・ゼッサントという男は、これまた飛びきり変った人物で、ありとあらゆる香水の原料をコレクションし、どんな微妙な匂いでも嗅ぎ分ける技術に熟達していた。自分で原料を調合して、新しい種類の香水を発明するというほどだから、驚くべき香水マニアである。そればかりではない。

「彼は噴霧器をもって自分の部屋に、アンブロジア、ミッチャム・ラヴェンダー、スイートピー、葡萄酒香などから成るエッセンスを撒布した。これは芸術家の手によって蒸溜されると、『花咲ける牧場のエキス』という、まさにその名の通りの効力を発揮するエッセンスである。この人工の牧場に、さらに彼はオランダ水仙、オレンジ、巴旦杏などの正確な混合液を加えた。と、たちまち人工のリラの花が咲き出で、菩提樹の葉が風にそよぎ、ロンドンの科木《しなのき》のエキスをもって模した、その仄かな青色の発散気が地上を這うのであった。」

こんな風に、自分の好みのままに、春の牧場の雰囲気やら、夏の高原の雰囲気やら、あるいは秋の野山の雰囲気やらを、エッセンスの調合によって、自由に現出させることができたとすれば、どんなに楽しいことでもあろう。ただし、小説のなかのデ・ゼッサントは、あんまり夢中になって香水の調合にふけったために、ついに神経がおかしくなって、失神してしまうのである。

*

ドイツの名高い考古学者フルトヴェングラーが、ミュケーネ時代の王の墓を発掘していたとき、彫刻のある石棺の蓋をとったところ、中から馥郁たる香が立ちのぼってきたというようなエピソードも、私たちの夢想を楽しく掻き立てる。三千年もたっているのに、その香はまだ消えていなかったのである!

歴史に出てくる有名な女王さまのなかで、もっとも香料や香水を愛した贅沢な女王さまの名前を三人あげるとすれば、まずその第一は、エジプトのクレオパトラ女王、第二は、イギリスのエリザベス女王、そして第三は、フィレンツェのメディチ家からフランス王家に嫁に行った、あのカトリーヌ・ド・メディチではなかろうか、と思われる。

古代エジプトで香料の研究が非常に発達したのは、ミイラを製造する時に、香料が必要欠くべからざるものだったからだといわれている。アレクサンドレイアの町には、多くの香料工場があったそうである。ボードレールがあこがれたように、たしかに東洋は昔から豊かな香料の国であった。没薬、サフラン、肉桂、白檀などは、このころからすでに用いられていた。

クレオパトラで有名なのは、熊の脂肪でつくったポマードであろう。また、彼女がローマの英雄アントニウスを迎えるとき、濃厚な麝香の香を全身に焚きこめていたというのも、よく知られたエピソードである。恋の手管のために、彼女がエジプト独特の香料を最大限に利用したであろうことは、想像するにかたくない。

＊

主君殺しの大罪を犯したマクベス夫人が、ついに良心の苛責のために気が狂い、最後の第五幕で、自分の手を見つめながら、

「まだ血の匂いがする。いくらアラビアの香水をふりかけても、この手は気持よくなりそうもない。おう、おう、おう」と嘆くところは、誰でも知っている有名な場面である。当時、アラビアの香水というものが、いかに珍重されていたかを示す、これは恰好な一例であろう。アラビアといっても、ここでは東洋一般をさしていると考えてよい。

処女王といわれたイギリスのエリザベス女王は、大へんな薬学マニアで、自分でフラスコやランビキの底をのぞきこんでは、薬物を調合して楽しむ趣味があった。女王さまの健康を守るために、六人の外科医、三人の内科医、三人の薬剤師がついていたというから、ずいぶん豪勢なものである。

＊

女王が発明した香水は、「ハンガリー・ウォーター」という名前で知られているが、これは最初のアルコール香水だという。そのほか、女王の発明した薬には「健脳興奮剤」というものがあり、これは琥珀、麝香、霊猫香を薔薇精に溶解したものであった。しかし、これでは頭のはたらきを活潑にするよりも、むしろ患者を芬々たる香気につつみこんでしまうにちがいない。女王はこの自慢の薬を、錬金術に夢中になっていたプラハの神聖ローマ皇帝ルドルフ二世に贈っている。

当時は、あやしげな錬金術と化学とが、まだはっきり分れていない時代だった。だから香水製造などといっても、その原始的な蒸溜や調合の方法は、魔女が大釜の中でぐつぐつ煮る、媚薬や毒薬の製法と似たようなものだったと思って差支えないのである。

ひどく迷信ぶかい病的な気質の女で、しばしば黒ミサにふけったり、占星学者や魔術師に頼んで、子供のできる魔法の水薬を調合してもらったりしていたカトリーヌ・ド・メディチが、大の香水愛好家であったとしても不思議はなかろう。彼女もまた、英国のエリザベスと同じように、魔術に凝り固まっていた息子たちと一緒に、実験室で練香油や香水をさかんに製造したのであった。おそろしい勢いでフランスに香水が流行しはじめるのは、彼女から以後のことである。

そして、フランスにおける香水流行の絶頂期は、あの太陽王ルイ十四世の時代からロココ時代へかけてであった。あまりに発展しすぎて濫用の結果、人体に悪影響をおよぼすと見られて、ルイ十四世時代の末期には、一時、その使用が禁止されたほどである。フランス革命以前、マリー・アントワネットがもっとも好んだのは、スミレや薔薇などの花の香だったという。

*

香水は、もともと特権階級の用いる贅沢品だから、それが女王さまの名前とむすびついていたとしても不思議はない。もう一人、フランス革命後の大へんな香水愛好者の名前をあげるならば、どうしてもナポレオンの妃のジョゼフィーヌ・ド・ボーアルネを逸するわけにはゆくまい。

彼女のお気に入りの香水は、強烈な寝室用の麝香であったが、ナポレオンは、十八世紀の初めにドイツのケルンでつくられたオーデコロン（御存じのように、「ケルンの水」という意味である）をパリに輸入して、これをジョゼフィーヌにあたえたという。もしかしたら、ナポレオンは、夜ごとに悩まされる濃厚な麝香の匂いにうんざりして、もっと淡泊なオーデコロンを彼女に使わせようと思ったのかもしれない。ジョゼフィーヌ以来、オーデコロンはパリで大いに流行したということになっている。

フローラ幻想

古代世界の七不思議の一つ、バビロンの架空庭園には、ありとあらゆる種類の珍奇な植物があつめられ、時をわかず、エキゾティックな美しい花々が咲きみだれていたと語り伝えられています。

この夢のような架空庭園の造営者は、伝説によると、いまからおよそ二千七百七十年以前の、アッシリアの女王セミラミスということになっておりますが、この伝説の光輝につつまれた女王については、多くの歴史学者の努力にもかかわらず、確実なことは何も分っていない状態です。ただ、私が勝手に空想するところでは、女王セミラミスは、植物界に深い愛着と知識とをもった、当時のもっともすぐれた審美的、デカダン的な魂の持主だったにちがいないのです。

考えてもごらんください、あの「世界の中心」といわれた豪奢なバビロンの市街の一角に、幾重にも段をなして積み重ねられた、高さ三十六メートルにもおよぶ、あたかも緑の森でおおわれた人工の小山のごとき偉容を誇る、高い露壇《テラス》がそびえ立っているのです！

遠くインドやペルシアから運ばれてきた、ロータス、ヘリオトロープ、薔薇、立麝香草、ジャスミン、サフラン、銀梅花《ミルト》、シクラメンなどといった花々が色を競い、なつめ椰子、柘榴、いちじく、巴旦杏などといった果樹が枝もたわわに風に揺れ、レバノン杉の香気がたえず鼻孔をかすめる露壇式の庭園には、翼の筋を断たれて飛べなくなった白孔雀だの、極楽鳥だの、ペリカンだの、紅鶴だの、鸚鵡だのといった鳥類も遊んでいます。

夏でもひんやりとしたアーケードの中からは、滴り落ちる噴水の涼しい水の垂れ幕を通して、熱気のただよう下界の街を見渡すこともできたといいますから、この架空庭園で毎日を過ごす女王や貴族たちにとっては、すこぶる快適な、遊惰な生活が保証されていたことになります。あんまり快適すぎて、茫然としてしまうこともあったでしょう。

「花の下にて春死なむ」と歌ったのは、日本の中世の詩人ですが、伝説のセミラミス女王も、もしかしたら、噎せ返るような香気を発する花々に取り囲まれて、大往生をとげたのかもしれません。

＊

ギリシア神話には、人間が植物や花々に変身するという不思議な物語が、無数にあります。

アポロンに追われて父に助けを求め、その身を月桂樹に変えてもらった少女ダフネ、水に映った自分のすがたに恋をして、ついに憔悴のはてに死んで水仙の花となった美青年ナルキッソス、狩猟の最中に猪に突かれて死に、その血からアネモネの花を生ぜしめたという美少年アドニスの物語は、みなさんもよく御存じでしょう。

ギリシア神話の物語を読むと、若い美しい少女のすがたをしたニンフがよく出てきますが、このニンフにもいろいろ種類があって、たとえば、水に棲むニンフはナイアデス、雨の精はヒュアデス、山や森の精はオレアデス、そして樹のニンフはドリュアデス（あるいはハマドリュアデス）と呼ばれました。

ドリュアデスは、樹とともに生まれ、樹とともに死ななければならない運命でした。こんな話があります。

あるとき、ドリュオペとイオレという二人の姉妹が、河岸をぶらぶら散歩していると、岸辺に銀梅花《ミルト》の花がいちめんに咲いているのが目にとまりました。二人は、ニンフたちに贈る花環をつくろうと思って、ここへやってきたわけなのです。姉のドリュオペは、生まれたばかりの赤ん坊を腕に抱いておりました。ふと見ると、水の近くに一本のロータスが、紫の花をいっぱいにつけて咲いていたので、ドリュオペは、その花を二つ三つ摘んで、赤ん坊にやったのです。妹のイオレも取ろうとしましたが、そのとき気がつくと、その花から真赤な血がぽたぽた滴り、茎はぶるぶる震えているではありませんか。

じつは、このロータスは、ロティスという名のニンフだったのです。ドリュオペは、大へんなことをしたと思うと、こわくなって、大急ぎで河岸を立ち去ろうとしました。が、足が地面に根づいてしまって、身動きもできません。そのうち、だんだん身体中が植物になり、頭も、手も、葉だらけになりました。

こうして、ドリュオペはニンフを殺した罪により、自分も同じロータスの樹に変身させられてしまったのです。

＊

ヨーロッパ中世の詩人や学者が、アラビアやペルシアの文献から得た知識をもとにして編んだ、めずらしい東洋の風物について述べた書物のなかには、おもしろい幻想的なエピソードがいっぱいあります。ここでは、みなさんがたぶん御存じないと思われる、ふしぎなワクワク伝説について御紹介しましょう。

ヨーロッパの船がはるばるインド洋をすぎ、さらに遠くシナ海を渡ってゆくと、ワクワク島という小さな島がある。その島に、いちじくの樹に似て、こんもりと葉の茂った、奇妙な植物が生えている。三月の初めになると、椰子の実によく似た果実を生じ、その果実から、若い娘の足が生えてくる。やがて美しい腿、ふっくらした膝、小さな尻を次々に生じ、四月の終りごろには、女の子の肉体は完全に出揃い、五月には頭を生じ、髪の毛で枝からぶら下がるようになる。——つまり、この樹には、美しい女の子の果実がなるわけです。

けれども六月の初めになると、女の子の果実は一つ一つ枝から落ちはじめ、六月の中旬には、すっかり枝から落ちてしまう。そして落ちるとき、果実は「ワクワク！」という悲しい叫び声をあげ、黒くなって、しなびて死んでしまうのです。落ちた果実は早く埋めてしまわないと、悪臭を発して、そばへ近寄りがたくなる、ともいいます。

この童話的幻想にみちみちた伝説は、ヨーロッパの書物ばかりでなく、同時代のアラビアやペルシアの書物にも出ているので、たぶん、非常に古い東洋起源の伝説ではないかと思われます。それにしても、「ワクワク！」という悲しい叫び声を発して枝から落ちる、果実の女の子の物語は、何という美しい、はかない幻想のイメージでありましょう！

日本にも、竹の節のなかから生まれてくる美少女「かぐや姫」の伝説がありますが、おそらく、植物と人間とが同じ生命でむすばれているという信仰は、世界中にひろく分布していたのにちがいありません。だからこそ、ドリュオペの物語におけるように、茎を折られれば、ニンフは赤い血を流して死ななければならなかったのです。

＊

ドイツ・ロマン派の詩人ノヴァーリスの書いた小説『青い花』は、主人公が夢にみた「青い花」の幻影に憑かれて、一生涯、この花をたずね求めるという物語です。この世にはあり得べくもない「青い花」は、いわば天上的な愛、あるいは詩の象徴ともいうべきものでしょう。

日本でも、明治のロマン主義的小説家として異彩を放っている泉鏡花が、同じような神秘な『黒百合』の物語を書いています。

ある学者の説によると、ノヴァーリスの「青い花」とは、蓮、釣鐘草、忘れな草などをさすといいますが、私の考えでは、こういう意見は俗論だと思います。鏡花の「黒百合」だって、北海道あたりまで行けば、見つからないことはないのですが、やはりこれは現実の花ではないと考えたほうがよろしい。あくまで天上界の花、非現実の花なのです。

しかしまた、現実に存在する植物でも、それがある社会で非常に珍重されると、まるで非現実の幻の植物のように、多くのひとに渇望されるということになります。

垂仁天皇の命をうけて常世国《とこよのくに》（たぶん南の国でしょう）に渡り、非時香菓《ときじくのかくのこのみ》（蜜柑の一種）を持ち帰ったという田道間守《たじまもり》の物語は、みなさんもよく御存じでしょう。正倉院の宝物として知られる蘭奢待《らんじゃたい》は、沈香の一種で、奈良時代に中国から渡来したものですが、足利将軍や織田信長が、それぞれ一寸ばかり切りとって、これを試香したという話が残っています。

ヨーロッパで昔からいちばん珍重されてきた植物は、多くの種類のある、優雅な蘭の花でした。その輝かしい色、その酔わせるような香り、その気まぐれなすがたが、何ともいえない魅力を感じさせるのでした。世紀末の芸術家がこよなく愛したのも、蘭の花でした。

小説家のユイスマンスが書いています。

「たとえば蘭のように、高貴な血統の花は、繊細で華奢で、寒がりで慄えがちである。パリに追放されたこの異国の花は、暖房のガラスの宮殿のなかに住んでいる。俗世を離れて暮らす植物界の王女ともいうべき花だ。」

オカルティズムについて

私はこれまで、それこそ何度となく、オカルティズムに関するエッセイや、あるいは著名なオカルティストの評伝などを書き散らしてきたが、言葉の厳密な意味で、オカルティズムとは何かということについては、どういうわけか、まだ一度も書いたことがなかったような気がするので、まず最初に、これを明らかにすることから始めたいと思う。オカルティズムoccultismとは、もちろん英語読みであって、フランス語でいえばオキュルティスム、ドイツ語でいえばオクルティスムスである。日本の欧和辞典をひくと、多くの場合、隠秘学とか神秘学とか、あるいは秘術研究とか秘密教とかいった訳語が出ていて、何のことやらさっぱり分らず、初心者は首をひねってしまうのではないかと思う。同じような言葉に魔術magicというのがあって、これは近年では、民族学や宗教学の用語として「呪術」という訳語がほぼ定着したようであるけれども、オカルティズムのほうは、まだまだ日本の旧態依然たる学界では、定まった訳語がないどころか、私たちのようないわゆる学際的な志向をもった文学者をのぞいては、これを真面目にとりあげるアカデミシアンさえほとんど見あたらない始末なのだ。まことに歎かわしい現状であり、さればこそ、浮薄な「オカルト・ブーム」などという流行的現象に、学者までがおろおろしなければならなくなるのである。

そこで私としては、一応、暫定的に、オカルティズムに隠秘学という自分流の訳語を当てはめることにし、先年上梓した評論集『悪魔のいる文学史』（中央公論社）でも、これから上梓する予定のエッセイ集『胡桃の中の世界』（青土社）でも、すべて、この隠秘学という耳慣れない言葉に統一しようと心がけているわけである。

語源的に分解すれば、オカルティズムとは、もともとラテン語の occultus（隠された、秘密の）から出た言葉で、oc は「対立、逆さ」を意味する接頭語、cultus は「祭る、礼拝する」を意味する他動詞 colo の完了分詞形だ。直訳すれば「反対祭祀」とか「逆礼拝」とかいうことになるかもしれない。つまり、科学的合理的な方法によっては捉えられない、超経験的な自然の原理、あるいは人間の原理の存在を信じ、これを探究しようとする学問、そうした種々の「隠された学問」scientia occulta（英語に直せばオカルト・サイエンス）の総称として、オカルティズムという言葉が使われるわけである。一般の宗教を顕教とすれば、こちらは密教というわけだ。

それでは、その「隠された学問」のなかには、どんな種類のものがふくまれていたかというと、魔術、占星術、錬金術、ヘルメス学、カバラ、神智学、降神術、心霊術、手相術、ほくろ占い、骨相術、妖術、カルタ占いなどがあった。ごらんの通り、いずれも何となく秘密の匂い、暗黒の匂いがするが、考えてみれば、それもそのはずで、そもそもオカルト・サイエンスとは、その名の示すように非公開的のものであり、国家的あるいは公的な宗教儀礼の範囲外で、秘伝によって限られた少数のひとびとにだけ伝えられるべき性質のものだったからである。宗教と同じく、いや宗教以上に、俗人には禁止された領域の学問だったからである。

多くの学者が論じているように、エジプトやカルデアの昔から、宗教と呪術とは分ちがたく混淆しながら発達してきたので、オカルティズムの歴史もまた、きわめて古いものと考えなければならぬ。一九七〇年代の一時的な流行現象ではなく、オカルティズムには、五千年の歴史があるのだということを忘れないでいただきたい。魔術を意味するラテン語のマギア **magia** とは、元来メディア人（現在のイラン系）の部族名であり、それがのちにペルシアの司祭あるいは呪術師 **magus** を意味するようになったといわれているが、この宗教と呪術の区別の曖昧だった時代のマグスは、おしなべてオカルティストだったと考えても差支えなかろう。いわば古代人のアニミズムを技術的に運用し、何らかの奇蹟によって彼らを心服せしめることができるような人物は、すべて呪術師であり、オカルティストだったわけである。

ギリシア人やローマ人のあいだでも、彼らの公的な宗教儀礼（たとえばエレウシスの密儀）以外の場所で、もろもろの超自然現象を生ぜしめることのできるひとびと、たとえば、みずから神と称し、死者をも蘇らせたといわれるシチリアのエムペドクレスだとか、キリストのように奇蹟を行ったテュアナのアポロニオスだとかいったひとびとは、まあ一種のオカルティストだったと考えてよいのではないか。エムペドクレスは哲学者としても知られるが、やはり名高い哲学者であったプラトンやピュタゴラスの行動にも、明らかに呪術師としての面があったことを忘れてはなるまい。前にも述べたように、オカルト・サイエンスは秘密の学問だったから、それらの学問に精通したひとびとが、ことさら世間の目から隠れることになったのは当然の成り行きだった。ピュタゴラス学派やオルペウス教団のごときは、入社式を伴う一種の厳格な秘密結社を結成し、その輪廻転生の教義や数を基本原理とする哲学は、当時においては一種の魔術的な思想と見なされていたらしい。世間でも、彼らを胡散くさい連中と見なして、恐れていたらしいのである。

古代末期から中世にかけては、カトリック教会の権威に反抗しつつ、霊肉二元論の立場を唱えた、いわゆるグノーシス主義的異端の思想家たちのあいだに、オカルティストと呼ばれてよいような人物が数多く現われている。もっとも、十一世紀のローマ法王シルヴェステル二世とか、十三世紀のスコラ哲学者アルベルトゥス・マグヌスとかのように、歴としたカトリック教会側の大立者でありながら、悪魔と結託して魔術を行ったという、不吉な噂を後世に残した人物もいることはいる。古代エジプトに起源を有し、ギリシア時代末期の国際都市アレクサンドレイアで大いに栄えた錬金術（ヘルメス学とも呼ばれる）の象徴的理論も、明らかにグノーシス主義の系統をひくものであったし、おそらく十七世紀に始まったと思われる薔薇十字団の革命的異端運動も、同じ流れの秘密集団であったにちがいない。

また、私たちはフィレンツェを中心としたルネサンス期の汎神論哲学者のなかに、古代の魔術的哲学、とくにプラトンやピュタゴラスや、ヘルメス・トリスメギストス（錬金術の祖とされる伝説的人物）の思想のはなばなしい復活を見てとることができる。要するに、彼らの思想の中心は大宇宙と小宇宙の照応関係、比喩、アナロジーなのである。ルネサンス期のオカルティストとして著名な人物の名前をあげれば、実験精神旺盛なイギリスのスコラ哲学者ロジャー・ベーコン（彼は自動人形を制作したともいわれている）、記憶術のための回転盤を発明したスペインの修道士ラモン・ルル、錬金術師でシュポンハイム修道院長のトリテミウス、フィレンツェ・アカデミアの秀才で、夭折した美貌のカバラ学者ピコ・デラ・ミランドラ、放浪の医者でもっとも偉大な錬金術師のパラケルスス、金属変成に成功したといわれるフランス人のニコラ・フラメル、ゲーテの作品のモデルにされて有名になった伝説的なファウスト博士、『隠秘哲学』の著者アグリッパ・フォン・ネッテスハイム、初めてカメラ・オプスクラ（暗箱）を発明したナポリの博物学者バティスタ・デラ・ポルタ、占星術師で予言者のフランス人ノストラダムスなどがある。

もう一つ、ここで言及しておくべきは、日本でも比較的多くの文献によって知られている魔女信仰（ウィッチクラフト）であろう。これは社会的、心理的に複雑な原因が考えられるが、いずれにせよ十三世紀から始まった教会側の弾圧迫害によって、ヨーロッパの各地に想像を絶する悲惨な結果をおよぼした。ただし、魔女そのものは、性的妄想やヒステリーの集団幻覚のなかで、もっぱら悪魔の言いなりになっている弱い存在にすぎなくて、とてもオカルティストとはいえないのである。十九世紀の魔術学者エリファス・レヴィが「魔女は悪魔に使われる奴隷であるが、魔術師は悪魔に命令をくだす人物だ」といっているように、オカルティストはむしろ、多年にわたる学問や修行による秘法によって、悪魔と自由に交渉し、悪魔を手足のように使役し得る、力量のある人物でなければならないのである。そして悪魔の力を憎悪や野心などといった、邪悪な目的のために利用するとすれば、そういう反社会的なオカルティストは黒魔術師と呼ばれる。黒魔術は別名、妖術とも呼ばれる。最初は真面目なキリスト教の修道士でありながら、恋や金銭の欲望に目がくらんで、あさましい黒魔術師の地位に堕落した者の例も、記録にたくさん残っている。キリスト教とは関係がないが、現代のシャロン・テート殺しの犯人チャールズ・マンソンなども、配下の女性たちを自由自在に操ることのできた、さしずめ一種の黒魔術師といえるかもしれない。

オカルティズムが古来、ヨーロッパ思想史をつらぬく地下の暗流のごとく、秘密の学問としての伝統を保ってきたことは前にも述べた通りであるが、私はまた、これが十七世紀の科学革命によって、さらに一層、思想史の地下の奥深いところへ追いやられてしまった経緯を述べなければならないだろう。コペルニクスの地動説の衝撃によって、科学史家アレクサンドル・コイレのいわゆる「閉じた世界から無限宇宙へ」と展開した十七世紀の近代的宇宙観は、すでに錬金術、占星術、カバラ、降神術などといった、アナロジーによる擬科学を存立させる余地をほとんど残さなかった。いきおい、オカルティズムはますます胡散くさい、ますますうしろ暗い性格をおび、薔薇十字団、フリーメーソンなどといった秘密結社の内部に逃避せざるを得なくなった。

もちろん、十六世紀から十七世紀にかけて、近代科学的世界像が、すべてのひとびとの頭のなかに、一挙に形成されたというわけではない。かつて経済学者のケインズが明らかにしたように、近代宇宙観の生みの親ともいうべきニュートンでさえ、なお中世的な錬金術とアナロジー思考に頭を悩ませていたという事実があるのである。ケインズは、それまで「理性の時代に属する最初の偉人」とされてきたニュートン像を、ファウスト的要素をもつ「最後の魔術師」と改めなければならなかったほどである。事情は天文学者のケプラーにおいてもまったく変りがない。近代科学史上に輝やかしい不朽の名を残したニュートンも、ケプラーも、じつは占星術や錬金術を心の底から信じていた、完全なオカルティストだったのである。彼らのような最高の頭脳、最高の知識人でさえ、この有様だったのだから、その他の愚昧な民衆は推して知るべしである。科学革命の時代として特筆される十七世紀はまた、魔女裁判がもっとも猖獗をきわめた時代だったということも、おぼえておいてよいだろう。ケプラーは、自分の母親が魔女として告発されたため、大いに苦労したのである。

十八世紀の末にも、また十九世紀の末にも、悪名高いオカルティストは何人となく輩出している。歴史を縦に眺めてみると、どうやら一体制の合理的思考、整合的思考の行きづまりを見せる時代の転換期には、いつもその反動の波のように、必ずオカルティズムの花盛りの季節を迎えるのではあるまいか、という気が私にはするほどである。おそらく、これが五千年前から繰り返されてきた人類の思考のパターンなのであろう。古くはローマ帝政の末期に、いわゆるシンクレティズム（諸神混淆）という魔術全盛の時代があったことを思い出してもよい。

フランス革命前夜の十八世紀末に活躍した名高いオカルティストの名前をあげれば、王妃マリー・アントワネットのスキャンダル事件にも関係したイタリア人の錬金術師カリオストロ、二千年もの昔から生きつづけ、シバの女王やキリストにも親しく会ったことがあると吹聴していた「不死の人」サン・ジェルマン伯爵、動物磁気催眠療法という病気の治療法を編み出して、大当りをとったドイツ人の医者アントン・メスメルなどがある。まあ、これらは幾分いかさま師に近いような、あやしげな人物たちではあるが、ロンドンにいながら、約三百マイル離れたストックホルムの大火を透視したという、スウェーデンの神智学者スウェーデンボルグあたりになると、ちょっと桁はずれのオカルティストではないか、という気がしなくもない。バルザックその他の文学者が彼に私淑したのも、もっともであろう。同じく文学者の尊敬をあつめた十八世紀の神秘思想家には、「隠れた哲学者」と異名をとったフランスのサン・マルタン、マルティネス・ド・パスカリがあり、ゲーテの友人で「南方の魔術師」と呼ばれたスイスの人相学者ラヴァーテルがあることを指摘しておこう。

十九世紀末になると、もういちいち名前をあげて説明するのが面倒くさいほど、いろんな秘密結社的なサークルやグループに属する有名無名のオカルティストが、ぞくぞく登場してくる始末である。カトリックに近い立場の者もあれば、きわめて異端的な者もあり、あるいは新興宗教めいたセックスの哲学を創始する者もあれば、インド独立運動を支持する政治的な立場を表明したりする者もある。なかでも有名なのは、名著『高等魔術の教理および儀式』を書いたフランスのエリファス・レヴィ、小説を書いたり展覧会を主宰したりした派手好きのサアル・ジョゼファン・ペラダン、アメリカに神智学協会を設立したロシア生まれのブラヴァツキー夫人（彼女には非常な超能力があったらしい）、『性の魔術』なるショッキングな書物を書いたアメリカのパスカル・ビヴァリー・ランドルフ博士、英国の現代作家コリン・ウイルソンと我が国の舞踏家笠井叡が非常な興味を示しているロシアのグルジエフ、神智学会ではなくて人智学会（アントロポゾフィー）の運動を起したドイツのルドルフ・シュタイナー、「黙示録の獣」の異名のある快楽主義哲学の実践家アレスター・クロウリーなどであろう。しかし私には、これらの十九世紀から二十世紀へかけてのオカルティストたちは、いずれも小粒で、器量にとぼしく、かつての先輩たちの堂々たる哲学にも行状にも欠けているような気がしてならないのである。

コリン・ウイルソンの『オカルト』にいたっては、何をかいわんやである。翻訳の杜撰さは問わぬとしても、この雑然たるごった煮のような書物には、歴史上の事実関係で、あまりにも重大なミスや不注意が多すぎるのである。たとえばウイルソンは、十六世紀ドイツの放浪の医者パラケルススが、のちにフランスの宮廷付外科医となったアンブロワズ・パレと「パリでめぐり会い、パレから影響を受けた」などと得々として書いているが、そんな資料を、いったい彼はどこから探し出してきたのだろうか。第一、パレがようやく三十歳の働きざかりになったころ、すでにパラケルススは四十八歳で死んでいるのだ。現在、種村季弘氏が雑誌『現代思想』に書きすすめている、パラケルスス伝中の大旅行の足どりと、パレの伝記的事実とを突き合わせてみれば、そんな事実が到底あり得ないことは、誰の目にも明らかとなるはずであろう。

もっとも、死後の世界で、パラケルススとパレが偶然にめぐり会い、一夕の歓談に時を忘れたかもしれないな、と空想してみるのは、私たちにとって、まことに楽しい想像ではあろう。彼らはもしかしたら、サラマンドラ（火とかげ）や一角獣の実在について議論するかもしれないし、両性具有者やホムンクルス（侏儒《こびと》）がいかにして誕生するかについて、口角泡をとばすかもしれないのである。

シェイクスピアと魔術

シェイクスピア作品のなかに現われた魔術といえば、まず最初に、どうしても思い出してしまうのは『マクベス』の三人の魔女であろう。洞窟のなかの魔女たちは、雷鳴の夜、大釜のなかで、「いもりの眼玉に蛙の指さき、蝙蝠の羽に犬のべろ、蝮の舌に盲蛇の牙、とかげの脚に梟の翼」などを、ぐつぐつ煮ているのである。この気味のわるい場景が、当時の民衆のあいだに広く信じられていた、いわゆるウィッチ（魔女、妖術使）たちのサバト（夜宴）の場景であることは明らかであろう。

シェイクスピアの生きていた時代は、中世の闇を脱した、英国のルネサンスである輝やかしいエリザベス朝期だったが、それでも当時、悪魔や魔女に対する信仰は、なお民衆のあいだに根強く残存していたと考えられる。いや、無知な民衆ばかりではない。エリザベス女王の死後、シェイクスピアがそのお抱えとなった英国王ジェームズ一世のごときは、札つきの魔術愛好家で、みずから魔女裁判の拷問に立会ったり、悪魔学に関する名高い『デモノロギア』という書物を書いたりしているほどなのだ。

当時のそういう支配的な風潮を、好奇心旺盛な劇作家が、作品のなかにたくみに取り入れたとしても何ら不思議はなかろう。周知のように、『マクベス』の主題はスコットランドに伝わる古い伝説であり、作者は、魔術愛好家たるジェームズ一世を喜ばそうとして、これを書いたのではないかとも考えられるのである。ちなみに、シェイクスピアと悪魔学との関係については、モンタギュー・サマーズの『妖術と悪魔学の歴史』にくわしい。

ただ、シェイクスピア自身が悪魔ないし妖術を信じていたかどうかということになると、これははなはだ疑わしいと申さねばなるまい。シェイクスピアは、ほとんど神秘主義とは縁のないひとである。彼はただ劇的技巧のために、当時の支配的な風潮を存分に利用しただけだったのではないか。

魔女の夜宴といえば、『夏の夜の夢』のなかで、妖精の女王ティターニアが、ろばの頭になったボトムと愛撫を交わす場面も、明らかに夜宴のパロディーだと考えられよう。いや、『夏の夜の夢』の全体が、人間も妖精も動物も混淆する、一種のフロイト的な夢の世界、昼間の抑圧の解放された夢の世界だといえないこともなかろう。

もう一つ、シェイクスピア作品のなかで、もっとも魔術的雰囲気の濃厚なものは、いうまでもなく『テムペスト』である。

『テムペスト』の魔術師プロスペローは、自然の力を思いのままに支配している、いわばファウスト博士のような哲学者めいた人物であり、プロスペローに支配されているエーリアルとキャリバンは、前者を天使的存在とすれば、後者をもっとも低い自然的存在と考えなければならぬ。この二人は、あくまでも対照的な存在なのだ。

ルネサンス期に栄えた自然哲学的な考え方によれば、この世界には、地水火風の四元素に象徴されるような、厳密な一種のヒエラルキア（位階組織）が支配していて、天使や悪魔から人間や動物にいたるまで、すべての存在が序列をなして整序されている。エーリアルは、『夏の夜の夢』のパックにいくらか似ていて、妖精でもあり天使でもあり、空気の精でもあり、さらにメフィストフェレスに通じるところもある。

これに反して、キャリバンは、しばしば「魚」と呼ばれるように、いちばん下等な動物的段階に属する、奇形の化けものなのだ。十六、十七世紀に印刷された博物学の書物を眺めると、まるで魚と人間の合の子のような、奇怪な動物を描いた挿絵がいっぱい出てくる。怪物の分類学は、当時の流行だったのである。ヨーロッパ各地の王侯や貴族の宮殿にある「驚異博物館」には、こんな怪物の標本や剝製がごろごろしていた。

ちょうど錬金術の探求から近代化学が発達したように、こうした怪物の分類や記述から、近代の動物学は誕生したのだと考えてよかろう。

『テムペスト』の第五幕第一場で、セバスティアンがキャリバンを見て、「何だ、こいつは、金で買えるかな？」というと、アントーニオーは「買えるだろう、まぎれもなく魚だ、それなら売物たり得ること疑いなしだね」と答える。怪物は珍重されていたので、高く売れたのである。

当時、ライン河からドラゴンが獲れた、などという噂もあったらしい。また、頭が二つ、腕が四本、脚が二本、しかも骨盤は一つという奇怪な生きものは、学者によって「クシュポデュメー」と名づけられ、スコットランド王ジェームズ四世（シェイクスピアの時代より百年ばかり前の王だが）の宮廷で、二十八歳まで生きたともいわれた。――こういう時代的背景を考え合わせなければ、キャリバンという途方もない怪物のイメージは、はっきりと浮かびあがってはこないはずなのである。

このキャリバンは、シェイクスピアの本文によれば、魔女のシコラクスが生み落した父なし子である。妖術信仰では、魔女たちはそれぞれ夜宴に集まって、精力絶倫の悪魔と交合するということになっていた。このように、人間の女を孕ませる悪魔は、悪魔学上の用語でインクブス（男性夢魔）と呼ばれ、非常に恐れられていた。インクブスに関する逸話は、当時の文献にも数限りなく出ており、これをいちいち紹介していたら切りがないほどである。

魔術と切っても切れない関係にあるものに毒薬や媚薬があり、シェイクスピアの芝居は、こうした薬物に関する記述がおびただしく出てくるという点でも、おそらく空前絶後のものである。『ロミオとジュリエット』や『ハムレット』のなかで、毒薬が重要な役割を演ずるのは誰でも知っていよう。

ロミオは第五幕のマンテュアの薬屋の場面で、「そうだ、あの薬屋、このあたりに住んでいるはず、先に見かけた時にはぼろぼろの着物を着て垂れさがる眉をしかめ、薬草を選り分けていた。痩せこけたあいつの顔、身をけずる貧苦が骨と皮だけを残したと見える。みすぼらしい店先には海亀の甲や、剝製の鰐、それに異様な形の魚の皮がぶらさがっていた。棚には、少しばかりの空箱と、緑色の壺と、膀胱、黴びた種、荷造り縄の使い残り、それに干枯びた薔薇の香料などが散らばっていて、店を飾る物といえば、せいぜいそんなものだけだった」と独白するが、これは当時の風俗資料としても、きわめて貴重な記述というべきである。

『ハムレット』の父の亡霊は、「癩のように肉をただらす恐ろしいヘボナの毒汁」について語る。『リア王』『ヘンリー四世』には、殺鼠剤の毒性に関する記述がある。

毒薬ではないが、たとえば『オセロー』の第一幕第三場にある――「今ロカストの実のようにうまいと言っていたかと思うと、すぐその口の下から、今度はコロシント瓜のように苦いと言い出すやつさ」とか、『マクベス』の第五幕第三場にある――「大黄でもセンナでも、何でもかまわぬ、この国からイングランド兵どもを洗い流してしまう下剤はないのか」とかいった台詞は、シェイクスピアの薬物に関する知識の並々でないことを物語っていよう。

エリザベス女王が、香水や薬物の大へんなマニアであったということも、ついでに述べておこうか。みずから薬物を調合して楽しむ趣味があり、女王の発明した香水は、「ハンガリー・ウォーター」という名前で知られていた。

この薬物マニアという点では、エリザベス女王は、同じ時代のフランスのカトリーヌ・ド・メディチと好一対である。申すまでもあるまいが、これも当時の魔術愛好の雰囲気のなかから直接に生まれた、いわば貴族階級の危険な道楽の一つだったのである。

香水製造などといっても、その原始的な蒸溜や調合の方法は、魔女が大釜の中でぐつぐつ煮る、媚薬や毒薬の製法と似たようなものだったと思って差支えなく、まかり間違えばひとの生命を奪う危険もあったのだ。

ジェームズ一世の治世に、ロンドン塔に幽閉されていた名高いウォルター・ローリー卿も、獄中の退屈しのぎに、彼独特のテリアカを発明したといわれている。テリアカとは、解毒剤である。当時、解毒剤が非常に珍重されたのは、それだけ毒殺の危険が日常茶飯だったということにほかなるまい。

エリザベス朝期といえば、男も女と同じように、派手な胴着に大きな真珠などを、これ見よがしに縫い取りしていたという時代である。ズボンはぴっちり脛を包み、ふっくらした下袴は、詰め物でふくらませてある。さらに、この時代の伊達男たちの特徴は、ズボンの胯間に縫いつけたコッドピース(股嚢)であろう。御承知のように、これは男性の象徴をおさめるための嚢である。派手な服装と、奇怪な魔術信仰の時代、——そういう文化的背景のもとに、あのように多彩なシェイクスピアの作品群が生まれたのだということを、私たちは銘記しておくべきであろう。

わたしの処女崇拝

処女性の意味を考察する前に、まず、女性とはいかなるものか、本質的な女性の原理とはいかなるものか、ということについて、明らかにしておきたいと思う。

フランスの作家レミ・ド・グールモンの意見によると、女性の美が造形的にすぐれているのは、その生殖器官の見えないことだそうである。「女性においては、すべての動きは内部的なものであるが、一方、男性は、すぐに原始的な動物の状態に落ちてしまい、美をかなぐりすてて、基本的かつ単純な生殖器の状態に還元されてしまう」と。これは、男女の性《セックス》の相違の本質をついた、なかなか鋭い意見というべきである。

男の性器は、あえていえば、肉体から突起し分離した、外部からの付加物とも見えるのに、女のそれは、肉体の奥深くに埋没しているのである。この解剖学上の相違は、重大なことであって、心理の面にも大きな影響をおよぼしていると見られる。

たとえば、心理学者のハヴェロック・エリスが指摘しているように、文明社会では、かつて完全な男性美の表現の要素として、勃起したペニスを描いた画家がひとりもいなかった。それをあえて描けば、春画になってしまうというところに芸術表現上の矛盾があった。女を描く場合は、いささか違う。つまり男の欲望はむき出しであるのに、女の欲望はかくれていて、自分でも分らない肉体の内部に潜在している。だから、芸術表現の場合でも、それを描く必要がもともとなかったのである。

男は子供の時分から、ふしぎな玩具をあたえられたように、自分のペニスを自分の眼で眺め、意識することを余儀なくされる。それは当方の知識や経験を無視して、ひとりでに動き出すから、どうしても意識しないわけにいかないのだ。これに反して、眼に見えない隠れた女の子の欲望は、思春期になるまで意識されず眠っている場合が多い。いや、思春期になっても、女の子の欲望の形式は、もっぱら待つこと、受け容れること以外にあり得まい。

女の性《セックス》とは、だから、欲望するところのものでなく、欲望されるところのものである。（これが視覚的、造形的表現に適しているのは明らかであろう。）他者への依存性、つまり「娼婦」性こそ、女性的宇宙を特徴づけるものにほかならない。誰でも知っているように、娼婦は待っている。選ばれ、買われるために待っている。むろん、買われなければ娼婦ではないが、買われることを期待しつつ、その期待だけで永遠に生きている娼婦というもののイメージを、わたしたちは容易に考えることができるのである。

のっけから、女性の本質は娼婦である、などと断定すると、柳眉を逆立てる御婦人がおられるかもしれないが、まあ待っていただきたい。わたしは、この娼婦という言葉を、むしろ讃美の意味をこめて使っているのだから。以下を読めば、そのことがお分りになるはずである。

ところで、わたしたちが心理学や社会学の根本問題を考えるとき、いつも思い出さなければならないのは古代の神話や宗教であるが、ギリシアばかりでなく、エジプトやメソポタミアからアジア、インド、大洋州にいたるまで、かつて古代農耕民族のあいだにひろく行われていた女神崇拝の宗教では、この女性的原理は、一般に二つの基本的な方向を示していた。すなわち、一方は「ウェヌス原型」であり、他方は「デメテール原型」である。いま、女性の「娼婦」性の問題をしばらく離れて、この二つの原型の意味をさぐってみよう。

簡単にいえば、「ウェヌス原型」とは「処女」としての女であり、「デメテール原型」とは「母」としての女である。いわゆる大地母神、大地と豊饒と植物の育成をつかさどる母性神は、すべてこの「デメテール原型」の系統であって、それらは多数の乳房をもった、豊満な女性の裸像として示されるのを常とした。これに対して、女の性の挑発的、破壊的、エロス的原理を代表するのが、愛の女神たるウェヌスである。西アジアでは、この愛の女神は、イシュタールの異名をもって呼ばれたが、おもしろいことに、このイシュタールには、「処女」という意味と、「神聖な娼婦」という意味とがあったのである。

処女と娼婦――一見したところ、この二つの概念は、まったく相矛盾し対立するかのごとくに見える。しかし古代においては、処女という言葉は、単に性的経験をもたぬ純潔な女性をさすばかりでなく、また、男と交渉をもつこともできるけれども、とくに婚姻を忌避して、男の従属物になることを拒否し、独身を守る女性をさしていたということを知っておく必要があろう。そういうニュアンスのもとに眺めるとき、一見相矛盾するかのごとき「処女」と「娼婦」という二つの概念のあいだに、ある共通した要素のあることが見てとれる。つまり、いずれも妻たる身分に安住することを拒否し、子供を産むことを拒否するという点において、「処女」と「娼婦」は「デメテール原型」、「母」たる女とははっきり対立しているのだ。

「処女」はあらゆる男性から渇望の目で眺められる。「娼婦」はあらゆる男性の渇望を癒やす。すべてを拒否する者は、すべてを受け容れる者に通じるのだ。結局、この二つの概念は、いずれもエロス的原理に立脚しており、いわば楯の両面ともいうべきものではないだろうか。一方、「母」はただ一人の男性の専有物であり、子供の存在によって、はじめて自己確認をとげる。それはエロス的原理をすでに放棄した者である。ここに、「ウェヌス原型」と「デメテール原型」との根本的な相違があるといえよう。

わたしは前に、女性的原理を「娼婦」性として提示したが、それは別の角度から眺めれば、「処女」性ということだったのである。買われることを期待しつつ、その期待だけで永遠に生きることが可能な娼婦というものがあるとすれば、その娼婦のイメージは、何と処女のイメージに近くはないだろうか。

わたしは、このような「処女＝娼婦」のイメージをこよなく愛する。子供を産まず、エロス的原理一本槍でつらぬき通す女のイメージを愛する。処女マリアとマグダラのマリアとは、結局は、同じ影像の陽画と陰画の関係にすぎないという、その弁証法を愛する。わたしの処女崇拝は、このような文脈の上に立っているものと御承知おき願いたい。

文学者のサドは、かかる弁証法を知悉していたらしい。彼は、その小説のなかで、美徳を愛する聖女のような少女ジュスティーヌを、あたかも娼婦であるかのように、次々と残酷な男たちの手にゆだね、凌辱させたのである。凌辱されることによって、彼女の美徳はますます輝きわたる。ともすると、ジュスティーヌは悲惨な死をとげた瞬間、ふたたび元の処女の身に返っていたのかもしれない。彼女の口から入ってヴァギナに抜けた雷火は、彼女の身を一挙に浄化するために、作者によって配置された救済の手段だったのかもしれないのである。

＊

古来、大地母神の像が、誇張された巨大な乳房を押し垂らし、しばしば性器をも露出した、豊満な裸体の姿によって示されていたのに対し、処女神の像は、犯しがたい威厳と、冷たい美貌と、小さな乳房と、男の子のような未熟さによって表わされてきた。読者は、ギリシア神話の本の挿絵に描かれた、あのディアナ（アルテミス）女神の姿を想像すれば足りるだろう。ディアナは髪を短く束ね、弓矢を手にし、猟犬をしたがえて山野を駈けまわる。彼女はまた月の女神でもあった。御承知のように、月は純潔の象徴、冷たい女の象徴である。

しかし冷たさ、威厳、純潔は、前にも述べたように、あくまで「ウェヌス原型」の一面であって、そのもう一つの面は、狂乱、肉欲、熱狂であった。つまり、「娼婦」性の全面的な開放である。イシュタールは性愛の女神であったが、同時に血を好み、犠牲を要求する怖ろしい戦闘の神でもあった。処女神のディアナにしても、この怖ろしい残酷な面があって、彼女の侍女のニンフ（妖精）たちが純潔を破ったりすると、たちまち美しい眉を険しくひそめて、罪あるニンフに厳罰を加えたという。

一般に、処女は、ふつうの男たちには近づき得ない者、近づいてはいけない者、そして、もし禁を犯して近づけば、危険に見舞われなければならない者、というふうに考えられていたらしい。

こんな伝説がある。ある暑い夏の日、森の奥の清らかな泉で、水浴をしていた美しいディアナの裸身を、ふと樹のかげから盗み見てしまった青年アクタイオンは、女神の怒りにふれ、鹿の姿にその身を変えられ、猟犬に食い殺されて死んでしまった。――かように、古代にあっては、処女は近づきがたい危険な存在、処女の裸身を見ることは、悲惨な死を招きかねない危険な冒険であると信じられていたのである。処女性のタブーは、現在でもオーストラリア、アフリカなどの未開民族のあいだに根づよく残っているが、古代の神話は、このことをロマンティックな物語として美しく語っている。

この処女性のタブーについて、きわめて興味ぶかい説を述べている学者がある。精神分析で有名な例のフロイト博士である。男にとって、処女がなぜ危険な存在であるかということについて、フロイト博士は、じつに明快な解釈をくだしている。以下に、これを説明しよう。

フロイトの説によると、まず女の子には、もともと「ペニス羨望」という衝動がある。幼児期において、女の子は、自分の兄弟の身体と自分の身体とを比較し、自分にはペニスがない（正しくは自分のクリトリスは小さい）ということを意識する。そして、そのために自分は損をしている、ないがしろにされていると感じるようになり、ペニスをもっている男の子に羨望の念をおぼえるのだ。これが原因となって、女の子には、男性一般に対する反抗心と敵意が生じるわけであるが、このコンプレックスが次第に大きくなると、やがて彼女に最初に性交を教える男性に向って、爆発することになる。彼女は、自分の処女を破った最初の男を憎むようになる。

だから、結婚式の初夜に、花婿が処女と接することは、のちに非常な悪い結果をもたらすという信仰が昔から行われているのも、理由のないことではないのであり、原始民族の処女性のタブーは、このような深い心理学的な基盤から説明される、というわけである。未開人が処女性を怖ろしがって、花婿が自分で娘を破瓜するのを避け、部落の最年長者とか、僧侶とか、父親とかに破瓜の仕事をゆだねるのは、ちょっと考えると、まことに奇妙な風習のように見えるけれども、以上のような説明によって初めて納得がいく。つまり、代理人による破瓜の儀式は、その女性と末長く共同生活を営むことになる青年に、破瓜にともなう危険がつきまとうのを回避させるための処置だった。

多くの未開民族が、結婚以前に若い娘の処女膜をわざと破ってしまう（手または道具により）のも、彼らが処女性というものを尊重していないためではなく、むしろこれを神聖な、畏怖すべきものと見なしていたためであって、たとえ花婿といえども、これを破っては危険だと考えられていたのである。

処女性を破られたことに対する、女性の復讐のエネルギーがいかに働くかは、今日の文明社会においても、その例を見ることができる、とフロイトは書いている。たとえば、最初の結婚生活では冷感症で不幸だった女が、その結婚を解消し、第二の結婚をして、二番目の夫のためには情愛のふかい、幸福な妻に変るというような場合が、非常に多いそうである。これはつまり、彼女の幼児期以来の「ペニス羨望」による男性憎悪のエネルギーが、最初の性的経験の相手によって、すっかり消耗し尽くされてしまったからであろう。

処女性のタブーもまた、今日の社会で、その昔ながらの影響力を完全に失っているとは思えない。結婚がきまってから、べつに好きでもない行きずりの男に、あっさり身体を許してしまう勇敢なお嬢さんもあれば、結婚前の性的交渉で恋人が処女であったということが証明されて、急に彼女との結婚にいや気がさし、彼女の前から逃げ出してしまう弱気な若者もある。小説などには、このような例が豊富に見つかる。一見、その心理は不可解のようであるが、いずれも人類の古い記憶に結びついているのである。つまり、処女性のタブーは、現在でも死んでいないということだ。

もちろん、現実の男女関係は、心理的にきわめて複雑な反応を呼び起こすものであって、一概に処女性のタブーのみによって説明されるとは限らない。しかし、最初に処女を捧げた男をどうしても忘れられないという女心には、単に恋情とか愛情とかいうだけでは割り切れない、もっと痛切な欲求に裏づけられた、どろどろした暗い衝動があるのではなかろうか。それは彼女たちの表面の意識には決して上ることのない、一種の復讐衝動ではないだろうか。

＊

処女性ということは、申すまでもなく、ひとつの価値である。よしんば今日の大多数の人間が処女を尊重するにせよ、あるいは尊重しないにせよ、それが伝統的にひとつの価値と見なされてきたことに変りはあるまい。ただ、この価値は、妙な価値であって、処女性を破る時に価値が実現されるのか、それとも処女性を守っていること自体がそのまま価値になるのか、よく分らないところがある。

そういう意味で、処女性は、御馳走に似ているような気がする。御馳走は、眺めているだけでは意味がないのであって、それを食べてしまわなければ（つまり消化し破壊してしまわなければ）、その価値はついに実現されないのだ。しかし、だからといって、食べてしまうまでの材料の吟味、料理人の腕が無視されてよいわけではない。御馳走も処女性もどちらも一回限りで、ひとたび破壊されてしまえば、もう永久に取り返しがつかないという点も似ている。

男にとって、肉欲の対象としての処女性は、端的にエロティックな価値というべきであろう。エロティックな行為には、精神と肉体とがひとしく参与するから、それは精神的価値とも物質的価値とも区別しかねる。女にとってはどうだろうか。わたしは、やはり女にとっても、処女性はエロティックな価値となり得るだろうと思う。それは単に純潔を守るという、若い娘の誇りだけを意味しない。そういう純粋に精神的な価値のみにとどまらず、自己の内部の潜在的な「娼婦」

性を確認し、やがてこれを実現すべき契機をつかむという、エロティックな価値をふくんでいるはずなのだ。そうでなければ、どうしてわたしが今さら処女を讃美するだろうか。

「処女なんて、くだらねえ」というドライな青年男女の意見は、じつは処女の何たるかを知らない者の意見というべきだろう。こういう連中にかぎって、若い身空であわてて結婚し、たちまち所帯じみ、豚のようにぞろぞろ子供を産み、三十代ですでに早老現象を呈するのである。「処女」とは「娼婦」の別名であるということを、もう一度、よく考えてほしい。そして「ウェヌス原型」に、女性のかけがえのない価値があることを確認してほしい。誤解のないように、もう一度繰り返していうが、ここで用いる「娼婦」という言葉は、女性のエロス的原理の十分に開花した状態をさすにすぎない。

エロスとフローラ

花を愛した芸術家として、わたしがただちに念頭に思い浮かべるのは、オスカー・ワイルド、プルースト、そしてジャン・ジュネである。ただし、この三人の芸術家の花の愛し方には、一般のそれと多少違ったところがあって、たとえば抒情詩の対象とするような愛し方ではなく、いわば自分の欲望の象徴として、花を愛したのであった。

おそらく、彼らは花のなかに、官能の世界と呼び交わす、なにか抽象的な秩序のようなものを見ていたのである。官能の世界の雛形のようなものを発見していたのである。これを、わたしは汎神論的衝動と呼んで差支えないと思う。

「花々を欲情の一部とする私にとっては、薔薇の花びらのなかに涙が待ち受けていることがよく分る。杯状の花や、曲線状の貝殻の奥に秘められた色を見た時など、かならず事物の魂そのものとのあいだに、ある微妙な交感が成り立ち、私の資質は、つねにこれに感応したものだった。」

（ワイルド『獄中記』）

「自然のなかのものは、そこに無限の美が体現されているから価値があるので、どんなに美しくても、それ以外の価値をもつような特殊な形などは存在しない。林檎の花にしても赤いさんざしの花にしても、そうだ。それらの花に対する私の愛は、無限である。」（プルースト、翻訳『アミアンの聖書』の序）

「私は今でも曠野を歩いていて、えにしだの花に出会うとき、それらの花に対して深い共感の情が湧き起るのだ。私は愛情をこめて、それらをしみじみと眺める。私には、自分がこの花の王、ひょっとしたらその精でないと言い切ることもできないのだ。えにしだの花は、自然界における私の標章なのだ。」（ジュネ『泥棒日記』）

これらの文章は、三つとも、互いに微妙に通じ合うものがあって、非常に近い精神状態をあらわしているのではないかと思う。つまり、自分の肉感を花々に投射することによって、自分を花の同類と認めたいと思う一種のナルシシズム的な感覚である。

わたしには、しかし、自分のナルシシズム的な感覚を花に仮託しようという気持は、ほとんどない。クルティウスのいうように、文学者のタイプにファウナ（動物）型とフローラ（植物）型とがあるとすれば、わたしはむしろ、その中間にあるような気がする。動物のように脂肪にみちた、ぶよぶよしたものは性に合わないし、花のように色彩ゆたかで、汁気が濃厚で、匂いが強烈で、しかもその束の間の生殖過程があらわに透けて見えるようなものには、いらだたしい不安を感じる。

といって、カフカや安部公房氏のように、わたしの嗜好は、砂や石のごとき無機物の絶対的抽象性にまで飛躍するわけではない。わたしの愛するものは、動物と植物の中間に位置する、貝殻や、骨や、珊瑚虫のような石灰質の抽象的なイメージである。このようなものに、わたしは言い知れぬ美を感じる。エロスを感じる。それは精神分析してみれば、多少ネクロフィリア（屍体愛）的な感覚に通じるのではないか、とも思っている。

実際、わたしにとって堪えがたいのは、植物がすぐに枯れてしまうということだ。花の色が日ごとに変り、色が褪せ、ついには汚れて散ってしまうということだ。そのためであろう、花の欲望は性急で、狂おしく、昆虫を誘惑するために汁液や香気をしとどに発散する。植物的という形容詞が、繊細さや弱々しさを表わすために用いられているのは、間違った用法ではないかと思う。

これに反して、貝殻や骨は、いわば生の記憶であり、欲望の結晶である。生はそのなかで、かっちりと凝固し、つややかに光り、歳月に耐えた永遠性を誇っている。わたしはそれを安心して机の上におくことができる。ちょうど中世の学僧が、好んで人間の頭蓋骨を机の上において眺めていたように。

植物の領域でも、わたしの好きなものは、つやつやした大きなドングリだとか、マロニエの実だとかいった、堅い皮につつまれた、美しい光沢のある、掌のなかに握れるような種類の果実である。どうしてそんなものが好きか、と聞かれても、わたしには答えることができない。たぶん、ドングリを拾ったりビー玉を集めたりした、子供のころの情熱がそのまま消えずに、わたしのなかに残っているのだろうとしかいえない。

しかし、マルセル・プルーストが少年のころ、コンブレーの田舎で、野原の見える窓にひとり凭れながら、そこに農夫の娘の現われることを空想して、孤独による昂奮から、つい窓の外の野生の黒すぐりの葉に、なめくじの跡をつけた(つまり、植物に向って精液をもらした)というようなエピソードは、わたしにも十分に理解できる。『仮面の告白』の主人公は、海のなかに射精した。孤独な少年の欲望が、無意識に自然の方向をめざすのは、きわめて興味ぶかいものがある。いずれも汎神論的、異教的な衝動といえるだろう。

すぐに萎れてしまう運命の生きた花を組み合わせて、オブジェをつくろうなどというひとの心理は、わたしには理解しかねる心理である。そんな虚無に挑戦するような勇気は、とてもわたしにはない。

一種の時間芸術であるという点で、いけばなは音楽に似ているのかもしれない。

わたしがいつも身辺から離さず、掌のなかにしっかり握りしめている植物のオブジェがある。ブライヤーのパイプである。ドングリに似ている。わたしには、このパイプのなかにも、エロスが棲んでいるような気がしてならない。

貝殻頌

詩人のヴァレリーは貝殻が好きだった。わたしも貝殻が好きだ。あの美しい幾何学的な曲線、なめらかな石灰質の光沢、あれが自然の生み出した作品だということだけで、わたしには、すでに神秘であり驚異である。

古代のアンモン貝の殻は、厳密に正確な対数渦巻状の曲線を描いて形成されるという。わたしは、直径二十センチくらいの美しいオウム貝の殻をもっているが、これもアンモン貝の親類のようなもので、まことに微妙なカーヴを描いている。机の上において、眺めているだけでも楽しい。

子供のころから、わたしは山よりも海が好きだった。そのくせ、わたしは水泳がまったく不得手である。しかし夏の海は、わたしの永遠の郷愁をそそるイメージだ。とくに岩のある海岸がよろしい。清冽な波が打ち寄せる、岩の窪みの水たまりをのぞきこむ。と、そこに一つのミクロコスモス（小宇宙）が発見される。ゆらゆら揺れる緑色の海草のかげに、花のようなイソギンチャクや、小さなヤドカリや、紫色のとげとげのウニや、赤い星のようなヒトデや、ぶよぶよした角のあるウミウシや、グロテスクなナマコが見つかる。その他、目には見えないが、無数のプランクトンや、生命の芽が水中を浮遊しているにちがいない。そう思っただけで、わたしには、その小さな岩の窪みの水たまりが、生命の讃歌を奏でる花園のように思いなされてくるのである。

わたしは、もし生まれ変ることができるものならば、できるだけ下等な動物に生まれ変りたいとつねづね考えている。進化の段階を逆に下降して、軟体動物や腔腸動物のような美しい単純性に回帰することができたら、どんなに幸福であろうかと思う。深海の底に根をはやし、潮の流れにゆらゆら揺れながら、太古の時間をそのままに生きているウミユリとか、ウミリンゴ（古生代のデボン紀に絶滅した）とかいった動物こそ、わたしの理想の生命の形体なのだ。

ジャン・ジュネという作家は、藻のような下等な植物になりたいとか、アリゲーターのような懶惰な動物に生まれ変りたいとかいっているが、彼の気持は、わたしにはじつによく理解できる。人間は、理知とか感覚とかを一つ一つ切り捨てていって、生命の根源、存在の本質に近づくのが本当ではないかと思う。フロイトの「死の本能」説というのも、要するに、有機的生命が無機物に還ることをあこがれる、退行の傾向をさしたものであった。

しかし、エーリッヒ・フロムのような心理学者にいわせると、こうした死の本能に惑溺することが、とりも直さず、現代に特有な悪だということになる。そうだとすると、わたしのように冷たい貝殻が好きだったり、太古のウミユリのような下等動物になりたいなどと、途方もない詩的夢想にとりつかれている男も、やっぱり悪に魅せられた人間なのだろうか。単純な生命は、それだけ死に近いのだろうか。わたしには、有機体は単純なほどエネルギーにみちているようにも思われる。

わたしは、考古学や地質学の本をときどき開いてみる。カンブリア紀、オルドヴィス紀、ゴトランド紀、デボン紀、石炭紀、二畳紀、三畳紀、ジュラ紀、白亜紀、——古生代、中世代の時代区分には、何という魅力的な名称がつけられていることだろう。地球が誕生したのは、今から三十億年前であり、動物が発生したのは、今から五億年前である。人類が地上に出現してから現在までは、せいぜい百万年といわれているから、古生代の長さは、その三十倍にも当るわけである。したがって、三葉虫などという古生代に全盛を誇った生物は、人類の三十倍も長く地上に覇を唱えていたわけであり、エジプトやメソポタミアの文明がせいぜい今から五千年ないし七千年前だとすると、三葉虫は、人類文明の何十倍、何百倍、あるいは何千倍という長期にわたる三葉虫文明（？）時代を築いていたかも分らないのである。

こう考えると、ヒューマニズムなどというものは、まったく意味のない、吹けば飛ぶようなものに思われてくるから妙である。人類は哺乳類の一種であるが、この哺乳類は中世代のジュラ紀ないし白亜紀に出現した。ずいぶん長く生きたようでもあり、ずいぶん短いようでもある。一時期、地球上に覇を唱えた動物は、これまでの例では、かならず絶滅している。どうして人類だけが絶滅しないという保障があるか。

わたしは絶滅した動物が大好きだ。比較的最近でも、駝鳥のようなモアとか、白鳥のようなドードーとかいう鳥が絶滅しているが、彼らは鳥のなかでも、なにか高貴な種族のような感じがする。いわんや三葉虫、アンモン貝においておや。

自分の死を自分の手に

はつなつの夕べひたひを光らせて保険屋がとほき死を売りにくる

塚本邦雄

先日、わたしの家に「安楽死保険」会社の勧誘員と称する、ふしぎな男がやってきた。保険というものを十把一からげに軽蔑していたわたしは、最初、名刺を見ただけで、ただちにこの男を追い返してしまおうと考え、玄関先に出て行った。ところが、その男の弁舌の爽やかなること、なかなか馬鹿にならなくて、つい、わたしは彼の説明をすっかり聞かされてしまったばかりか、今では、この「安楽死保険」なるものに加入してもよい気にさえなっている始末なのである。

「手前どもの事業は、まだ政府その他関係筋には、公然と認められておりません。いわば法網をかすめた、秘密の会社なんでございますよ」と勧誘員は、あたりを憚かるように小声でいった。

「ほう。それは面白い。手短かに説明してくれませんか」とわたしは思わず、興味をそそられて質問した。

「一口に申しますと」と男は語り出した、「ふつう生命保険と称するものは、あらかじめ被保険者から一定の掛金を徴集し、被保険者の死亡を条件として、一定の金額を家族ないし近親者に支払うことを約束したものです。つまり保険金は、本人が死んだ後に他人に支払われることになります。これではまことに不合理です。そうでしょう？　死というものは厳粛な、厳密に個人的な事柄でありまして、親子夫婦といえども、他人の死を取引の対象にすることは本来許されません。いくら資本主義の世の中とは申せ、こんな勘定高いブルジョワ的道徳は、けしからんと思いますな」

「なるほど、それにはわたしも賛成だ」とわたしがいうと、男は得たりと頷いて、

「そこで、わが安楽死保険会社は、この矛盾を解決することを考えました。すなわち、簡単にいってしまえば、被保険者は掛金を積み立てて、みずから『自分の死を買う』のです。本人が絶対に助かる見込みのない病気、たとえばガンのような病気にかかったとき、わが安楽死保険会社は、本人の希望により、痛みのもっとも少ない快適な方法で、人工的に彼を死なせて差しあげます。また自殺をお望みの際にも、万事抜かりなき方法で御助力申しあげます。法律的には、これは嘱託殺人になる惧れが多分にありますが、わが安楽死会社の擁する医師団の優秀な技術により、当局の目は完全にくらまされることと確信いたします。しかしまあ、これは手前どもの職業の秘密

に属しますから、これ以上は申しあげられません。ただ、この表をごらんになってもお分りの通り……」

といって男は鞄の中から、「極秘」という紫色の判の捺してある一枚の名簿を取り出して、わたしの目の前につきつけた。その名簿には、この二、三年間に死亡した著名人の氏名、職業、年齢ならびに病名が、ずらりと書きならべてあり、政治家、実業家、芸能人、スポーツマン、文士など、わたしの知っている名前も数多く見つかった。

「つまり、この方々は、生前すべて手前どもの保険に加入しておられましたので、すべて手前どもの配慮により、この事実を知る者はほとんどありません。各種の方法で安楽に死なせて差しあげたわけなのです。世間には、この事実を知る者はほとんどありません。親族さえ知らないのです。誰の死であれ、死は尊重しなければなりませんからな。また事実が世間にもれたにせよ、まったく証拠がありませんので、警察のほうの心配はございません……」

「それで、もしわたしが加入するとすれば、どういう利益があるのです?」とわたしはぼんやり訊いた。すると、

「まず本人の精神が、がらりと一変いたしますな」と男は胸を張って答えた。「それはもう、見違えるようになりますよ。なにしろ毎月、現金を積み立てて、自分の死を少しずつ買うのですからな。だんだん、死が目の前にはっきり見えるようになります。だんだん、自分の死の価値が高まってゆくのが分ります。いつも死に直面して生きるということは、精神を晴れ晴れと、逞ましくする効果があります。これにくらべると、一般の生命保険なんてものは、ずいぶん人を小馬鹿

にした、インチキきわまる代物でして、あれはむしろ死に直面することを避けるための、因循姑息な手段ではないでしょうかね。いかにもブルジョワ道徳の産物です。そうお思いになりませんか」

「うん、まあね……」

「生存の危険に直面した場合、人間のとり得る態度は二つあります。一つは、彼を脅やかす危険を圧倒するほどの強い力を身につけようとする態度、もう一つは、この危険を隠蔽し抑圧しようとする態度です。わたしたちの文明、ブルジョワ文明は、久しい以前から、この危険を支配しようとするよりも、むしろこれを強引に抑圧しようとしてきました。つまり、第二の立場をとり続けてきたわけです。デモクラシー社会というものの一般的精神が、これだったのです。言葉を換えれば、それは目に見えない死という危険を隠蔽しようとする、生命保険のモラルです」

「……」

「死ばかりではない、あらゆる悪や危険の種を、衛生無害なものに変化させてしまう技術が、要するに進歩という名で呼ばれているかのごとくです。進歩主義者は、まるで社会保健婦のように、世界中を『消毒』してしまうことを夢想しているのですかね。恋愛やセックスにおいても、家庭においても、学校教育においても、国際政治においても、連中はあらゆる危険の種を根絶やしにし、殺菌処置をほどこそうとして、懸命になっていらっしゃる。御苦労さまなことだ。ところが、どっこい、そんな完全な清浄潔白な場所は、やつらの幻想の中にしか存在し得ないんですよ」

「……」

「この幻想のモラルを別の言葉であらわせば、それが生命保険のモラルということになりますね。いわば二十世紀の宗教ですな。結構な話ですて。一切の危険を抑圧し、自分自身の死まで金融資本家の手に預けて、幸福に、健康に、あくせく働きながら、小っぽけなレジャーとかを楽しむ。陽気な白痴の神々といったところですな。たしかに、神々にふさわしく、自分たちは永遠に死ぬことがない、と彼らは考えているんでしょうね。又とない自分の死の機会まで金に換算して、一家眷族の繁栄のためにこれを利用しようてんだから、やつらは永久に本当の死を死なないのかもしれませんよ。本当の死というのは、そんなものじゃありませんやね。精神主義というものが、現今とかく軽んじられる世の中ですが、これほど薄汚ない反精神主義的な時代が、人類の歴史のなかで一度でもあったでしょうかね？」

「……」

「手前どもの安楽死保険は、かかる世の中に真の精神の価値を確立すべく、ひそかに名のりをあげた革命的秘密結社です。それは一つの道徳運動でもありまして、『自分の死を自分の手に』というスローガンを掲げております。人間に残された最後の貴重な財産は、じつは生命ではなく死なのです。民主主義社会の偽善的なイデオローグは、生命こそ人間の財産だという迷信を無知な民衆のあいだに植えつけました。こんな迷信にだまされて、大切な個人の死を資本家連中に預けてしまってはなりません。この個人の死を、誰の手にも委ねることなく、みずからの手に確保しようではありませんか」

「……」

「そこでひとつ、手前どもの安楽死保険にぜひ加入していただきたい、とこう、お願い申しあげる次第なのです。あなたさまのようなインテリ・スノッブには、率先して、手前どもの運動の趣旨に賛同してくださる義務がおありかとも存じますよ……え、なに、奥さまに知られるとまずいって？　はっは、その点は大丈夫、手前どもは、職業上の秘密は厳守いたします。さ、ここに加入者用の契約書がございますから、ここにお名前を……」

「ちょ……ちょっと待ってくださいよ。せっかちな人だな。まだ加入するとも何ともいってやしない。だいたい、君はさっきから高遠な理想をぶちまくっているようだが、要するに君たちの団体が、営利会社だということに変りはないんだろう？」

「そりゃそうですよ。それがどうかしましたか」

「満期になったら、死ななくても保険金を払ってくれるのかい？」

「冗談じゃない、あなた。生命保険なら知らぬこと、安楽死保険に、満期というものがあり得ると思いますか。あなたは金を出して、かけがえのない自分の死を買うのじゃありませんか。自分の死をあらかじめ確保し、自分の死の価値をますます高めるために、保険料を払いこむのではありませんか……」

　そういわれても、わたしはまだまだ頭が古いせいか、この安楽死保険会社の仕組みが、よく呑みこめなかった。自分の死の価値が、自分でよく理解できなかったのかも分らない。そこで、わたしは返事を保留して、ひとまず勧誘員に帰ってもらった次第であるが、——読者諸氏のなかにも、やはりこんな妙な男の訪問を受けた経験をお持ちの方が、ひょっとして、あるのではないだろうか。あったら、その時どういう態度をおとりになったか、参考のために、ぜひわたしに教えていただきたいものである。

フランスのサロン

「青い部屋」と「愛の国の地図」

サロンという言葉は、すでに日本でも定着しているようであるから、フランス語の語源や語義から説きはじめる必要はあるまい。要するに、特権階級の優雅な趣味や会話を楽しむパーティーだと思えばよいわけで、日本でも、たとえば後鳥羽院時代の宮廷には、院を中心として定家、良経、家隆、慈円らの歌人があつまり、文化的サークルを形成して歌会を楽しんだという伝統がある。こうした宮廷と和歌との結びつきは、もちろん後鳥羽院時代よりずっと古く、また下っては江戸初期の後水尾院時代まで連綿とつづくのであるが、見わたしたところ、そこには女性のすがたはほとんどまったく見あたらない。王朝の才女といえども、サロンの主宰者たるには遠かったようである。ところがフランス十七世紀のサロンは、あくまで女性を中心としたものであり、女性を抜きにしては何事も語れないのである。

十七世紀のフランスで、なぜ女性中心のサロンが栄えたかということについては、いろいろな理由が挙げられている。まず社会的にみれば、ブルボン王朝の開幕とともに、長いあいだ打ちつづいた宗教戦争が終り、世の中が平和になったということが挙げられる。上流社会に教育が普及し、女性の教養や地位が向上したということも、同じ事実の別の面であろう。こうして貴族社会が安定すれば、文化的欲求が芽生えてくるのも必然的な成行だったはずである。フランス文化の特色であるところの社交の精神、会話の精神が、このようにして一時に花を咲かせたのである。

むろん、サロンと名づけられるような文化的サークルは、フランスの十七世紀以前にも存在しないわけではなかった。中世の宮廷風恋愛は、久しきにわたって、女性崇拝と恋愛の理想化の気風を育ててきたし、ルネサンス期の先進国であるイタリアの宮廷にも、文芸サロンに似たような文学者のサークルはあった。しかし十七世紀にはじまるフランスのサロンの特色は、当時の宮廷の粗野な気風に反撥し、失われたヴァロワ王朝の優雅をなつかしむ貴族の夫人たちが、宮廷以外の場所で、小さな社交界を形成し、上品で洗練された社交や遊戯を楽しもうという動機から出発していることだった。イニシアティヴをとったのは女性だったのである。

こうした社交界のサロンのなかでもっとも有名なものは、ローマ駐在のフランス大使の娘として生まれ、少女時代からイタリアで文明開化の風を存分に吸いこんできたカトリーヌ・ド・ランブイエ侯爵夫人のサロンだった。彼女の邸宅は「ランブイエ館」と呼ばれ、サロンのひらかれる彼女の部屋は「青い部屋」と呼ばれた。黄金の地に、青と白と淡紅色の壁布が張られていたからである。またランブイエ侯爵夫人は、詩人や文学者連中からアルテニスArtheniceという渾名で呼ばれていたが、これは彼女の名前カトリーヌCatherineの文字をならべ変えたもので、ギリシア風の粋な名前だった。

この女主人アルテニスを中心として、「青い部屋」に集まるひとびとのなかには、マレルブ、シャプラン、ヴォワチュール、スキュデリー嬢、セヴィニェ侯爵夫人、ラファイエット伯爵夫人、ラ・ロシュフコー公爵などといった、当代の第一流の文学者や詩人たちが網羅されていた。いや、単に文学者ばかりでなく、ルイ十三世の宰相であり、フランス絶対王政の基礎を築いた大政治家である、リシュリュー枢機卿のようなひとまで集まっていたというから、ランブイエ館の「青い部屋」のサロンの豪華さは、おそらく私たちの想像以上のものだったにちがいない。文学者たると政治家たるとを問わず、彼らはいずれも、平和な時代にふさわしい、言葉づかいや風俗における礼節、優雅、洗練といったものを求めていたのである。フランス語が現在でも、世界最高の美しさを誇っているのは、彼らの努力によるところが大きいといっても決していいすぎではないのである。

ランブイエ館の「青い部屋」のほかに、特色のあるいくつかのサロンを挙げるとすれば、まず女流作家のスキュデリー嬢のサロンがある。彼女は、いわゆる当時の才女文学者の典型であって、サッポーという渾名で呼ばれていた。サッポーとは、申すまでもなく古代ギリシアの女流詩人の名前である。土曜日ごとにひらかれるスキュデリー嬢のサロンは、ランブイエ館のそれよりもっと文学的で、もっぱらプレシオジテ（あとで説明するが、「気どり」とか「もったいぶり」とかを意味する言葉）によって知られていた。彼女の最初の小説『大シリュス』は、全十巻という尨大な長さのもので、いまでは退屈で誰も読むひとがいないが、当時は社交界の女たちに争って読まれ、彼女らの紅涙をしぼったものである。

小説『クレーヴの奥方』によって日本でもよく知られているラファイエット夫人も、その自宅に親しい友人を招いていたが、彼女は「霧夫人」という渾名をつけられるほど、派手なことの嫌いな性格の女性だったから、サロンというほどの集まりではなかったと思われる。むしろサロンで有名なのは、サブレ侯爵夫人、ラ・サブリエール夫人、スカロン夫人、ポーレ嬢、アラゴネ夫人などであるが、いずれも日本ではあまり知られていない人物だから、ただ名前を引用するだけにとどめておこう。

それよりも、サロンに集まった連中が、いったいどんなことをして遊んだり楽しんだりしていたのか、ということを少しばかり述べてみたい。

サロンでは、もちろん文学論や哲学論、それに恋愛論や人生論が語られていた。また新作の詩や戯曲が作者によって読み上げられたり、即興の芝居が演じられたりすることもあったし、晩餐会や舞踏会が行われることもあった。しかし十七世紀の社交界から生まれた、「箴言《マクシム》」とか「肖《ポル》像《トレ》」とかいった、独特な文学ジャンルを無視するわけにはいかないだろう。それらはサロンで、大ぜいのひとびとに批判されながら、徐々にその形を美しく簡潔に磨きあげていったのである。

箴言《マクシム》といえば、私たちはすぐラ・ロシュフコー公爵のそれを思い出すが、彼はこの痛烈にして苛酷な人間性告発の文章を、サブレ夫人のサロンで練り上げたのだった。サブレ夫人自身も箴言が得意で、彼女のサロンでは、皮肉な箴言つくりが流行していたのである。ラ・ロシュフコー公爵の辛辣な箴言の例を一つだけ挙げておこう。いわく、「色恋をしたことのない女はあり得るが、一度しか色恋をしたことのない女は、めったにない。」

肖像《ポルトレ》というのは、本来は肖像画の意味であるが、ちょうど肖像画を描くように、ある人物の特徴や性格を文章で描き出す遊びのことで、これも十七世紀のサロンで大いに流行した。箴言も肖像も、簡潔的確なフランス語の表現と、リアリスティックな人間性観察に寄与するところとなり、かくてサロンは、フランス古典主義に特有なモラリスト文学を生み出す温床となった。モラリスト文学、つまり人間性を研究する文学である。

このように、一方では冷静な目で人間性の偽善をあばいたり、恋愛に伴う虚栄心を摘出したりしていたが、もう一方では、サロンは恋愛の理想化をも促進していた。恋愛がこれほど理想化された、ひとびとがこれほど容易に涙を流したり、恋やつれしたりしていた時代はあるまい。アンドレ・モーロワによれば、「英雄的な理想を戦場の行為によって実現することがもはやできないために、ひとびとは恋愛のなかに理想の隠れ家を探し求めた」のである。皮肉な見方をすれば、貴族階級が安定し、平和を謳歌するような時代だったので、恋愛でもする以外には何もすることがなかったのかもしれない。恋愛の理想化は、やがて恋愛の遊戯化をも結果せしめた。スキュデリー嬢のサロンで人気を集めていた「愛の国の地図」というのが、そのおもしろい例である。

「愛の国の地図」というのは、スキュデリー嬢の考案した空想上の地図で、山や川や町や村に、それぞれ恋愛に関係のある名前がついているのである。たとえば、「情愛の町」とか、「尊敬の町」とか、「恋文の村」とか「服従の村」とか、「薄情の湖」とか「反感の海」とかいった名前である。私たち人生の旅人は、誰でもこの「愛の国の地図」をたどって行かなければならないわけである。たわいない遊びであるが、恋愛が最大の関心事であった当時の男や女は、サロンに集まって、こんな地図を眺めては、溜息をついたり涙を流したりしていたのである。当人は大真面目なのであるが、私たち後世の人間から見れば、これは恋愛の遊戯化よりほかの何物でもあるまい。この地図は、やはり全十巻の尨大な量におよぶ、スキュデリー嬢の小説『ラ・クレリー』の第二巻に挿入された。

当時のサロンの女たちが讃美していた恋愛は、もちろんプラトニックな恋愛である。プラトニックでさえあれば、しばしば夫のある女が、妻のある男を愛しても差支えないような雰囲気さえあった。肉体を伴わない姦通を、フランス語で「白い姦通」という。サロンの恋愛遊戯のために、無意識の「白い姦通」は大流行したと考えなければならない。男は女を愛さなければならず、女は男に愛されなければならない――それがギャラントリー（慇懃）というものだとすれば、ギャラントリーのおかげで、姦通は正当化されていたのである。『クレーヴの奥方』に描かれた苦しい恋も、そのような当時の理想的な恋の形態だった。やがて次の時代に、この恋の形態は堕落して、放縦な肉の恋愛に席を譲るようになる。

モリエールが戯曲『笑うべき才女たち』のなかで、十七世紀のサロンの貴婦人たちの気どった言葉づかいを嘲笑して以来、どうやら彼女たちの滑稽な面ばかりが強調されるようになってしまったようであるが、しかし、一部におけるサロンの女たちの身につけた、男も顔負けの驚くべき学識について、口をつぐんでいるのは片手落ちであるように思われる。

もっとも、この当時、一般の女たちの教育程度は、考えられないほど低かったようである。十六世紀の輝やかしいヴァロワ王朝時代には、フランス国民のなかに、読み書きのできない者はほとんどいないというほどであったのに、打ちつづく宗教戦争のために、首都や地方の学校がすべて閉鎖されてしまい、十七世紀の初頭には、文字通り無学文盲のひとも珍らしくないという有様だったのだ。とくに女子教育は惨憺たるものだった。アンリ四世のころ、ようやくウルスラ会とかアウグスティノ会とか聖母訪問会とかいったキリスト教の女子修道会が、女子教育の再建に乗り出したが、それでも焼け石に水であった。

おもしろい例をあげておこう。哲学者パスカルの友人であったルアネ公爵の母親は、まるで字が読めなくて、息子に読み書きを教えることもできなかったという。また宰相リシュリューの姪で、大コンデ家に嫁したブレゼ嬢は、あまりに読み書きができないため、結婚後ふたたび修道院に送り返されて、あらためて勉強のやり直しをさせられたという。フランス最高の家柄の娘たちが、こんな情けない有様だったのである。

女流作家のスキュデリー嬢は、上流階級の女たちのあいだにも、まるで無学文盲の連中がたくさんいて、「あきれてしまうほどです」とつくづく語っている。こうした憂うべき状態は、十七世紀の終りになっても大して変らなかったらしく、一六九〇年の調査が明らかにしているところでは、庶民階級の娘たちのなかで、結婚契約書に自分の名前を署名することのできる者は、全体の十四パーセントにすぎなかったという。おそるべき教育程度の低下であった。

ところで、一部のサロンでだけは、まことに活潑な知識の交流が行われていた。こうした傾向は、フランスではルイ十三世のころから始まったようである。女は政治や社会の建設に参加しないので、それだけ学問や芸術に専念する余暇があったのかもしれない。当時はキリスト教の修道院よりほかに、これといった女子教育の機関はないはずだったが、サロンにおける対話や読書や、あるいは家庭教師の指導などによって、貴族階級の女たちはしばしば、その夫よりもすぐれた学識を身につけることに成功していたのである。こうして、教養の面における、一種の奇妙な女性上位時代が現出したのだった。

家庭教師は、当時の女たちが教養を身につけるための、いちばん確かな手段だったし、女が主宰するサロンに文学者を迎え入れるための、大事なチャンスともなるものだった。セヴィニェ夫人とラファイエット夫人は、ともに娘のころ、博学な文学者メナージュからイタリア語、スペイン語、ラテン語の教えを受けた。このメナージュという男は、いつも美しいお弟子に失恋ばかりしている気の毒な男で、モリエールの『女学者たち』のなかでも、さんざん嘲弄されている。当時の四行詩に、彼を諷した次のような作品があったという。

伯爵夫人や侯爵夫人はあきらめたまえ
メナージュよ、君の腕では覚束ない
色よい返事をもらう代りに
むだにラテン語を喋るばかり

ゲネメ伯爵夫人アンヌ・ド・ローアンは、何人もの家庭教師をやとって、あらゆる方面の知識を吸収していた。あるとき、彼女のヘブライ語の先生が、ぼろぼろの服を着ているのを見ると、彼女の夫は眉をひそめて、次のように妻に警告を発したという。「奥さん、気をつけていないと、あの男はやがて別のことをあなたに教えはじめますよ」と。

ヘブライ語で旧約聖書を読み、ユダヤ教の原典タルムードを研究していたゲネメ伯爵夫人は、しかし、決して特別な例外ではなかったのである。サロンの女たちの誰もが、何か他人のとても近づき得ない、変った領域で研究を積んで、自分の存在を目立たせようと苦心していた。ブルロン嬢は地理学の大家で、女だてらに築城術の心得があった。しかし文学者のソメーズは、彼女について皮肉なことをいっている。「彼女は城を攻撃する技術を教えてもらったようだが、防禦する技術は教わらなかったものと見える」と。

シャテニエール嬢は化学の愛好家で、自宅に炉をつくって、ひそかに錬金術の研究に打ちこんでいた。ビュイッソン夫人は数学が大好きで、自宅に天文学者を招いて、彼らと一緒に日蝕を観測していた。フランス以外でも、たとえばスウェーデンのクリスティナ女王などは、数カ国語に通じ、あらゆる学問の領域に関心を寄せ、その宮廷に哲学者デカルトをはじめとして、当時の大学者を次々に招いて、彼らと熱心に討論するといった、男まさりの旺盛な知的好奇心を示している。

ドイツにも、三十歳になるかならぬかのうちに、ヨーロッパ中に名声を謳われたアンネ・マリー・シュールマンという桁はずれの女学者がいる。ラテン語、ギリシア語はもちろんのこと、彼女はヘブライ語、アラビア語、エティオピア語まで修め、さらに音楽、絵画、彫刻などにも造詣が深かった。スウェーデンのクリスティナ女王、ポーランドのマリア女王が、彼女に会うためにユトレヒトの町を訪れた。ユトレヒト大学は、彼女の学識を重んじて、学位論文公開審査会に出席することを彼女に許可したが、これはそれまで、女には絶対に許可されないはずのものだった。デカルトも彼女に手紙を出して、彼女に会いに行ったことが知られているし、バルザック、メナージュ、シャプランなどといったフランスの文学者連中も、しきりに彼女の才能を讃めそやしている。

このシュールマン嬢は、しかし、それほどの学者であったにもかかわらず、大へん女らしく慎しみぶかい人柄だったようである。彼女はラテン語で論文を書いて、娘も男と同じように教育を受けるべきではあるまいか、という問題を提出した。ところが、この論文の批評を求められた神学者が、これに不満の意を示すと、彼女はだまって論文をひっこめて、当時としてはかなり大胆な、この説を発表することを差し控えたという。十七世紀の女学者は、どうやら今日のウーマン・リブのように戦闘的ではなかったようである。

男というものは、才女たちをちやほや讃めそやし持ち上げるけれども、彼女たちが自分の領域をおびやかすほど力を得てくると、今度は逆に、彼女たちを思いきって嘲笑するものである。むろん、サロンの女たちといっても、全部が全部、シュールマン嬢のように控え目な女ばかりだったわけではない。サロンの女たちの高慢ちきな才女気どりに対して、もっともはげしい皮肉を浴びせかけたのは、申すまでもなく、あの劇作家のモリエールであった。モリエールの芝居を見て、快哉を叫んだ男たちも少なくなかったはずである。

もともとサロンとは、エリート意識をもった貴族階級の閉鎖的なグループだったから、グループに属する仲間たちだけで、特別な言葉づかいや凝った服装をしたり、学問や趣味の高雅さを鼻にかけたり、ひけらかしたりするという傾向が生じるのはやむを得なかった。こうした「気どり」「もったいぶり」をフランス語で「プレシオジテ」といい、こうした傾向に染まった女を一般に「プレシューズ」という。

モリエールの戯曲に戯画化されて描き出されているように、こうしたプレシューズたちは、立居振舞にも特別の細かな配慮をはらい、特別の気どった声を出す。粗野であることを避けようとするあまり、物の名前を直接に呼ぶのをきらい、好んで比喩的な言いまわしをしようと心がける。たとえば、鏡のことを「魅力の相談相手」といったり、頬のことを「羞恥の玉座」といったり、蠟燭のことを「太陽の補い」といったり、かつらのことを「老人の青春」といったり、「髪の毛が白くなりましたね」というのを「あなたもどうやら恋の領収証をお持ちになりましたね」などといったりする。

比喩的な表現や凝った言いまわしは、たしかに言葉を洗練させるのに役立つものだろうが、それもあまり度がすぎると、このように滑稽なものにならざるを得ない。「プレシオジテ」という言葉にしても、もともと決して悪い意味をもつものではなかったはずなのに、一部のプレシューズたちが極端に凝りすぎた表現を競ったために、ついにモリエールのような諷刺的な精神に、その愚劣さを完膚なきまでに嘲笑される仕儀とはなったのである。鼻もちならない存在として、笑いの対象とされるようになってしまったのである。

『笑うべき才女たち』は一六五九年、国王ルイ十四世の前で上演され、はなばなしい成功をおさめて、モリエールは一躍、国王お気に入りの人気作家になった。もちろん、槍玉にあげられたサロンの才女たちから、劇作家は猛烈な反撃を受けた。しかしモリエールは、よほど才女がきらいだったと見えて、一六七二年には『女学者』を書き、さらに学問のある女を槍玉にあげたのである。女と学問、それは本質的に喜劇の主題なのかもしれない。

自由思想家のサロン

十七世紀を代表する才女のひとりにはちがいないが、気どり屋のプレシューズたちとは大いに違って、その恋愛生活においても大胆奔放に振舞った女性がいる。やはり有名なサロンの女主人であったニノン・ド・ランクロがそれである。

ニノン・ド・ランクロのよく知られた言葉に、「プレシューズは恋愛のジャンセニストである」というのがある。ジャンセニストという言葉は、一般に厳格主義者あるいは禁欲主義者というほどの意味に用いられるから、このニノンの言葉は、プレシューズたちが肉体的な愛欲を卑しめ、純粋にプラトニックな愛情のみを求めたことをさしているのであろう。

サロンの才女たちが、プラトニックな恋愛や学問に固執するあまり、いかに世俗的な快楽を遠ざけて、身を堅く持していたかということは、たとえばランブイエ侯爵夫人の娘ジュリー・ダンジェンヌの例を見ても分ることである。

前にも述べたように、ランブイエ侯爵夫人の「青い部屋」は、十七世紀のサロンの草分けのような存在だったが、この「青い部屋」が多くの貴族や文人を惹きつけたのは、もちろん女主人の魅力と才能によるところもあったろうが、それ以上に、侯爵夫人の令嬢たる若いジュリーの美貌も、大きな力となっていたのであった。

美しい花に昆虫が群がるように、ジュリーのまわりにも、多くの崇拝者が群がっていた。その崇拝者のなかに、モントージエ侯爵という古い家柄の青年貴族がいて、彼女に熱烈な恋をするようになった。そのとき、すでにジュリーのほうは二十七歳で、モントージエ侯爵は彼女より三つ歳下の、二十四歳であったという。二十七歳といえば、一般に早婚であった当時としては、もうオールド・ミスに近いようなものである。

モリエールの戯曲『女学者』のなかに、哲学が大好きで、そのために、どうしても結婚するのが嫌だと駄々をこねる、アルマンドという娘が登場するが、この二十七歳のジュリーもアルマンドに似て、青年貴族の結婚申し込みを、なかなか承知しなかった。侯爵はひたすら辛抱強く待っていた。そうして七年後の一六四一年五月二十二日、侯爵は彼女の誕生日のお祝いに、豪華な特製本の詩集を贈ったのである。

この詩集は、名高い悲劇詩人コルネイユなどをふくむ、当時のすぐれた詩人の作品をあつめたもので、紙ではなく、仔牛のなめし皮のページに、書家ジャリの見事な筆蹟で手写されていた。しかも、各ページには、画家ニコラ・ロベールの描いた美しい花の絵が挿入されている。印刷本ではなく、すべて手づくりの本である。たったひとりの女性のために、わざわざ書家や画家を動員して作られた、今日ではとても考えられないような、超豪華本というべきであろう。

この豪華本のプレゼントは、たちまち社交界の大評判となり、「ジュリーの花飾り」と呼ばれて、ひとびとの羨望の的になった。それでも彼女は色よい返事をあたえなかったというから、まことに強情な娘である。ようやく、モントージエ侯爵の恋がかなって、ジュリー・ダンジェンヌが結婚の承諾をあたえたのは、それからさらに四年後、一六四五年のことであった。何と十年以上も待たされて、かつては青年貴族であった侯爵もすでに三十五歳、花嫁のジュリーのほうは、三十八歳の姥桜となっていた。

ニノン・ド・ランクロのいわゆる「恋愛のジャンセニスト」というのは、こういう結婚ぎらいの頑固な才女のことをさしていたわけである。

しかし一口に才女といっても、このジュリー・ダンジェンヌのように、全部が全部、官能的な欲望を嫌悪する、こちこちの禁欲主義者ばかりだったというわけではない。なかには浮気な女もいたし、快楽主義的な哲学を信奉している女もいたのである。ニノン・ド・ランクロが、その代表者である。

だいたい、当時のサロンにおいては、女主人がベッドの上に半身を起して、男の客を迎えるという習慣だった。ベッドのまわりに椅子が置いてあって、客はその椅子に腰かけて、ベッドのなかの女主人と会話を交わすのである。そればかりか、男の客を前にして、小間使を呼んで着替えを手伝わせたり、化粧をしたりするということもあった。今日の私たちの感覚からすれば、何だかひどく放縦のような気もするだろうが、それが普通の習慣だったのである。しかし一方、そんな風に道具立てが整っているのだから、いつでも男女が一緒に寝ようと思えば寝られたことも事実であろう。

ニノンは一六二〇年生まれであるから、その生きた時代は十七世紀の後半である。このころになると、キリスト教の権威を頭から馬鹿にして、自分の不信心を大っぴらに宣言したり、快楽主義的なモラルを堂々と実行に移したりする者が現われ出した。それがいわゆるリベルタン（自由思想家）である。ニノンの父も、そういう思想の持主で、彼女は父から快楽主義的な生き方を教えこまれたのだった。しかも彼女は非常な美貌で、才気煥発で、ごく若いころから、当時の著名人の多くと肉体的関係をもったことが知られているので、ギリシア時代の才色兼備の高等娼婦にたとえられることがあるほどである。

ニノンより十歳年上の文学者サン・テヴルモンも、彼女ときわめて親密な間柄であったから、この快楽主義的自由思想家からも、彼女は大きな影響を受けたはずである。

さしずめ日本でいえば、あの平安中期の情熱の歌人、和泉式部のような女性ということになるだろうか。情事に関する彼女の逸話や伝説は、たくさんある。たとえば、ルイ大王はどんな女でも自分の愛妾としてしまうほどの、ほしいままな権勢に恵まれていたけれども、ニノンにだけはきっぱり拒絶されたという。ひとたび大王の愛妾になれば、ヴェルサイユ宮殿に君臨する輝やかしい権力を手に入れることができるのだから、これを断わったとなると、よほどの見識といわねばならぬ。

また、同じく大へんな才女であったスウェーデンのクリスティナ女王が、たまたまパリを訪れたとき、風俗を乱したという理由で郊外の修道院に押しこめられていた、ニノン・ド・ランクロをわざわざ見舞っている。自由思想は、このようにフランスの国外にも、また男性ばかりでなく女性にも、その同調者を見出していたのである。

一六七〇年、ようやく五十歳になると、ニノンはそれまでのはなばなしい恋愛遍歴をふっつりとやめて、自宅に哲学サロンをひらき、作家や詩人や学者たちを招くようになった。といっても、たとえばランブイエ侯爵夫人のサロンや、スキュデリー嬢のサロンとは大いに色合いが違う。つまり、ニノン・ド・ランクロのサロンは、お上品ぶった、気どった、プラトニックな恋に悩むプレシューズたちのサロンではなくて、自由思想家のサロン、陽気な快楽主義哲学のサロンだったのである。

ニノンのサロンでは、あつまった自由思想家たちが、自分たちの不信心を互いに自慢し合っていた。自然の本性にしたがって、自由に肉体的な快楽にふけろうとしない臆病者を、彼らは詩のなかで嘲笑していた。酒を飲むことも、情事にふけることも、そこでは自由だった。

このような自由思想家たちは、もちろん当時の少数派であり、どちらかといえば危険思想の持主に近いような反体制の連中だったのであるが、それでもおもしろいことに、ニノンのサロンに出入りして、こういう連中とつき合うことが、当時は粋《いき》なことだとされていたのである。キリスト教のお勤めをちゃんと守っている、身分の高い貴族の奥方でさえ、ニノンのサロンに出入りするのを得意としていたのである。セヴィニェ侯爵夫人なども、ニノンとつき合うのを得意としていたし、ラファイエット夫人もマントノン夫人も、好んでニノンと親交をむすんでいた。

あのフランス革命を準備した十八世紀の啓蒙思想家は、こうしたリベルタン、自由思想家の反逆精神を受け継いだのである。時代をリードする進歩的な思想は、このようにフランスの歴史では、いつでもサロンから生まれるのである。

ボーヴォワール女史は『第二の性』のなかで、次のようにニノン・ド・ランクロを賞讃している。

「高等娼婦は、ニノン・ド・ランクロのうちに、そのもっとも完成された化身を見出す。女であることを利用することによって、彼女は女であることを超越するのである。男たちのあいだで生活しつつ、彼女は男性の資格を手に入れる。素行の自由は彼女を精神の独立へとみちびいた。ニノン・ド・ランクロはその当時、女に許されていたぎりぎりのところまで自由を高揚したのだった。」

ボーヴォワールの文章のなかに高等娼婦という表現があるからといって、べつに神経質になる必要はあるまい。これはかつて古代ギリシアでヘタイラーと呼ばれた、上流人士を相手とする、学問も才智もある遊女の階級を意味しているのである。

しばらくフランスの十七世紀を離れて、はるかに古いギリシアの文明を眺めてみよう。

ギリシア末期からアレクサンドレイア時代にかけて、ヘタイラーは次第に歴史の表面に現われ、社会的に重きをなすようになってきた。彼女たちのある者は、著名な政治家や軍人や芸術家などと名を競い、彼らと同じ権利をもって、神殿に記念像を建てさせたり、文学作品のなかに名前を残したりしている。江戸時代の吉原の大夫のように、彼女たちは洗練された趣味と、気位の高さと、すぐれた社交性と、そして何よりセックス・アッピールとによって、文化のあらゆる面に必要不可欠の存在となっていたのである。

とくに名高いのは、アスパシア、ライス、フリュネ、テオドーラなどといった遊女たちで、彼女たちの住む家は、当時のもっとも著名な哲学者や文学者の出入りするサロンとなっていた。おそらく、ヨーロッパのサロンのもっとも古い形態は、こうしたギリシアの高等娼婦たちの家だったのではないかと思われる。

その令名を今日にまで伝えている、美貌と才智によって名高いミレトス生まれの遊女アスパシアのごときは、アテネ最大の政治家であったペリクレスの愛人で、同時に、その政治上の相談役でもあり、しばしば秘策を授けていたというから、じつに大へんな女性である。彼女のサロンには、あの哲学者のソクラテスも足しげく通っていたという。

たぶん、こうしたギリシア的な高等娼婦のサロンの伝統が、中世の騎士道精神における女性崇拝の思想、いわゆる「愛の宮廷」の思想とむすびついて、十七世紀に花ひらく本格的なサロンの土壌を形づくったのであろう。そう考えれば、ニノン・ド・ランクロの自由恋愛のサロンも、それほど特殊なものとは思えなくなってくる。

十六世紀のサッポーと呼ばれた女流詩人ルイズ・ラベのサロンも、約百年後のニノン・ド・ランクロのサロンを予告していた、といい得るかもしれない。

ルイズ・ラベはリヨンの富裕な綱具商の妻で、「綱具屋小町」と呼ばれるほどの美貌の持主であり、しかも教養が深く、自分の周囲に多くの詩人たちを集めて、リヨン詩派のミューズのごとき存在となっていた。彼女が果たして自由恋愛を楽しんでいたかどうかについては、さまざまな異説があるようであるが、ボーヴォワールは躊躇せずに彼女を高等娼婦と呼んでいる。少なくとも彼女の官能的な詩を読むかぎりでは、私たちはボーヴォワールの説をそのまま踏襲したくなってくる。こころみに一部を引用してみよう。

ああ、あの方の美しく蕩《とろ》かすような胸に抱かれて、
息も絶え絶えになれるのならば、
もしも私に残された短い生命《いのち》をあの方と生きて、
私の欲望が消えることがないならば……

（川村克己訳）

こういう調子で歌われる詩の作者なのであるから、彼女が当時としてはめずらしい、愛欲の生活に身も心も焼きつくした、自由恋愛のチャンピオンなのではないかと誰しも考えたくなるのも無理はあるまい。

肉体的恋愛をひたすら恥ずべきことと考え、一切の家事や雑用を軽蔑して、ただプラトニックな恋愛のみに憧れていたプレシューズたちとは異なって、ルイズ・ラベやニノン・ド・ランクロのような女性は、積極的に肉体の価値を肯定することによって、すすんで精神の独立と自由を手に入れようとしたのであった。そして、そのためにも彼女たちにとって、どうやらサロンは必要なものだったらしいのである。

十八世紀のサロン

十七世紀のサロンの特徴が、プレシオジテと呼ばれるせまい貴族社会の衒学趣味だったとすれば、十八世紀のそれは、もっと広い社会や現実の動きを反映した、哲学や思想に対する関心だったと思われる。一七八九年の大革命に向って突きすすむ潮流のなかに、十八世紀のサロンの歴史も位置づけることができるわけだ。十七世紀のサロンが貴族的なのに対して、そこではブルジョワが次第に大きな役割を演ずるようにもなってくる。

フランス革命の思想はサロンから生まれた、という説を唱える歴史学者もあるくらいで、当時の知識人の寄り集まっていたサロンは、啓蒙主義とか自由思想とか呼ばれる、一種の広範な文化運動の母胎となったのである。貴族階級のエリート意識から生まれたはずのサロンが、やがて貴族階級の息の根をとめるのに役立つことになってしまったのだから、皮肉といえば皮肉な話である。

十八世紀前半のサロンのなかで、有名なものをいくつか挙げるとすれば、まずパリの南のソーの町に、豪華な「ソーの館」と呼ばれるサロンをひらいたメーヌ公爵夫人を挙げなければならぬであろう。

彼女の旦那さまは、太陽王ルイ十四世と愛妾モンテスパン夫人とのあいだに生まれた私生児である。メーヌ公爵夫人も、王家と血縁のある貴族の娘で、生まれた時から小人《こびと》だったため、「お人形さん」と呼ばれていた。しかし肉体的欠陥にもかかわらず才気縦横で、彼女の周囲には、政府に敵意をもつ大貴族が多く集まり、そのサロンは、さながら政治的陰謀の場と化した。ルイ十四世には多くの愛妾がいたので、その子供たちのあいだで権力争いが生じるのはやむを得なかった。名高い文学者であったフォントネルもヴォルテールも、彼女の庇護を受けたことが知られている。

しかし文学や思想の面で、もっと大きな影響をおよぼしたのはタンサン侯爵夫人のサロンであったろう。彼女は当時の有名なプレイ・ガールとも称すべき女性で、その生涯に情交を交わした恋人の数は、二十何人とも、あるいは三十何人ともいわれているほどだ。しかも、その相手はいずれも貴族社会の第一級のエリートである。彼女がサン・トノレ街の邸にサロンをひらいたのは、しかし五十一歳の時だから、その華やかな恋愛遍歴は、一応、終っていたと考えるべきだろう。

タンサン侯爵夫人は、文筆家としても一流のひとであり、また権勢欲が強く、その情交関係を利用して、政治や外交の面にまで介入しようとした。よかれあしかれ、そこには十八世紀に特有な、男まさりの女傑のイメージがある。全ヨーロッパに鳴りひびいていた彼女のサロンには、フランス人ばかりでなく、当時の先進国であったイギリスの政治家たち、たとえばチェスターフィールドとか、ボーリングブルックとか、プライアーとかいった連中までが登場した。こうした国際的な知的交流は、十七世紀までのサロンにはまったく見られなかった特徴であり、十八世紀のパリのサロンが、やがて「ヨーロッパのカフェ」として四囲に君臨するようになるために、彼女の先駆的なサロンは大いに貢献したのである。

もう一つ、タンサン侯爵夫人のサロンに現われていた十八世紀的な特色は、そこに当時の啓蒙哲学者たち、やがて有名な百科全書の編集に参加することになる、多くの急進的な思想をもつ哲学者たちが登場していたということだろう。唯物論的な快楽主義の哲学を発表したエルヴェシウスも、夫人のサロンの常連だったし、私有財産制を攻撃した共産主義の先駆者たるマーブリも、彼女の庇護によって、初めて貴族社会に出入りすることができるようになったのである。これらの哲学者たちを周囲に集めていたタンサン夫人のサロンは、文化的にも政治的にも、陰の一大勢力をなしていたかの観があった。

さらにもう一つ、タンサン侯爵夫人の生涯にはおもしろいエピソードがある。あまり名誉なことではないかもしれないが、そのためにフランス思想史に不朽の名を残すことになったエピソードである。

彼女はまだ若いころ、何人目かの恋愛の相手として、のちにフランス砲兵隊の大立物になったデトゥーシュという男と関係した。この男は、劇作家のデトゥーシュと区別するために「大砲のデトゥーシュ」と一般に呼ばれているが、この男と彼女とのあいだに、私生児が生まれてしまったのである。しかし恋愛遊戯に明け暮れていたタンサン夫人は、何の未練もなく、生まれた赤ん坊をパリのサン・ジャン・ル・ロン教会の階段の上に捨ててしまった。当時はまだコイン・ロッカーというものはなかったのである。

捨てられた子供は、付近に住むガラス職人ダランベールの妻に拾われて、その手で温く育てられた。父親のデトゥーシュ将軍は、間もなく経済的な面倒を見てやるようになったらしいが、タンサン夫人のほうは、死ぬまで頑として自分の子ではないと言い張った。この子供こそ、やがて二十三歳の若さでアカデミー会員にえらばれ、啓蒙思想家の中心として百科全書の編集刊行にあたり、数学者としても物理学者としても哲学者としても、十八世紀を代表する文人のひとりと見なされるようになったジャン・ル・ロン・ダランベールである。その名前は、彼が赤ん坊の時に捨てられていたパリの教会の名にちなんで、ガラス職人の養父母からもらったものである。哲学者ダランベールの冷たい母として、タンサン夫人の名前は、どんなフランス思想史にも必ず出てくる名前になってしまった。

哲学者を多く集めていたとはいえ、タンサン侯爵夫人のサロンは、身分の高い貴族夫人の主宰するサロンであったことに変りはないが、次のジョフラン夫人のサロンになると、これはもう、完全にブルジョワ中心のサロンだということができる。それだけ時代がすすんだわけであろう。

ジョフラン夫人マリー・テレーズは「サロンの女王」と謳われたが、もとより貴族の生まれではなく、その父は、フランス王太子妃の従者という低い身分の男だった。その夫は、有名なサン・ゴバンのガラス工場の監督で、最初の結婚で死んだ妻から莫大な遺産を受け継ぎ、思いもかけず大金持になったという男である。マリー・テレーズは十四歳のとき、この無学文盲の五十がらみの男やもめに見染められ、結婚して大金持のジョフラン夫人となったわけだった。

前にも述べたように、当時の貴族の娘は主として修道院で読み書きを習ったものであるが、ジョフラン夫人は庶民の出で、まったく教育を受けていなかったから、字も満足には書けなかったそうである。しかし生まれつき頭がよく働き、きわめて如才ない性質だったから、タンサン夫人のサロンに出入りしているうちに、耳学問であらゆる知識を得た。これがのちに、サロンをひらいた時に大いに役立ったわけである。

ジョフラン夫人がタンサン夫人に対抗して、サン・トノレ街の自宅にサロンをひらいたのは、彼女がようやく三十歳になるころで、御亭主のジョフラン氏はすでに七十歳近くになっていた。ジョフラン氏は若い妻のいうことを何でも肯いていたから、彼女は十五万リーヴルの年収を惜しみなく、そのサロンのために注ぎこむことができた。サロンに客を集めるのは週二回で、月曜日と水曜日だった。こうして、彼女のサロンは二十五年間以上、パリで第一の成功したサロンとして、あらゆる階層のひとびとを惹きつけることになったのである。

それまでのサロンには、貴族でなければせいぜい名高い学者か芸術家か、あるいは裕福なブルジョワしか招かれることがなかったのに、ジョフラン夫人の新しい空気にみちたサロンには、画家や彫刻家のような、当時は職人としか見なされていなかったような連中まで招かれた。しかしこれらの芸術家連中と、文学者の仲間と、貴族階級に属するひとびととは厳重に区別されていて、決して一緒には招かれなかったというから、やはり時代の限界を感じさせる。タンサン夫人のサロンと同様、外国人も多く集まり、イギリスの文人ウォルポール、同じくイギリスの哲学者ヒューム、イタリアの経済学者ガリャーニ、それにアメリカの政治家フランクリンなどが出入りした。モーツァルト少年もここで演奏したことがあるという。

ジョフラン夫人のサロンがこれほど評判になり、多くのひとびとが彼女の客になることを無上の喜びとしたのは、もちろん、女主人の如才ない客あしらいのためでもあろうが、それと同時に、ここで出される料理が贅沢な、天下一品の味だったからだともいわれている。これはいかにもフランスらしいことであり、しかも、ブルジョワのサロンらしいことである。美味しい葡萄酒や料理に舌鼓を打つサロンの雰囲気は、あのかつてのプレシオジテの支配した、堅苦しい禁欲的なサロンの雰囲気とは、天地雲泥の相違だからである。

といっても、ジョフラン夫人のサロンに学問的な雰囲気が欠けていたというわけではない。百科全書の一部は、マルモンテル、ダランベール、ヴォルテールなどの文人の出入りしていた彼女のサロンで作られた、といわれているほどだからだ。しかも彼女は、百科全書派の貧乏な哲学者たちに、莫大な物質的援助まであたえていた。客のなかでの変り種としては、のちのポーランド国王スタニスラフ・アウグスト・ポニアトフスキーが数えられるだろう。彼はジョフラン夫人を母のように慕っていて、「ママン」と呼んでいた。彼がポーランド国王になったとき、彼女は招かれてワルシャワに旅行し、手厚くもてなされた。ウィーンのマリア・テレサも彼女を宮廷に迎えた。それほど、彼女の盛名はヨーロッパ中に鳴りひびいていたのである。

前にも述べたが、彼女の御亭主のジョフラン氏は、夫人の前では影の薄い存在でしかなく、いるのかいないのか分らないような存在だったらしい。これについてはおもしろいエピソードがある。夫人のサロンの常連のひとりが、あるとき長い旅行をして、久方ぶりにサロンに出席すると、次のように夫人にたずねた。

「ほら、いつも部屋の隅っこに坐っていて、一言もしゃべらない老人がいたじゃありませんか。今日はお見えにならないようですが、あのかた、どうかしたのでしょうか。」

これに対して、ジョフラン夫人は平然として次のように答えたという。

「ああ、あのお爺さんなら死にましたわ。あれはあたくしの夫だったのです。」

嘘のような話であるが、いかにも御亭主を尻に敷いた、サロンの女王にふさわしいエピソードではなかろうか。

そのほかにも、十八世紀の哲学的なサロンはたくさん知られているけれども、とくに私がここに採りあげたいと思うのは、書簡文学者としても名高いデュ・デファン侯爵夫人のサロンである。

彼女もまた、二十二歳で愛していない夫と結婚してから、放縦な遊蕩三昧の生活にとびこみ、当時の著名人の多くと関係をもったが、五十歳になると同時に、サン・ジョゼフ修道院の一室に閉じこもって、ここにサロンをひらいたのだった。非常に聡明な女性で、ややニヒリスティックなところもあり、男と関係しても、心から相手を愛することができず、一生涯、倦怠に悩んでいたようなところがある。ジョフラン夫人のサロンと対抗していた彼女のサロンには、ヴォルテール、モンテスキュー、ダランベールを初めとする高名な哲学者のほか、ヒューム、ウォルポール、それに歴史家のギボンなどといったイギリス人も出入りしていた。

不幸なことに、デュ・デファン夫人は五十歳の半ばで、ほぼ完全に視力を失ってしまった。そこで秘書役のレスピナス嬢に本を読んでもらっていたが、彼女とも不仲になり、レスピナス嬢は夫人と別れて、新たに別のサロンをひらき、しかも夫人のサロンの常連の一部を奪ってしまったのである。しかし、そんなことよりも、夫人の生涯の一大事件ともいうべきは、彼女が六十八歳のころ、自分より二十歳近くも若いイギリスの名門の文人、彼女のサロンの常連であったホレース・ウォルポールに熱烈な恋心をいだくようになってしまったということだろう。

それ以後、死ぬまで十五年間、七十歳の老夫人が、小娘のような初々しい情熱で、海の向うのイギリスの貴族に綿々と恋文を書きつづけるのである。それまで、ついぞ真剣な恋というものを知らなかった彼女が、いかなる運命の神のいたずらか、七十歳の老境にいたって、ようやく愛の悩みを悩みはじめるのだ。もちろん、彼女は盲目であるから、その目で男のすがたを眺めることはできはしない。ただサロンで会っているとき、男の声を聴き、男の話に親しく耳を傾けるだけだ。皮肉な見方をすれば、男のすがたが見えないからこそ、彼女の恋愛は燃えあがったのだといえるかもしれない。しかし、そういっても、彼女の恋愛が本物であるということに変りはない。生きる理由と絶望とを、彼女は同時に発見したのである。

デュ・デファン夫人の書簡は、ヴォルテールやショワズール公爵夫人に宛てたものも残っているが、むろん、ウォルポール宛てのものがいちばん多い。手紙のなかで、彼女は諦めきれない恋心とともに、若いころから彼女を苦しめていた、人生の悩みをも切々と吐露している。時代の病いともいうべき倦怠が、懐疑的で冷静な女性の魂を蝕んでゆく過程が分析されているのである。そうした意味でも、デュ・デファン夫人の書簡は、十八世紀の女性の誠実な魂の記録として稀有なるものであろう。

十八世紀のパリのサロンは、こうして貴族やブルジョワのすぐれた女主人に主宰されて、全ヨーロッパの文学者や芸術家の憧憬の的となり、フランスの文化的覇権を強化することに貢献したのである。フランスが自由の祖国となり、革命の祖国となるためには、サロンという形で表明された、このような女性の抱擁力、女性の庇護の力が必要だったわけだ。そう考えれば、フランス大革命はサロンから生まれたという意見も、決して奇矯な意見とはいえなくなってくるだろう。

ベル・エポックのサロン

フランス大革命後のサロンは、同じようにサロンという名で呼ばれたにしても、もはや十七世紀や十八世紀のサロンとは別のものと考えなければならぬ。第一に、革命後のフランスは、ブルジョワジーの世の中になってしまったからで、よしんば新興ブルジョワの富裕階級や旧貴族がサロンの伝統を受け継いだにしても、それらは文化や流行の面で指導的な役割を果たすことができなくなってしまったからである。十九世紀とともに、社会情勢も一変し、ジャーナリズムも発達し、芸術や文学も、べつだん特権階級のサロンに依存する必要がなくなってしまったのである。

十九世紀の初頭には、スタール夫人やレカミエ夫人のサロンのような、まだ十八世紀の哲学的な伝統を伝える、女主人を中心とした文芸サロンが残存していたが、すでに昔の面影はなくなっていた。文学者との関係でいえば、スタール夫人とバンジャマン・コンスタン、レカミエ夫人とシャトーブリアンとの友情はよく知られている。

むしろサロンの伝統は、著名な文学者を中心とする、文壇のグループの方へ移っていったと見るべきかもしれない。ロマン派の文学者たちは、いずれもブルジョワ社会の醇風美俗と敵対する、反俗的、高踏的な姿勢を堅持していたから、この点でも、彼らのサロンは従来のそれと大きく異なっていた。シャルル・ノディエ、ヴィクトル・ユゴーなどといったロマン派の頭目の周囲に群がっていた青年作家たちは、むしろ現在のヒッピー族に近かったのではないかと思われる。すでに貴族社会は崩壊していたので、貴族社会が理想とする紳士《オネ・トンム》の概念も崩壊していたし、それに代るべき、ブルジョワ社会の理想型はまだ見つかっていなかった。いや、実利主義と金銭万能のブルジョワ社会の理想に、芸術家連中は精いっぱい憎悪の焔を燃やしたのである。かつては貴族のサロンに庇護されていた芸術家連中が、庇護を失い、独り歩きしなければならなくなると同時に、彼らはグループを成して、社会と対抗する立場をえらばざるを得なかったのである。文壇とはそういうもので、これは厳密にいえば十九世紀以後の産物であろう。

文学者のサロンについて述べれば、十九世紀における著名なサロンには、さらにゴンクール兄弟、フローベール、エレディア、ゾラ、ドーデ、マラルメなどのサロンがあった。これらのサロンのあるものは、新しい文学運動と切っても切れない関係にある。たとえば、ゾラのメダンの別荘には、やがて自然主義の黄金時代を築くことになった、モーパッサンやユイスマンスを初めとする若い作家連中が集まっていたし、パリのローマ街にあったマラルメの自宅の火曜会には、象徴派に属する詩人や小説家ばかりでなく、印象派の画家や音楽家や、のちの二十世紀文学に決定的な影響をあたえた、ヴァレリーやジッドのような青年作家も集まっていたのである。こうしてみると、先に述べたヴィクトル・ユゴーの場合をもふくめて、新しい文学上の一派が興るところには、いつも何らかの形でのサロンがあったといえそうである。

昔の面影をいくらか残した、宮廷風のサロンも完全にほろび去ったわけではなかった。第二帝政から第三帝政時代にかけて、ボナパルト家とつながりのある二人の女性がサロンを主宰した。ひとりはナポレオン三世の妻であるウージェニー皇后、もうひとりはナポレオン一世の弟の娘であるマティルド公妃であった。いずれも、革命後のフランスの新しい宮廷生活の中心となり、ヨーロッパの流行界に君臨した女性である。

ウージェニー皇后はスペインの大貴族モンティホ伯爵の娘として、グラナダで生まれ、パリでナポレオン三世に見染められて、二十七歳で結婚した。非常な美人であったが、しばしば政治に口を出し、普仏戦争の失敗も彼女の責任によるところが大きいという。ナポレオン三世は彼女の尻に敷かれていたのである。それはとにかく、彼女もフランスの名流夫人らしく、文学や芸術の愛好家をもって任じていたから、チュイルリの王宮をはじめ、コンピエーニュやサンクルーやビアリッツの離宮に、しばしば文学者を招いてサロンをひらいた。皇后といちばん親しかった文学者はメリメで、すでに皇后の娘時代からの知り合いだった。『カルメン』の作者が自由主義から保守主義に立場を変え、やがて上院議員に任じられたのも、皇后の口添えによるものであることはいうまでもない。

マティルド公妃はナポレオン三世の従妹で、許嫁の仲であったのが、事情があって破談になったという経歴の持主なので、ウージェニー皇后とは微妙な対立関係にあった。色好みのロシアの貴族と離婚してから、彼女はパリのクールセル街にサロンをひらき、フローベール、ゴーティエ、サント・ブーヴ、テーヌ、ルナン、メリメなどの錚々たる文学者を身辺に多く集め、「芸術の聖母」と呼ばれた。彼女もまた、非常な美貌の持主で、自分でも絵を描くほど、芸術的才能にめぐまれていたというが、いかにもボナパルト家の血をひく女性らしく、わがままで勝気だったため、よくサロンに出入りする文学者たちと喧嘩をした。フローベールの手紙には、彼がひそかにマティルド公妃に恋をしていたことが語られているという。のちに述べるが、青年時代のプルーストも、そのころすでに七十歳になっていたマティルド公妃のサロンに出入りしている。十九世紀の半ばから五十年以上にわたって、彼女のサロンは、パリの名高い文学者をことごとく惹きつけていたわけである。

このように、社会が安定してくるとともに、文学者とサロンとの関係は、ふたたび勢いを盛り返してきたように見えないこともないが、いま述べたような宮廷風のサロンはむしろ例外であって、当時のサロンの大部分は、ブルジョワジーの爛熟期にいかにもふさわしい、もっとブルジョワじみた空気のサロンだったようである。

第一次世界大戦を前後として、ほとんどサロンはほろび去ったといわれており、サロン出身の文学者もまた、跡を絶ってしまったように見受けられるが、そのなかにあって、例外的な地位を占める文学者がアナトール・フランスとマルセル・プルーストの二人だったようだ。

十九世紀の末から第一次世界大戦までの社会の安定期を「ベル・エポック（良き時代）」と称するが、この時代が、おそらくサロンの最後の輝きを見せた時代なのである。多くのブルジョワのサロンが数えられるが、とくにアナトール・フランスと関係の深かったカイヤヴェ夫人のサロンについて語ろう。

レオンティーヌ・アルマン・ド・カイヤヴェ夫人の父はボルドーの造船業者で、ナポレオン三世と親交があったそうである。だから、娘のレオンティーヌの結婚式はチュイルリ王宮の聖堂で行われ、ウージェニー皇后とともに皇帝も式に列席した。俗物の夫とは性格が合わず、結婚生活は不幸だったが、生まれつき読書好きで、旺盛な知識欲があったため、まずオーベルノン夫人のサロンで頭角をあらわし、やがて自分も、レーヌ・オルタンス街（現在のオッシュ通り）の自宅にサロンをひらくようになった。オーベルノン夫人のサロンといえば、イプセンの『人形の家』やベックの『パリの女』が初上演されたほどの、当代一流の華やかな文芸サロンであったが、カイヤヴェ夫人は、アナトール・フランスをもふくめたそこの常連を彼女から奪ってしまうのである。そこで、これまで大の親友であった二人の女は、まるで十八世紀のデュ・デファン夫人とレスピナス嬢のように喧嘩別れしてしまうのである。

カイヤヴェ夫人がオーベルノン夫人のサロンから奪った常連は、フランスのほかにも、そのころ人気絶頂の小説家デュマ・フィス、批評家ジュール・ルメートルなどがあった。フランスは風采もあがらず、臆病で吃り癖があったので、最初はサロンでまったく目立たない存在だったが、やがて三、四年もたつと、カイヤヴェ夫人の大のお気に入りとなり、サロンの中心的人物となってしまう。それればかりか、フランスは妻と離婚して、毎日のように、夫人の家に食事をしに行くようになり、のちには夫人の家の図書室で仕事をするようにもなる。怠け者で、およそ野心のないフランスが、『タイース』を初めとする名作を次々に生み出すようになるのは、夫人によって規則的な生活の習慣をつけられたためだともいう。カイヤヴェ夫人は、恋人のフランスを大作家にしようと懸命だったのである。

一八八九年、当時オルレアンの連隊に入営していた若き日のプルーストが、軍服すがたで、初めてカイヤヴェ夫人のサロンに現われたとき、彼はアナトール・フランスに紹介されて失望した。プルーストはかねがね、その作品を愛していたフランスの相貌を「温顔白髪の詩人」のように想像していたのだが、実際には、「かたつむりのような赤い鼻と黒い顎ひげを生やした」四十五歳の中年男でしかなかったのである。

プルーストは、すでにリセ・コンドルセに学んでいたころから、友人のあいだでスノッブ（時流を追う者、俗物などの意）と呼ばれるほど、社交生活に大きな憧憬をいだいていた。彼が最初に足を踏み入れたサロンの女主人ストロース夫人は、級友ジャック・ビゼの母親であり、有名な歌劇『カルメン』の作曲者の未亡人である。そのほかにも、プルーストは前に述べたマティルド公妃のサロンに出入りしているし、オーベルノン夫人のサロンにも出入りしている。

友人のリュシアン・ドーデの言によれば、社交界はプルーストにとって、「植物学者にとって花が大切であるように大切であったので、花束を買うお洒落紳士に花が大切なのとは別物」であったというが、たしかに後年、あの大作『失われた時を求めて』を書く上に、若き日の社交界での人間観察は、絶対に欠かせない大事な経験であったにちがいない。

あるとき、青年プルーストはフランスに次のような質問をした。

「フランスさん、あなたはいったいどのようにして、そんなに多くの知識を身につけられたのですか。」

これに対してフランスは、あたかも父親が息子に対するような口ぶりで、

「それは簡単なことですよ、マルセル君。あなたぐらいの年ごろのとき、私はあなたみたいな美男子でもなければ、ちやほやされているわけでもなかったから、社交界に顔を出すなんてことはしないで、家にこもってひたすら本を読んでいたのです。」

やがて大作に取り組みはじめると、プルーストは社交界からふっつりと遠ざかり、オスマン通りの名高いコルク張りの部屋に閉じこもって、迫りくる死と闘いながら、終夜、憑かれたように筆を走らせるようになるのである。

フランスにとっても、プルーストにとっても、サロンはその文学を肥やすために必要な、いわば肥料のごときものだったのではあるまいか。偉大な作家はひとびとの記憶に残るが、サロンの女主人は、その最後の常連が世を去れば、そのまま忘れられてしまう。ただ、その作家の伝記をひもとくとき、彼らを育てた陰の功労者として、わずかに彼女たちの名前が出てくるのみである。

とすれば、アナトール・フランスを大作家に仕立てあげたカイヤヴェ夫人は、賢明だったのかもしれない。

第一次大戦後、貴族もブルジョワもその区別が曖昧になってしまったフランスでは、もはや昔日の面影を残したサロンは成立しにくくなっている。おそらく、ジャン・コクトーやポール・モーランを最後として、華やかなりし「良き時代」の社交界を知っている文学者も跡を絶ったものと思われる。現在では、出版社を中心とした文壇の仲間や、カフェに集まる詩人の仲間が見られるくらいのものであろう。第一次大戦後のシュルレアリストも、第二次大戦後の実存主義者も、ブルジョワ的な習慣を嫌悪して、好んで街頭のカフェに集まったものである。

ブルジョワ階級のサロン、つまり客間は、いまなお存在するにしても、少なくとも文学や哲学を論ずる場所ではなくなってしまったらしいのだ。大衆社会の必然かもしれないし、人間の精神生活の程度が低くなった結果かもしれない。

あとがきにかえて　日時計の影のもとに

多田智満子

『ヨーロッパの乳房』とは澁澤さんらしいしゃれた題をつけたものである。『胡桃の中の世界』とか『思考の紋章学』とかいうのも、いかにも澁澤好みで、それぞれ内容にぴったりの表題なのだけれど、「ヨーロッパの乳房」も彼の世界の一つの側面をよくいいあらわしている。このヨーロッパはいうまでもなく人文地理上の呼称であると同時に、その名祖となった、かのエウロペ、牡牛の姿で近づいたゼウスに誘拐されてクレタ島へ連れ去られた、あのフェニキアの王女を意味している。ディエス・ベル・コラールは自分の名著にこのギリシア神話にちなんだ『ヨーロッパの略奪』という表題を与えたが、澁澤さんは多分この大それたエル・コラールの書名を念頭におきながら、同じエウロペの肉体の、もっとも女性的な部分に目をつけたのであろう。乳房は彼にとって、血液を母乳に変換して嬰児を養う自然の精妙な哺乳器官ではなく、もっぱら鑑賞と享楽的思索の対象なのである。本書第二部の「紋章について」の冒頭に、クレマン・マロの乳房讃歌をみずから訳出しているが、その詩句にあるように、それは「真白い白繻子の乳房」であり、「乳房というより小さな象牙の球のよう」な、フェティッシュの域にまで凝固させられたオブジェなのである。

澁澤さんのエロスは、対象をつねにフェティッシュとして物体化する傾向が強いが、同時に、抽象化の力が作用して、フェティッシュを紋章化し、様式化してしまう。まさにマニエリスト特有の「思考の紋章学」の大家なので、彼の脳髄のしわも、きっと美しく彫りの深い、企み多い文様を形づくっていたにちがいない、と私は思う。

本書第一部の「イスパハンの昼と夜」はとりわけ私の好む文章である。イランの古都イスパハンの骨董屋で、アストロラーブと呼ばれる古代アラビアの天体観測用の器械を見つけ、遂にこれを買いもとめたことがさわやかな文体で綴られている。その結びをここに引用しておきたい。

> 夜、私は買ったばかりのアストロラーブを小脇にかかえて、イスパハンの通りをホテルへ向って歩きながら、降るような星空をふり仰ぐと、
>
> 天文や大食《タージ》の天の鷹を馴らし
>
> という加藤郁乎の一句が、ふと口をついて出るのをおぼえた。たしかに、私はいま、東はインドにおよび西はエジプトに達する、唐代の広大な大食《タージ》国のほぼ中央に位置する町にいて、しかも左手には、当時の天文観測器械をしっかりかかえているのである。私は詩を書いたことがないが、これで詩人にならなかったとしたら、ならないほうがおかしいようなものではないか。

そう思って、私はいよいよ強く、私の詩の代替物であるところのアストロラーブを、脇の下に抱きしめたのであった。

まぎれもなく、澁澤さん、あなたは詩人であった。詩人でなければ、あの『うつろ舟』や『唐草物語』のような幻想物語（あえて小説とはいわない）を書けるわけがない。詩人とは、行分け散文を書く人のことではなく、現実を、それを超えたなにものかに変換できる人の謂である。

若いころから澁澤さんを知っている友人仲間では、長い間、彼はヨーロッパ旅行なんかしない人だと信じられていた。極付の書斎人で、おそるべき該博な知識の持主であるこの人は、あまりにも書物の中で澁澤好みの美女エウロペを造型してしまっているので、今さら現実のヨーロッパを見ても、どうということはないのではないか、と私たちは思っていたのである。

しかしそうではなかった。『ヨーロッパの乳房』を読むと、澁澤さんにはやはり澁澤さんらしい「眷恋の地」というものがあったのだな、ということがよくわかる。見たいものを見て、ほんとに倖せな旅であった。そして、予備知識過剰のこの旅人は、現実のヨーロッパをじっくり眺めることで、ヨーロッパを卒業するきっかけを摑んだのではないだろうか。この時期以降、彼は東洋、とりわけ古い日本に、目を向けはじめるのである。

澁澤さんは時計――ディジタルでない時計――が大好きで、本書にも、日時計についてのエッセイが収められている。これはその中の唯一の感嘆符つきの文章。

日光の燦々と降りそそぐ真昼の庭のなかで、ひっそりと黙ったまま、みずからの影によって永遠の時を数えている日時計ほど、私たちに多くの夢をあたえてくれるものがあるだろうか！

古い天文観測のアストロラーブといい、日時計といい、こうした器具は彼自身のことばを借りれば「詩の代替物」であり、汲みつくせぬ夢の泉なのであった。今、八月の中旬に私はこのあとがきを書いているが、澁澤さんはこの月の五日、すなわち一九八七年八月五日午後の日の傾く時刻に、惜しくも亡くなられた。享年五十九歳。咽喉を冒した癌のために声を失い、死をまともに見すえながら、最後まで比類ない頭脳の明晰と精神の晴朗とを保った。ことばの真の意味でのエピクロス派として、「日光の燦々と降りそそぐ」真夏、黙々と日時計の影の指し示す「永遠の時」のなかへと去っていったのである。

この作品は、昭和四十八年に立風書房より刊行され、原本中の三篇をのぞき、八篇を追加して、『ビブリオテカ澁澤龍彦Ⅴ』（白水社）に収録されました。本文庫は白水社版に基づいています。

新装版
ヨーロッパの乳房《ちぶさ》

一九八七年一〇月 五 日 初版発行
二〇一七年 七 月二〇日 新装版初版印刷
二〇一七年 七 月三〇日 新装版初版発行

著　者 澁澤龍彦《しぶさわたつひこ》
発行者 小野寺優
発行所 株式会社河出書房新社
〒一五一-〇〇五一
東京都渋谷区千駄ヶ谷二-三二-二
電話〇三-三四〇四-八六一一（編集）
〇三-三四〇四-一二〇一（営業）
http://www.kawade.co.jp/

ロゴ・表紙デザイン 粟津潔
本文フォーマット 佐々木暁
本文組版 KAWADE DTP WORKS
印刷・製本 中央精版印刷株式会社

Printed in Japan ISBN978-4-309-41548-2

極楽鳥とカタツムリ

澁澤龍彥　41546-8

澁澤没後三十年を機に、著者のすべての小説とエッセイから「動物」をテーマに最も面白い作品を集めた究極の「奇妙な動物たちの物語集」。ジュゴン、バク、ラクダから鳥や魚や貝、昆虫までの驚異の動物園。

華やかな食物誌

澁澤龍彥　41549-9

古代ローマの饗宴での想像を絶する料理の数々、フランスの宮廷と美食家たちなど、美食に取り憑かれた奇人たちの表題作ほか、18のエッセイを収録。没後30年を機に新装版で再登場。

神聖受胎

澁澤龍彥　41550-5

反社会、テロ、スキャンダル、ユートピアの恐怖と魅惑など、わいせつ罪に問われた「サド裁判」当時に書かれた時評含みのエッセイ集。若き澁澤の真髄。没後30年を機に新装版で再登場。

エロスの解剖

澁澤龍彥　41551-2

母性の女神に対する愛の女神を貞操帯から語る「女神の帯について」ほか、乳房コンプレックス、サド=マゾヒズムなど、エロスについての16のエッセイ集。没後30年を機に新装版で再登場。

東西不思議物語

澁澤龍彥　40033-4

ポルターガイスト、ＵＦＯ、お化け……。世にも不思議な物語をこよなく愛する著者が、四十九のテーマをもとに、古今東西の書物のなかから、奇譚のかずかずを選びぬいた愉快なエッセイ集！

世界悪女物語

澁澤龍彥　40040-2

ルクレチア・ボルジア、エリザベト・バートリなど、史上名高い悪女たちの魔性にみいられた悪虐非道の生涯を物語りながら、女の本性、悪の本質を浮き彫りにするベストセラーエッセイ集。

異端の肖像

澁澤龍彥　40891-0

狂気と偽物による幻想の城ノイシュヴァンシュタインを造ったルドヴィヒ二世。魔術師グルジエフ。謎の幼児虐殺者ジル・ド・レエ。恐怖の革命天使サン・ジュスト……栄光と破滅の異端児達。ロングセラー！

黒魔術の手帖

澁澤龍彥　40062-4

魔術、カバラ、占星術、錬金術、悪魔信仰、黒ミサ、自然魔法といったヨーロッパの神秘思想の系譜を日本にはじめて紹介しながら、人間の理性をこえた精神のベクトルを解明。オカルト・ブームの先駆をなした書。

秘密結社の手帖

澁澤龍彥　40072-3

たえず歴史の裏面に出没し、不思議な影響力を及ぼしつづけた無気味な集団、グノーシス派、薔薇十字団、フリーメーソンなど、正史ではとりあげられない秘密結社の数々をヨーロッパ史を中心に紹介。

妖人奇人館

澁澤龍彥　40795-1

占星術師や錬金術師、魔術師、詐欺師に殺し屋……世には実に多くの妖人、奇人、怪人が存在する。謎めいた仮面を被り、数々の奇行とスキャンダラスな行為で世の中を煙に巻いた歴史上の人物たちの驚くべき生涯！

胡桃の中の世界

澁澤龍彥　40828-6

石、螺旋、卵、紋章や時計に怪物……「入れ子」さながら、凝縮されたオブジェの中に現実とは異なるもうひとつの世界を見出そうとする試み。著者の一九七〇年代以降の、新しい出発点にもなった傑作エッセイ！

思考の紋章学

澁澤龍彥　40837-8

ヨーロッパの文学や芸術作品を紹介してきた著者が、迷宮、幻鳥、大地母神などのテーマに通底する心的パターンを鮮やかに描き出す。後にフィクションへと向かう著者の創作活動を暗示する画期的エッセイ！

幻想の彼方へ

澁澤龍彥 40226-0

レオノール・フィニー、ルネ・マグリット、バルテュス、ハンス・ベルメールなど、偏愛するシュールレアリストたちの作品世界に遊びながら、その特異な幻想世界を解剖するイメージ・エッセイ集。

ドラコニア綺譚集

澁澤龍彥 40242-0

〈ドラコニア〉とは〈龍の王国〉のことである。この知の領土においてくりひろげられるさまざまな綺譚の世界、広範な知識と好奇心に彩られ、伸縮自在な精神の運動が展開する、円熟のエッセイ集。

女のエピソード

澁澤龍彥 40263-5

マリー・アントワネットやジャンヌ・ダルクなど史上名高い女性たち、サロメやヴィーナスなど神話・宗教上有名な女性たちの様々なエピソードをとりあげながら、古今東西の女の生き方をデッサンふうに描く。

記憶の遠近法

澁澤龍彥 40854-5

サラマンドラや一角獣、タロットカードなど、著者の得意とするテーマが満載の第一部と、「望遠鏡をさかさまにして世界を眺める」遠近法で過去の時間へと旅をする第二部からなる傑作エッセイ集！

唐草物語

澁澤龍彥 40473-8

平安期からティムール王朝、ヘレニズムからルネッサンス、始皇帝からサド侯爵……。古今東西の典籍を自在に換骨奪胎・駆使して、小説とエッセイのあわいを縫いつつ物語られた、十二の妖しい幻想譚。泉鏡花賞受賞。

ねむり姫

澁澤龍彥 40534-6

時間と空間を自在にたわめる漆黒の闇を舞台に、姫と童子が綾なす、妖しくも魅力あふれる夢幻の物語。幻想文学の旗手澁澤龍彥が、明澄な語りの光学で織りなす、エロスを封じこめた六篇。

洞窟の偶像

澁澤龍彥　40553-7

一九七〇年代、世界と日本の文化的最前線を自由奔放に逍遙し、現代日本への重要な橋渡しをした澁澤龍彥の書評、映画評、美術評、人物評を集めた珠玉の評論傑作選。斬新で趣味的な批評眼を堪能できる一冊。

エロティシズム　上・下

澁澤龍彥〔編〕　40583-4　40584-1

三十名に及ぶ錚々たる論客が、あらゆる分野の知を駆使して徹底的に挑んだ野心的なエロティシズム論集。澁澤自らが「書斎のエロティシズム」と呼んだ本書は、快い知的興奮に満ちた名著である。

滞欧日記

澁澤龍彥　巖谷國士〔編〕　40601-5

澁澤龍彥の四度にわたるヨーロッパ旅行の記録を数々の旅の写真や絵ハガキとともに全て収録。編者による詳細な註と案内、解説を付し、わかりやすい〈ヨーロッパ・ガイド〉として編集。

夢のかたち

澁澤龍彥〔編〕　40613-8

古今東西の文学作品や名著の中から〈夢〉というテーマで数々の文章を採集し、自由な断章として編まれた澁澤ワールドの白眉。新しい感覚と知へ向けてコラージュする胸躍る「快楽の宝石箱」。

オブジェを求めて

澁澤龍彥〔編〕　40614-5

古今東西の文学作品や名著の中から〈オブジェ――物体〉というテーマで数々の文章を採集した、イメージとエピソードの大コレクション。永遠の観念を形象する物体や器械など輝きと驚異の標本帖。

天使から怪物まで

澁澤龍彥〔編〕　40615-2

古今東西の文学作品や名著の中から強烈なエッセンスだけを選り抜いて採集し、天使学や畸型学を通じて整然と博物誌の構図に配置した澁澤世界の結晶。聖なるものからフリークまでエロスが誘う妖しい庭園。

城　夢想と現実のモニュメント

澁澤龍彦　40642-8

権力意識が一点に凝集し、しかも絶対的な夢想に支配された〈城〉。織田信長の「幻の城」安土、廃墟となったサド公爵のラコストの城……カステロフィリア（城砦愛好）に憑かれた人々をめぐる珠玉のエッセイ集。

旅のモザイク

澁澤龍彦　40650-3

ゲーテにならい、南イタリアに植物の原型を求め、さらに中近東には「千夜一夜物語」の幻影を重ね合わせ、日本列島の各地には、風景を構成する自然の四元素を追求した、希有な旅の記録。写真多数収録。

サド侯爵　あるいは城と牢獄

澁澤龍彦　40725-8

有名な「サド裁判」でサドの重要性を訴え、翻訳も数多くなし、『サド侯爵夫人』の三島由紀夫とも交友があった著者のエッセイ集。監禁の意味するもの、サドの論理といった哲学的考察や訪問記を収めた好著。

澁澤龍彦　初期小説集

澁澤龍彦　40743-2

ガラスの金魚鉢に見つめられる妄想に揺れる男の心理を描く「撲滅の賦」、狼の子を宿す女の物語「犬狼都市」、著者唯一の推理小説といわれる「人形塚」など読者を迷宮世界に引き込む九篇の初期幻想小説集。

血と薔薇コレクション　1

澁澤龍彦〔責任編集〕　40763-0

一九六八年に創刊された、澁澤龍彦責任編集「血と薔薇」は、三島由紀夫や稲垣足穂、植草甚一らを迎え、当時の最先端かつ過激な作品発表の場となった。伝説の雑誌、初の文庫化！

血と薔薇コレクション　2

澁澤龍彦〔責任編集〕　40769-2

エロティシズムと残酷の綜合研究誌「血と薔薇」文庫化第二弾は、「フェティシズム」に焦点を当てる。生田耕作、種村季弘、松山俊太郎のエッセイのほか、司修、谷川晃一らの幻想的な絵画作品を多数収録。

血と薔薇コレクション 3

澁澤龍彥〔責任編集〕　40773-9

エロティシズムと残酷の飽くなき追求の果て、浮かび上がる「愛の思想」。愛の本質とは何か。篠山紀信、田村隆一、巖谷國士、中田耕治、野坂昭如など、豪華布陣による幻の雑誌の文庫化最終巻。

太陽王と月の王

澁澤龍彥　40794-4

夢の世界に生きた十九世紀バヴァリアの狂王の生涯を紹介する表題作から、人形、昆虫、古本、機関車など、著者のイマジネーションは古今東西縦横無尽に展開していく。思考の源泉が垣間見える傑作エッセイ！

幸福は永遠に女だけのものだ

澁澤龍彥　40825-5

女性的原理を論じた表題作をはじめ、ホモ・セクシャリズムやフェティシズムを語る「異常性愛論」、女優をめぐる考察「モンロー神話の分析」……存在とエロスの関係を軽やかに読み解く傑作エッセイ。文庫オリジナル。

裸婦の中の裸婦

澁澤龍彥／巖谷國士　40842-2

対話形式で古今東西の裸婦をテーマにした美術作品を紹介した論考集。バルテュス、ベラスケス、ブロンツィーノ、ヴァロットンなど、人気の高い作品が、著者の軽快な語り口で生き生きと語られる。最高の美術講義！

世紀末画廊

澁澤龍彥　40864-4

世紀末の妖しい光のもと、華々しく活躍した画家たちを紹介する表題作をはじめとして、夢幻的な印象を呼び起こす幻想芸術のエッセンスがつまった美術エッセイを収録。文庫オリジナル。

澁澤龍彥 書評集成

澁澤龍彥　40932-0

稲垣足穂や三島由紀夫など日本文学の書評、日本人による芸術や文化論の批評、バタイユやD・H・ロレンスなどの外国文学や外国芸術についての書評などに加え、推薦文や序文も収録。多くが文庫初掲載の決定版！

澁澤龍彥 映画論集成

澁澤龍彥 40958-0

怪奇・恐怖映画からエロスまで、澁澤の強い個性を象徴する映画論『スクリーンの夢魔』を大幅増補して、生前に発表したすべての映画論・映画評を集大成したオリジナル文庫。

澁澤龍彥 日本芸術論集成

澁澤龍彥 40974-0

地獄絵や浮世絵、仏教建築などの古典美術から、現代美術の池田満寿夫、人形の四谷シモン、舞踏の土方巽、状況劇場の唐十郎など、日本の芸術について澁澤龍彥が書いたエッセイをすべて収録した決定版！

澁澤龍彥 日本作家論集成 上

澁澤龍彥 40990-0

南方熊楠、泉鏡花から、稲垣足穂、小栗虫太郎、埴谷雄高など、一九一一年生まれまでの二十五人の日本作家についての批評をすべて収録した〈上巻〉。批評家としての澁澤を読む文庫オリジナル集成。

澁澤龍彥 日本作家論集成 下

澁澤龍彥 40991-7

吉行淳之介、三島由紀夫、さらには野坂昭如、大江健三郎など、現代作家に至るまでの十七人の日本作家についての批評集。澁澤の文芸批評を網羅する文庫オリジナル集成。

澁澤龍彥 西欧作家論集成 上

澁澤龍彥 41033-3

黒い文学館——狂気、悪、異端の世界！　西欧作家に関するさまざまな澁澤のエッセイを作家の生年順に並べて総覧した文庫オリジナル。ギリシア神話から世紀末デカダンスまで論じる「もうひとつの文学史」。

澁澤龍彥 西欧作家論集成 下

澁澤龍彥 41034-0

異端文学史！　西欧作家に関するさまざまな澁澤のエッセイを作家の生年順に並べて総覧した文庫オリジナル。コクトーやシュルレアリスム作家、マンディアルグ、ジュネまで。